마흔,
영화를 보는 또 다른 시선

윤창욱 지음

마흔,
영화를 보는 또 다른 시선

영 화 에 드 러 난 삶 의 속 살

시그마북스
Sigma Books

마흔, 영화를 보는 또 다른 시선
영화에 드러난 삶의 속살

발행일 2017년 10월 16일 초판 1쇄 발행
지은이 윤창욱
발행인 강학경
발행처 시그마북스
마케팅 정제용, 한이슬
에디터 권경자, 김경림, 장민정, 신미순, 최윤정, 강지은
디자인 최희민, 조은영

등록번호 제10-965호
주소 서울특별시 영등포구 양평로 22길 21 선유도코오롱디지털타워 A404호
전자우편 sigma@spress.co.kr
홈페이지 http://www.sigmabooks.co.kr
전화 (02) 2062-5288~9
팩시밀리 (02) 323-4197
ISBN 978-89-8445-893-2 (03810)

이 도서의 국립중앙도서관 출판예정도서목록(CIP)은 서지정보유통지원시스템 홈페이지(http://seoji.nl.go.kr)와
국가자료공동목록시스템(http://www.nl.go.kr/kolisnet)에서 이용하실 수 있습니다.
(CIP제어번호: CIP2017024408)

* 시그마북스는 (주)시그마프레스의 자매회사로 일반 단행본 전문 출판사입니다.

"어떤 형태의 예술이든
영화처럼 인간의 일상적인 의식에서 벗어나
감정에 직접 다가설 수는 없다."

_ 잉그마르 베르히만

차례

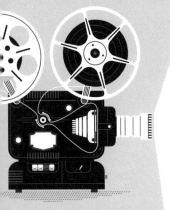

프롤로그

삶에는 때로 위로가 필요하다

시대와의 불화, 찬란한 탈주의 꿈

선택은 언제나 치열한 떨림이어라

그토록 서늘했던 폭력의 기억

만남과 헤어짐의 다섯 가지 얼굴

에필로그

영화의 힘과 아름다움

다소 아이러니하다. 불과 얼마 전까지만 해도 내가 영화와 관련된 글을 쓰리라고는, 더구나 그것을 책으로 묶어 내리라고는 상상조차 하지 못했기 때문이다. 이유는 비교적 명확하다. 평소 글쓰기를 좋아하지 않았을 뿐만 아니라 영화는 더더구나 즐겨보지 않았기 때문이다. 시간이 날 때면 주로 인터넷 검색을 했다. 그것도 아니면 소파나 방바닥에 널브러져 느릿느릿 TV 채널 사이를 옮겨 다니는 게 고작이었다. 그때까지 나에게 영화란, 마치 오래전 헤어진 연인처럼 때때로 생각나기는 했으나 그렇다고 선뜻 다가가지지도 않는 무언가였다.

결코 영화와의 거리가 가깝지 않았던 내가 어떻게 글을 쓸 정도로 영화에 빠지게 되었을까? 그건 이제서야 영화가 가진 힘과 아름다움에 매혹되었기 때문이다. 그렇다면 영화가 가진 힘과 아름다움은 어디에서 비롯된 것일까?

영화 〈미드나잇 인 파리〉의 주인공 길 펜더의 이야기를 잠깐 해야겠다. 매력적인 약혼녀 이네즈와의 결혼을 앞두고 잠시 파리에 들른 길 펜더. 그는 자정의 종소리를 따라 1920년대 파리로 시간여행을 떠난다. 일종의 환상 체험을 한 셈이다.

그는 왜 시간여행을 떠났던 것일까? 우울했기 때문이다. 그리고 그 우울의 가장 깊은 곳에는 이네즈가 있었다. 그가 원한 삶은 천장에 창이 있는 파리의 다락방에 살면서 센 강변을 걷거나 카페 드 플로르에서 소설을 쓰는 것이었다. 그러나 이네즈와 함께하는 한 그것은 불가능했다. 그녀는 물질이 주는 도취가 없다면 결코 살아갈 수 없는 사람이었으니까. 바로 이 지점에서 이네즈는 길 펜더에게 현실적 삶의 균열이 된다.

사실 그는 잘나가는 할리우드 상업영화 작가였다. 그런데도 왜 하필 파리에서 살고 싶어 했을까? 삶의 허무를 느꼈기 때문이다. 상업적 성공과는 무관하게 삶의 가치를 잃어버린 채 껍데기뿐인 삶을 살고 있는 자신을 발견했기 때문이다. 그는 존재의 이유를 찾기 위해 파리에서 소설을 쓰려 했다. 하지만 이네즈는 그의 생각에 동의할 수 없었다. 욕망의 배출구로 파리보다는 베벌리힐스가 더 적절했고 소설보다는 영화 시나리오가 더 잘 팔렸으니까.

이네즈의 은폐된 의미는 여기서 드러난다. 그녀는 세속적 성공과 물질적 풍요의 은유였던 것이다. 따라서 이네즈와의 결별은 곧 물질적 궁핍 또는 사회적 죽음과 연결된다. 나라면, 혹은 당신이었다면 어떤 선택을 했을까?

길 펜더는 결국 이네즈와 헤어진다. 자신이 원하던 삶을 살기로 한 것이다. 그것이 현명한 선택이었는지에 대해서는 이견이 있을 수 있다. 하지만 나는 그의 선택을 응원했다. 나 또한 숱한 삶의 갈림길에서 비슷한 고민과 선택들을 자주 했기 때문이다. 그래서였을까? 영화의 끝 장면에서 그가 가브리엘과 만나 비 오는 파리의 밤길을 걸어갈 때, 나는 마치 내가 길 펜더가 된 것처럼 기뻤다. 그에게 주어진 위안과 나에게 주어진 위로가 다르지 않기 때문이다. 물질적 성공과는 거리가 먼, 필연적으로 쓸쓸함이 예견되는 길임에도 불구하고 자신이 꿈꾸던 삶을 향해 뚜벅뚜벅 걸어간 길 펜더. 그는 내 외로운 선택의 순간마다 힘이 되어주는 존재였다.

아픈 삶에 대한 공감과 위로, 매혹적인 이야기, 사랑스럽거나 슬프거나 쓸쓸한 장면들 속에 담겨 있는 삶에 대한 통찰. 어쩌면 나를 매혹시켰던 영화의 힘과 아름다움은 바로 이 속에 있었는지도 모르겠다. 그 모든 것들의 결정체로써, 영화는 먹먹한 슬픔과 아름다움을 교차시켜 짜내려간 황홀한 직물 같았다. 이와 같은 매혹을 당신과 나누고 싶었다. 그러한 욕망이 어쩌면 지금 내가 이 글을 쓰고 있는 이유인지도 모른다.

마음 기댈 곳을 찾는 그대에게

돌이켜보면 삶은 대체로 우울했다. 철들면서부터 나에게 보인 세상은 저마다의 상처들로 아팠다. 하지만 상처는 타인에게 가닿지 않았고 세상은 부조리했으며 병들어 있었다. 소설가이자 평론가인 콜린 윌슨Colin Wilson의 표현을 빌자면, 그것은 혼돈의 도가니였다. 어쩌면 때마다 찾아오는 내 깊은 우울도 여기서 비롯된 것은 아니었는지 모르겠다.

기댈 곳이 필요했다. 하지만 기댈 곳은 쉽게 보이지 않았고 나는 일부러 상처를 외면하거나 그것에서 도망치는 데만 급급했다. 그런데 상처는 도망친다고 해서 사라지는 게 아니었다. 오히려 그것은 정면으로 마주해야만 치유의 길이 열리는 무언가였다.

그런 의미에서 영화 읽기는 상처 치유의 다른 이름이었다. 영화 속에는 무수한 삶들이 있었고 숱한 삶의 사연들만큼이나 사람들은 저마다 상처와 쓸쓸함을 앓고 있었으니까. 이 때문에 타인의 상처 읽기는 내 영화 읽기의 핵심이 되었고, 그것은 결국 나의 상처 읽기로 되돌아왔다.

신기한 것은 영화 속 인물들과 함께 즐거워하고 웃고 떠들고 슬퍼했을 뿐인데 그 과정에서 내 상처가 점차 아물어가는 걸 느꼈다는 점이다. 그래서 감히 권해본다. 내가 그러했듯 당신 또한 어딘가 기댈 곳이 필요하다면 영화의 어깨에 잠시 기대보는 것은 어떤가 하고.

두 가지 고백

아울러 두 가지 정도 미리 밝혀두어야 할 것이 있다. 하나는 나의 정체성에 관한 것이다. 영화의 매혹을 나누고 싶어 이 글을 썼다고는 하지만 나는 영화 전문가가 아니다. 오히려 문외한에 가깝다. 더불어 나의 영화 취향은 지극히 평범하고 대중적이다. 특히나 영화 기법에 대해서는 심하게 낯을 가릴 정도로 무지하다. 이런 이유로 영화에 대한 비평보다는 내 생각을 전하는 데 충실하려 했다. 영화마다 한두 가지 주제를 잡은 뒤 하고 싶은 이야기만 했다. 이때 주로 초점을 맞춘 것이 내 마음이 머문 풍경들, 이른바 영화에 드러난 삶의 속살이다.

우리의 삶은 무엇 때문에 쓰라리고, 사람들은 무엇 때문에 상처받는지를 주의 깊게 살펴보려 했다. 그리고 힘든 선택의 순간 우리는 어떤 결정을 내려야 하는지, 나아가 잘못된 질서와 삶의 구조에서 벗어나려면 어떻게 해야 하는지도 짚어보려 했다. 각각의 영화에 던져진 다양한 질문들은 그와 같은 노력의 산물이다.

다른 하나는 최근의 영화를 그다지 많이 다루지 않았다는 점이다. 현재의 호흡에 충실하려면 좀 더 최신의 영화를 다룰 필요가 있었다. 하지만 일부러 그러지 않았다. 그보다는 나에게 깊은 인상을 준 영화들, 앞으로 오랜 시간이 흐른 뒤에도 여전히 시간의 시련을 견뎌내고 우리 곁에 있을 수 있는 영화들을 고르려 했다. 좀 더 오랫동안 소통하고 싶었기 때문이다. 특히 나와 비슷한 시대의 기억을 공유한 사람들과 좀 더 내밀한 이야기를 나누고 싶었다. 하릴없이 설레게 하거나 우울한 몽상으로 우리를 이끌던 영화들, 더러는 분노에, 때로는 사무치는 그리움에 우리를 떨리게 하던, 그런 영화들로 말이다.

비판정신, 치유를 위한 전제

지금까지 나는 영화에서 힘과 아름다움, 그리고 치유의 가능성을 보았다고 말했다. 하지만 이와 같은 것들이 가능하려면 전제되어야 할 것이 하나 있다. 바로 우리가 사는 삶에 대한 비판정신이다.

흔히 세계에 대한 비판정신은 '있어야 할 세계'와 '있는 세계' 사이의 괴리를 인식하는 데서 출발한다고 한다. 있어야 할 것의 부재에 대한 인식, 이것은 우리 삶의 무언가가 잘못되었다는 깨달음과 함께 더 나은 삶에 대한 치열한 욕망을 불러일으키는 힘이 된다. 따라서 우리의 상처에 대한 인식과 치유에 대한 모색도 이러한 비판정신을 토대로 가능할 것이라고 나는 믿는다. 그래서 소망해본다. 우리의 영화 읽기 또한 그러한 괴리를 같이 확인하고 극복 가능성을 모색해보는 장이 되기를. 그래서 우리가 좀 덜 상처받고 좀 덜 외롭게 되기를.

이 책이 나오기까지 많은 분들의 도움이 있었다. 그분들께 마음을 다해 감사의 말씀을 올리고 싶다. 먼저 시그마북스 강학경 대표님은 거칠고 부족한 글의 출간을 허락해주셨다. 긴 시간은 아니었지만 그분과 나눈 대화는 글을 쓰는 내내 큰 힘이 되었다. 다음으로 편집 팀은 초고를 꼼꼼하게 검토하여 초점을 맞추어야 할 대상과 고쳐야 할 부분들에 대해 섬세한 조언을 들려주었다. 이분들의 오랜 노고로 비로소 성근 글들이 책으로 엮일 수 있었다.

더불어 부족한 제자에게 늘 따뜻한 눈길로 격려를 보내주시던 김용석 · 조규태 · 곽동훈 · 이광국 · 김지홍 · 안동준 선생님께 끝없는 존경과 고마움의 말씀을 올린다. 이분들의 문하에서 내 배움의 시간들은 무척 행복했다. 특히 곽동훈 선생님과 김지홍 선생님께서는 각기 다른 방식으로 이 책의 첫걸음을 내딛게 해주셨다.

또한 반짝이는 문장과 아이디어의 중요성을 일깨워주신 한귀은 선생님, 귀한 시간을 내어 훌륭한 피드백을 해주신 모영화 · 이유라 선생님께도 고개 숙여 감사드린다. 아울러 한결같이 소중한 대상으로 곁에 있어준 아내 강윤경과 아들 윤강현, 장인 장모님께도 깊은 사랑의 말을 전한다. 마지막으로 지금껏 나를 낳고 길러주신 어머니와 아버지께 이 책을 바친다.

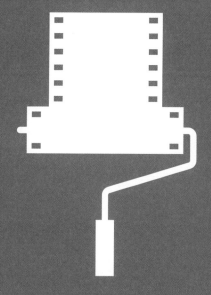

삶에는 때로 위로가 필요하다

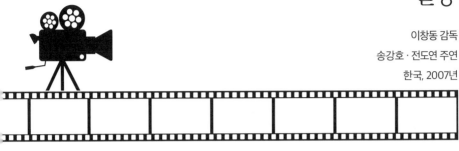

밀양

이창동 감독
송강호 · 전도연 주연
한국, 2007년

_ 누추한 땅에서 찾는 구원의 가능성

〈밀양〉은 우리 삶의 누추함과 고통에 대해 이야기하는 영화다. 주인공 신애는 사고로 남편을 떠나보내고 새 삶을 위해 밀양으로 내려왔지만 유일한 버팀목이었던 아들마저 유괴로 잃는다. 이 때문이었을까? 간간이 종찬이 만들어내는 따뜻함을 제외하면 작품의 색채는 무척이나 어둡다. '빛으로 가득하다'는 밀양의 뜻이 무색할 지경이다. 상처는 적나라하고 고통은 노골적이다.

불행했던 삶만큼이나 오열과 자학을 반복하는 신애를 보면서 문득 궁금해졌다. 그녀의 출구 모를 고통과 그만큼 암울한 삶을 통해 감독이 하고 싶은 이야기는 무엇이었을까? 우리 삶에 가득한 슬픔과 허위였을까? 아니면 구원으로 가는 길의 지난함이었을까? 그것도 아니면 신의 부재와 그 앞에 선 우리의 운명이었을까?

그리고 밀양密陽의 공간적 의미는 무엇이었을까? 신애가 들려주었던 '비밀의 햇볕'은 그 속에서 어떤 의미를 지니고 있었던 것일까? 더불어 햇볕이 비밀을 감추고 있었다면, 그 비밀의 정체는 과연 무엇이었을까?

그녀의 깊고 푸른 상처

언젠가 감독은 신애를 두고 "이 여자는 자기 인생의 모든 것을 설명해줄 수 있는 로직을 찾고 있는 것이 틀림없다"고 했다. 그렇다면 신애는 왜 그토록 로직에 집착했던 것일까?

아마도 망가진 자기 삶에 대한 의미화가 필요했기 때문일 것이다. 그토록 우울한 삶에서 최소한의 의미조차 발견할 수 없다면 그녀는 결코 삶을 이어갈 수 없었을 테니까. 이는 신애의 고통이 그만큼 깊고 단단했음을 의미한다.

그렇다면 그녀는 구체적으로 어떤 상처들을 앓고 있었는가? 가장 큰 상처는 당연히 아들의 죽음이 될 것이다. 하지만 그게 다는 아니다. 영화에는 그녀의 숨은 상처를 좀 더 직접적으로 보여주는 장면이 있다. 바로 신애가 종찬의 카센터에서 나온 뒤 홀로 중얼거리며 걷는 장면이다. 이 대목을 두고 감독은 한 인터뷰에서 다음과 같이 말했다.

삶에는 때로
위로가 필요하다

한국 관객들에게는 의도적으로 잘 안 들리게 했어요. … 거기 보면 이런 대사가 나옵니다. 누구한테 중얼거리면서 화를 내는데 "12살 때부터 숟가락으로 머리 때리면서 혼내지 않았느냐? 분홍색 타이즈…" (중략) 아버지한테 하는 말이죠. … 그래서 욕실에 갇혀서 벌 받았다는 내용의 얘기를 해요. … 그 다음에 또 어떤 말을 하는가 하면, "내가 버클리 음대에 간다고 했는데 너 왜 못 가게 했느냐?" 그러면서 "색골" 이런 얘기를 해요. 이건 남편한테 하는 거죠. 뭐, "색골, 좆같은 놈…" 이런 식으로 이야기해요. … 그 다음엔 하늘을 처다보면서 "난 너한테 안 져, 절대 안 져!" 이것은 신한테 하는 거지요.

위 내용을 살펴보면 신애가 지금껏 숨겨 왔던 상처는 아버지와 남편에게서 비롯된 것임을 알게 된다. 특히 소망하던 버클리 음대는 남편 때문에 진학조차 하지 못했다. 결국 그녀는 자신의 꿈과 재능, 그동안의 모든 노력을 남편 때문에 접어야만 했던 것이다. 그럼에도 불구하고 남편은 다른 여자와 바람을 피웠다. 이로써 그녀의 사랑은 속절없이 버림받았다.

생각해보면 신애의 고통은 분명 누구나 겪는 고통은 아니다. 그러나 관점을 달리해보면 그것은 누구든 겪을 수 있는 고통이기도 하다. 실제로 현실세계에서 가정을 위해 꿈을 접은 여성들이 얼마나 많았던가? 뿐만 아니라 어린 시절 부모와 불화를 겪거나 갑작스런 사고로 가족을 잃는 일, 믿었던 남편에게 배신당하는 일도 특정한 누군가에게만 국한된 일은 아니지 않는가? 따라서 그녀의 고통에는 보편성이 있다. 그리고 바로 이 지점에서, 신애는 고통받는 우리의 다른 이름이 된다.

그렇다면 '밀양'의 공간적 의미도 이와 유사하게 볼 수 있지 않을까? 지방의 작은 도시인 동시에 보편적인 삶의 공간으로 말이다. 감독도 자신이 밀양을 선택한 이유를 밀양이 아주 전형적인 요소로만 구성되어 있는 도시, 즉 '특징 없음이 특징'인 도시였기 때문이라고 했다. 결국 영화 내에서 밀양은 그 자체가 현실 또는 삶이라는 상징화된 공간이자 하나의 세계였던 것이다. 그렇다면 신애는 '주변인물로서가 아니라, 그 세계의 중심에 있는 하나의 개별적인 인간으로서' 보편적 고통과 구원의 문제를 제기한 셈이다.

자기기만과 각성

견디기 힘들 정도로 고통스러운 현실이 찾아왔다면 어떻게 해야 할까? 정면으로 마주해야 할까, 아니면 피해야 할까? 애초에 신애가 택한 방법은 피하는 것, 이른바 자기기만이었다.

몇 가지 사례를 보자. 그녀는 남편이 죽은 뒤 밀양으로 내려왔다. 남편의 고향이었기 때문이다. 따지고 보면 설득력이 없다. 남편이 죽었다고 그의 고향으로까지 이사하는 경우는 좀처럼 없으니까. 더구나 그녀는 남편에게 배신까지 당했다. 그러므로 그녀가 내세운 이유는 껍데기일 뿐이다. 보다 본질적인 이유는 그녀가 만들고 싶었던 이미지에서 찾는 것이

삶에는 때로
위로가 필요하다

더 적절해 보인다. 신애는 망가진 자신의 삶에 의미를 부여하려 하지 않았나? 이를 위해서는 남편의 사랑부터 복원해야 한다. 하지만 서울에서는 그것이 불가능하다. 남편의 외도를 모두가 알고 있기 때문이다. 이 때문에 그녀는 그 사실을 아무도 모르는 밀양으로 내려왔던 것이다.

그녀가 땅을 사러 다니던 모습 또한 자기기만이기는 마찬가지다. 신애는 애초부터 땅을 살 생각도 능력도 없었다. 다만 그럴듯한 모습으로 타인에게 보여지는 것이 중요했다. 여유 있고 남편과의 애틋한 사랑을 간직한 이신애로 말이다. 이는 역설적으로 그녀가 그만큼 원했으나 끝내 가질 수 없었던 욕망들을 잘 보여준다.

이러한 자기기만은 아들 준을 잃은 후 더욱 심해진다. 처음에 그녀는 신의 존재를 믿지 않았다. 신이 존재했다면 준이 그렇게 참혹하게 죽도록 내버려두지 않았을 테니까. 하지만 아픔이 컸기 때문일까? 결국 그녀는 교회에 나가고 구원을 찾기에 이른다. 또다시 자신을 속임으로써 고통에서 벗어나려 했던 것이다.

신애의 자기기만은 교도소로 찾아가 도섭을 용서해주겠다고 선언하는 데서 절정에 이른다. 트라우마 연구의 대가 주디스 허먼^{Judith Herman}은 말했다. 트라우마에서 벗어나려면 고통스러운 사건을 겪은 자신을 위해 충분히 슬퍼해야 한다고. 그런데 어떤 피해자들은 가해자에게 지기 싫다는 자존심 때문에 애도의 시간 대신 복수나 용서의 환상을 품는 경우가 있다고 한다. 허먼의 견해에 따르면, 신애가 하겠다는 용서는 하나의 환상이자 가해자에 대한 분노의 우회였던 셈이다.

심지어 신애는 길가에 핀 꽃까지 꺾어 도섭에게 선물하려 했다. 그런데 뭔가 이상했다. 도섭의 얼굴이 너무나 평온해 보였기 때문이다. 그녀가 신의 사랑과 용서를 전하기 위해 여기까지 찾아왔다고 하자, 도섭은 자신도 그와 같은 믿음을 갖게 되었다고 말한다.

도섭 : 하느님이 이 죄 많은 인간한테 찾아와주신 거지예.

신애 : 그래요? 하느님을 알게 됐다니 다행이네요.

도섭 : 예. 얼마나 감사한 일입니까? 하느님이 이 죄 많은 놈에게 손 내밀어주시고, 그 앞에 엎드려가 지은 죄를 회개하도록 하고, 제 죄를 용서해주셨습니다.

신애 : (잠시 정신이 나간 듯) 하느님이, 죄를 용서해주셨다구요?

도섭 : 예, 눈물로 회개하고 용서 받았습니다. 그러고 나서부터 마음의 평화를 얻었습니다. … 하느님한테 회개하고 용서 받으니 이래 편합니다, 내 마음이.

가해자가 스스로를 용서하다니, 신애로서는 어처구니가 없었을 것이다. 엄밀히 따져 보면 도섭에게 찾아온 신은 신이 아니다. 그의 신은 그가 만든 허상에 불과했다. 따라서 그에게 베풀어진 용서도 신의 용서는 아닐 것이다. 그가 스스로에게 베푼 용서일 뿐이다.

결과적으로 도섭의 터무니없는 자기기만은 신애가 스스로의 기만을 깨닫는 계기가 되었다. 이로써 신애는 도섭에게 주려했던 꽃을 길바닥에

삶에는 때로
위로가 필요하다

버리고 결코 정의롭지 못했던 신에게 치열하게 저항하게 된다. 역설적으로 신의 존재에 대한 그녀의 인정은 신을 믿은 자신의 허위를 깨달음으로써 시작된 것이다.

저항 속에 숨은 갈망

이후 신에 대한 그녀의 분노는 세 가지 저항으로 구체화된다. 첫 번째는, 야외부흥회에 가서 김추자의 〈거짓말이야〉를 방송으로 내보낸 것이다. 신의 사랑을 이야기하던 부흥회는 '사랑도 거짓말, 웃음도 거짓말'이라는 경쾌한 노래가사 속에서 희화화된다.

생각해보면 고통과 허위로 가득 찬 이 세계는 분명 신의 조율이 필요한지도 모른다. 하지만 그녀가 볼 때 인간의 고통 하나하나에 공감하고 반응하는 신, 자애롭고 정의로운 신은 없었다. 만약 그러한 신이 있었다면 아무 죄 없는 아들 준이 그토록 비참하게 죽지도, 살인범 도섭이 구원받아 그처럼 평온한 상태가 되지도 않았을 테니까. 따라서 사랑과 구원의 신은 인간이 만들어낸 자기기만의 장치일 수밖에 없었다. 신애는 그것을 마냥 두고 볼 수 없었던 것이다.

두 번째 저항은 교회 장로를 유혹하는 데서 드러난다. 신애는 그와 함께 햇볕 가득한 야외에서 섹스하기 직전 하늘을 보며 묻는다. "잘 보이니? … 잘 보이냐구?" 처음에는 아주 작게, 나중에는 크게 따지듯 묻는다. 이윽고 구토를 한다. 아마도 그녀의 구토는 신이 만든 세상이 구역질 날 만큼 잘못되었다는 항의의 표시였을 것이다.

이러한 저항을 통해 그녀가 궁극적으로 얻고 싶었던 것은 무엇이었을까? 그것은 진짜 구원이 아니었을까 싶다. 이와 같은 그녀의 바람은 세 번째 저항인 손목 자해 사건에서 잘 드러난다.

신애는 사과를 깎다가 손목에 자해를 한다. 그러더니 천장을 보며, "봐, 흐—, 왜요?"라며 말한다. 이윽고 피투성이가 된 채 밖으로 나간 그녀는 거리를 돌아다니다 외쳤다. "살려주세요, 살려주세요, 제발." 궁금했다. 그녀의 외침은 누구를 향한 것이었을까? 행인들이었을까? 아닐 것이다. 그럴 생각이었다면 애초에 자해를 시도조차 하지 않았을 것이기 때문이다. 그렇다면 그녀의 외침은 지금까지 침묵하던 신, 가짜가 아닌 진짜 신을 향한 것이었다고 봐야 하지 않을까? 만약 신이 정말로 존재했다면 말이다.

구원의 문은 어떻게 열리는가

이 작품에서 가장 인상 깊었던 부분은 마지막 장면이다. 신애는 집에 돌아와 머리칼을 자른다. 잘린 머리칼은 바람에 날려 마당의 한 구석으로 간다. 지저분하고 물웅덩이가 있는 그곳에는 햇살이 가득하다. 바깥에서는 아이들 떠드는 소리, 차들 지나가는 소리가 들린다.

삶에는 때로
위로가 필요하다

그 장면이 의미하는 바는 무엇이었을까? 기본적으로 시끄럽고 지저분한 그곳은 우리 삶터의 은유였을 것이다. 그리고 신애의 잘린 머리칼은 그녀가 견뎠던 오랜 고통의 시간들을 뜻할 것이다. 그렇다면 그 장면은, 비로소 신애가 과거의 상처를 딛고 삶을 지속할 것임에 대한 암시가 된다. 비록 우리 삶터가 남루하기 짝이 없더라도 말이다. 그런데 여전히 햇볕 속에 있으면서도 신애는 행복하지 않다. 그 모습을 보면서, 혹시 '햇볕이 감추고 있던 비밀'은 '신의 부재'가 아니었을까 하는 생각이 불현듯 들었다. 햇볕은 밝고 따스하며, 대개의 생명도 거기서 비롯되기 때문이다. 그래서 사람들은 빛 속에서 신을 찾는다. 신애가 빛을 보며 구원을 갈망하거나 신을 원망했듯이.

하지만 빛은 구원과 무관했다. 빛이 구원의 약속이었다면 빛의 고장인 밀양 사람들은 모두 행복했어야 했다. 그러나 그곳 사람들은 저마다의 고통과 상처로 괴로워했다. 따라서 빛이 존재한다는 사실과 우리가 구원받을 수 있다는 사실도 서로 무관했다.

그럼에도 빛은 그 밝음으로 인해 신이 존재할 것이라는 환상을 심어준다. 그러한 환상은 가짜 구원에 대한 환상일지도 모른다. 그렇다면 오히려 진짜 구원은 그러한 환상을 버릴 때 가능해지는 것은 아닐까? 다시 말해, 구원은 단순히 보이지 않는 존재에게 무기력하게 빌 때 이루어지는 것이 아니라, 신의 부재를 인정하고 우리의 노력으로 무언가를 만들어갈 때 나타나는 것이 아닐까?

물론 신의 부재는 우리를 우울하게 만들 수도 있다. 그러나 그것이 현실이라면, 그것을 인정할 때 우리는 더욱 우리의 삶을 긍정하고, 있는 그대로의 현실을 받아들이게 되지 않을까?

그런 점에서 신애 곁에 종찬이 남았다는 것은 무척 다행스러운 일이다. 물론 그는 속물이다. 하지만 적어도 신애에 대한 마음만큼은 진짜였던 것으로 보인다. 감독은 종찬의 사랑을 '껄떡대는 것'으로 표현했다. 하지만 나는 그의 견해에 동의할 수 없다. 단순히 껄떡대는 것만으로는 신애의 신경질적인 반응 모두를 받아주기 어려웠을 테니까. 그는 속물이지만, 오히려 속물이었기 때문에 가진 것 없고 날카로운 히스테리만 남은 여자를 그처럼 속절없이 사랑하기가 더욱 쉽지 않았을 것이다. 그럼에도 불구하고 사랑을 지켜간 그에게서 나는 구원의 가능성을 보았다.

더불어 한 가지 더 짚어야 할 게 있다. 신애가 정신병원에서 퇴원한 뒤 우연히 들른 미용실에서 미용사가 된 도섭의 딸 정아를 만나는 장면이다. 이 또한 무척 상징적이다. 신애와 정아는 서로에게 결코 지워지지 않을 상흔이기 때문이다.

흔히 상처는 그것을 마주할 때 치유의 길이 열린다고 한다. 그렇다면 신애와 정아는 언제까지나 피해야만 할 대상은 아니다. 결국은 마주해야 하고 언젠가는 서로의 상처를 보듬어주어야 할 관계인지도 모른다. 더구나 따지고 보면 정아에게는 잘못이 없었다. 그녀는 자신의 의지와는 무

삶에는 때로
위로가 필요하다

관하게 도섭의 딸로 태어나 불행하게 살았을 뿐이니까. 신애가 어린 시절 아버지 때문에 힘들었던 것처럼 말이다. 따라서 신애가 받는 고통이 부당하다면 정아가 받는 고통 또한 부당하다.

결국 이들의 상처가 건강한 방식으로 아물려면 이들의 관계회복이 전제되어야 한다. 그것은 어떻게 가능할 수 있을까? 열쇠는 머리칼에 달려 있는 것 같다. 머리칼은 혼자 자를 수 있는 게 아니니까 말이다. 적어도 거울을 들고 선 종찬이나 정아의 도움이 있어야 한다. 그렇다면 이들의 상처는 서로에게 머리를 맡기거나 그것을 깎아주는 데서 치유될 수 있는 게 아닐까?

언젠가 감독은 이렇게 말했다. "종찬은 어쨌든 이 여자가 앞으로 계속해서 살아가려면 함께 살아야 될 그 누구"라고. 나는 '그 누구'에 정아도 포함시키고 싶다. 그렇다면 바로 이 지점에서 가상의 치유관계도를 그려볼 수 있지 않을까? 그 시작점에 종찬이 위치한다면 종착점에는 정아가 위치하는, 그런 관계도 말이다. 궁금해진다. 신애는 언제쯤 정아에게 머리를 맡기게 될까?

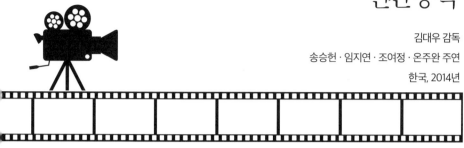

인간중독

김대우 감독

송승헌 · 임지연 · 조여정 · 온주완 주연

한국, 2014년

_ 상처와 사랑

『대동운부군옥』의 〈심화요탑〉 편에 다음과 같은 이야기가 전한다. 신라 활리역에 살던 지귀는 어느 날 선덕여왕의 행차를 본다. 그는 여왕의 아름다운 자태를 깊이 사모하게 되었고, 이룰 수 없는 사랑에 날마다 몸이 야위어갔다. 지귀의 깊은 사랑을 알게 된 여왕은, 어느 날 그와 영묘사 탑 아래에서 만나기로 약속한다. 여왕의 행차를 기다리던 그는 문득 잠이 들고, 여왕은 그의 가슴 위에 자신의 팔찌를 두고 돌아간다. 여왕을 기다리지 못한 것을 한스럽게 여긴 지귀는 마음의 불이 그 몸을 태워 불귀신이 되고 만다. 이에 여왕은 술사에게 주문의 노래를 짓게 한 뒤 그를 푸른 바다 멀리 쫓아버린다.

삶에는 때로
위로가 필요하다

중독과 절제

지귀설화에 나타난 불귀신은 중독된 사랑의 결과물로 보인다. 불은 삶을 밝고 따뜻하게 만들어준다는 점에서 우리에게 꼭 필요한 것이다. 하지만 조심해서 다루지 못할 경우 삶을 잿더미로 만들 수 있다는 점에서 사랑과 닮았다. 설화에서 지귀가 불귀신이 되고 말았다는 것은 자신의 사랑을 절제하지 못해 자기 자신과 사랑하는 사람의 나라를 황폐하게 만드는 존재가 되었음을 뜻한다. 결국 지귀는 제어하지 못한 자신의 사랑 때문에 추방당한 것이다.

〈인간중독〉의 김진평도 지귀와 유사한 삶의 궤적을 보인다. 어느 날, 그는 음악다방 임 사장에게 부하의 아내를 사랑하게 되었다고 고백한다. 이러면 안 되는 줄 알지만 보고 싶어 미칠 것 같아 어쩔 수 없다며 괴로워한다. 그런 그에게 임 사장은 '여기서 끝낼 것'을 조언한다. 그리고 TV는 아폴로 11호가 달에 착륙하는 장면을 보여준다.

왜 하필 여기서 달의 모습이 제시되었을까? 아마도 오래전부터 달은 인간에게 동경의 대상이었기 때문이 아닐까 싶다. 달은 투영되는 욕망에 따라 다채로운 모습으로 우리에게 다가왔다. 그것은 옥토끼가 사는 신비의 세계이기도, 어둠을 밝히는 구원과 희망의 상징이기도 했다.

하지만 TV에 모습을 드러낸 달은 더 이상 신비와 동경의 세계가 아니었다. 그곳은 삭막하고 텅 빈 땅이었다. "아무것도 없네. 저기 저런 데를 뭐하러 가? 돈 써가며"라는 임 사장의 말은 신비가 벗겨진 달의 실체를 드러내는 말이었다. 그리고 이는 종가흔에게 덧씌어진 환상의 실체를 보여준 것인지도 모른다. 무수한 전설과 욕망으로 치장되어 있지만 막상 가보면 아무것도 없는 삭막한 달처럼, 종가흔은 김진평의 환상 속에서만 아름답고 신비롭게 빛났던 것인지도 모르니까 말이다.

김진평에게 그녀는 오직 절실한 사랑의 대상으로만 존재했다. 장군으로 진급하게 된 날, 그는 자신을 따라 서울로 가지 않겠다는 그녀에게 외치듯 묻는다. "그럼 왜 그랬는데? 이럴 거면서, 이렇게 버릴 거면서 왜 그랬는데? 왜 좋아하게 한 거냐고?" 주위 사람들의 만류에도 불구하고 "나를 왜 버리는 거냐?"고 묻는 그의 절규는 그를 나락으로 추락시킨다.

불륜 사실이 알려진 후 장인은 그를 월남으로 보내려 한다. 김진평은 떠나기 전 마지막으로 그녀를 찾아간다. 그러고는 이렇게 묻는다. "날 사랑했어?" 그녀가 말없이 고개를 끄덕이자 다시 묻는다. "지금은, 지금도 사랑해?" 그녀가 "나, 자기 사랑해요"라고 답하자, 김진평은 월남이 아닌 태국의 바닷가로 갈 것이라 말한다. 먼저 가 있을 테니 따라오라는 그의 말에 그녀는 답한다. "다신 자기 망치지 않을 거예요. 그리고 그 정도로, 다 버릴 정도로, 자기 사랑하지 않아요."

그녀는 현실의 한계 속에서 사랑을 한 것이다. "그렇구나, 몰랐네. 진작 얘기해주지"라며 허탈한 듯 내뱉은 그의 말은, 그의 지독한 사랑이 사실은 일방적이었음을 보여준다. 그러나 깨달음이 곧 현실을 바꿀 수 있는 것은 아니다. "그런데 말이야, 난 말이야, 당신을 안 보면 못 살 것 같아.

잠도 안 오고, 아무것도 먹히지 않고, 그리고 숨도 못 쉬겠어." 그는 답답한 듯 가슴을 계속 친다. "여기, 여기가 막혀서 살 수가 없어." 오열하며 권총을 꺼내 가슴에 쏜 그는, 모든 것을 잃는다. 먼 바다로 쫓겨난 지귀처럼 그도 세상의 저 먼 곳으로 밀려가 삶을 마감하게 되는 것이다.

지귀설화가 천 년 전의 비극적인 사랑이야기를 보여준다면, 김대우 감독의 〈인간중독〉은 우리와 좀 더 가까운 시대의 비극적 사랑이야기를 보여준다. 두 이야기는 닮은 점이 많다. 시대가 허용하지 않은 사랑을 했다는 점, 지독한 사랑의 결과 주인공들은 모두 추방당하고 말았다는 점, 그리고 이들의 자기 파괴적인 사랑 이면에는 누추한 현실을 벗어나고자 하는 강렬한 욕망이 존재했다는 점 등에서 말이다. 하지만 두 이야기 사이에는 결정적 차이점이 존재한다. 지귀설화는 김대우 감독의 견해와 달리 사랑에는 절제가 필요함을 이야기하기 때문이다.

지귀와 김진평의 삶은 사랑의 궁극과 절제에 대해 되묻게 한다. 감독은 사랑의 궁극을 고민하던 중 결국 그것은 '그 사람이 없으면 견딜 수 없는 것, 숨을 쉴 수 없는 것'이라는 결론을 내렸다고 한다. 그렇다면 김진평은 사랑의 영웅이다. 온갖 어려움과 배신에도 불구하고 그는 자신의 사랑을 완성했으니 말이다. 그런데 사랑이 꼭 그런 것이어야만 하는가? 절제하는 사랑은 사랑이 아닌가? 김진평의 삶이 보여주듯, 오히려 절제하지 못하는 사랑이 우리의 삶을 더욱 황폐하게 만들지는 않는가?

그러나 한편으로는 또 다른 종류의 질문이 고개를 든다. 사랑이 과연 이성으로 제어가 되는 것인가? 제어가 된다면, 그것이 과연 궁극의 사랑일까? 지독한 사랑은 눈멂, 광기를 동반하는 게 아닌가? 아직은 여기에 대해 답할 수 없다. 김진평의 삶을 좀 더 살펴보도록 하자.

답답한 현실, 벗어나려는 욕망

〈인간중독〉의 첫 화면은 캄캄하고 아무것도 보이지 않는 가운데 흘러나오는 베트남전 뉴스로부터 시작된다. 이는 참전의 암울함이 지배하는 당시의 어두운 시대상을 상징하는 장치다.

김진평은 베트남전에서의 활약 덕에 용감한 군인으로 인정받고 있지만, 사실 그는 심각한 악몽에 시달리고 있다. 이명, 불면증, 공황장애는 베트남전이 그에게 남긴 상처다. 하지만 무엇보다 심각한 것은 섬망이다. 그의 눈에는 지금도 베트콩이 보인다. 군의관이 요즘 어떤 꿈을 꾸는지 묻자, "잠이 들면 어느 새, 항상 그 정글 속"이라고 대답한다. 두렵고 공허한 듯, 그리고 무언가에 질린 듯한 눈으로 뒤돌아보는 그의 손엔 베트콩의 머리가 들려 있다. 베트콩의 얼굴은 검고 핏물로 얼룩져 있다. 그는 혼자 공포의 한가운데 서 있다. 이러한 악몽 속에서 벗어나지 못하는 한 그의 전쟁은 여전히 진행형인 셈이다. 다리가 잘려 환상통에 시달리던 병사가 자살하려 할 때 그 병사에게 했던 "다 끝났어, 그러니까 걱정하지 마"

라던 그의 말은, 사실 그가 자신에게 하고 싶었던 말인지도 모른다.

하지만 그의 고통은 누구에게도 이해받지 못한다. 아내는 그를 좋아하긴 하지만 남편을 장군으로 만들려는 야망에 충실한 인물이고, 주변 사람들은 이중적인 모습을 보인다. 앞에서는 칭찬과 아부를 늘어놓지만 뒤에서는 시기와 질투의 말들을 내뱉을 뿐이다. 믿었던 군의관 친구는 그가 정신과 약을 복용하고 있다는 사실을 누설하고 사람들은 이러한 사실을 비밀이라며 주고받는다. 그가 혼자서 테니스 연습에 몰두할 때 들리는 피아노 소리가 우울하고 고독한 이유는 그의 행위가 현실의 고통을 잊기 위한 몸부림이기 때문이다. 종가흔에 대한 집요한 사랑의 이유도 바로 여기서 찾을 수 있지 않을까?

정신분석학자 자크 라캉Jacques Lacan에 따르면, 사람은 자기가 가장 사랑하는 사람의 가장 깊은 곳에서 자기 자신을 본다. 이 말이 맞다면, 우리가 누군가를 사랑할 때 대상 자체를 사랑하는 것은 아니라고 보아야 한다. 우리가 사랑하는 것은 늘 대상을 통해 보이는 환상이며, 그 환상은 결국 우리 자신이 만든 것에 불과하다. 그렇다면 환상에 대한 사랑은 언제나 자기애로 귀결될 수밖에 없다. 따라서 종가흔을 깊이 사랑한다던 김진평은 결국 자기 자신을 사랑하고 있었던 셈이다. 더불어 특정 대상을 통해 환상을 보려는 욕망은 현실에 대한 탈출 욕구가 크면 클수록 깊어진다. 그렇다면 김진평의 종가흔에 대한 집요한 사랑은 그의 지독한 현실 탈출 욕구를 반영한 것은 아니었을까?

치유의 이미지, 지연되는 욕망 충족

종가흔이 이사온 날 밤, 김진평은 홀로 산책을 한다. 안개 사이로 가로등은 희미하게 빛나고 문득 새 소리에 끌려 그는 발걸음을 옮긴다. 도착한 그곳은 꽃과 새들로 가득한 밝은 곳이었다. 그가 재미삼아 새에게 담배 연기를 내뿜자 나무라듯 어디선가 목소리가 들려온다. "새가 싫어하잖아요." 이때 울리는 잔잔한 피아노 소리는 그의 마음에 울리는 파문이었을 것이다. 약간 헝클어진 듯한 머리를 곱게 묶은 그녀는 청초하고 안개 속에서도 우아하게 빛났다. 고혹적이면서도 신비로운 그녀와의 첫 만남이었다.

두 번째 만남은 나이팅게일 회원들과 기념사진을 찍을 때 이루어진다. 늦게 나타난 그녀는 간호사 복장을 했고 마치 움직이는 목련처럼 화사하게 빛났다. 이때부터 김진평은 환상을 품었던 것이 아닐까? 종가흔은 충분히 순결하고 아름다워 보였기에 치유와 구원의 여인상으로 부족함이 없었기 때문이다. 그리고 이날, 병원에서 부상병의 인질이 되었던 그녀는 진주 귀걸이를 잃어버린다. 뒷날 귀걸이를 찾아준 그에게 그녀는 직접 달아달라고 부탁한다. 수줍게 귀를 내민 그녀는 거부할 수 없을 만큼 매혹적이었다.

세 번째 만남인 피크닉 이후 김진평은 그녀에게 점점 더 깊이 빠져든다. 그녀가 앉은 꽃밭에서 꽃들은 마치 흐릿한 환영처럼 사라지고 없다. 오직 붉은 옷을 입은 그녀만이 선명할 뿐이다. 그리고 소나기가 내리던

삶에는 때로
위로가 필요하다

날, 아무도 없는 숲속에서 밀회를 즐긴 진평은 이제 그녀에게서 벗어날 수 없게 된다. 그래서 그녀와의 만남을 더 편하게 갖기 위해 그녀의 남편 경우진을 서울로 출장 보내지만, 그날 밤 그는 그녀에게 거부당한다. 그녀와 관계하고 싶은 욕망이 지연된 것이다.

프랑스의 유명한 사회문화인류학자인 르네 지라르^{René Girard}는 간절한 욕망의 대상은 일종의 신성神性을 가지고 있다고 했다. 하지만 그 욕망의 대상은 온전한 자기 것이 되는 순간 그것이 지녔던 신성을 잃어버린다. 환상은 사라지고 객관성만이 남아 실망하게 되는 것이다. 따라서 욕망이 욕망으로써의 가치를 유지하기 위해서는 그 충족이 늘 지연되어야 한다. 종가흔이 김진평에게 끝까지 간절한 사랑의 대상으로 남아 있었던 이유도 어쩌면 그녀가 온전한 그의 여자가 되지 않았기 때문이 아니었을까?

되짚어보면, 사실 그녀는 그의 아픔을 제대로 이해해준 적이 없다. 그나 부상병의 아픔에 깊이 공감한 것도 아니다. 부상병을 향해 총을 겨누던 그의 모습, 잘생기고 늠름한 모습이 멋있었을 뿐이다. 그런데도 김진평은 그녀를 자신의 탈출구 또는 구원으로 본다. 그녀는 아름다운 데다가 치유의 이미지를 가졌으며, 결정적으로 그를 유혹했기 때문이다.

물론 김진평이 오해할 만했다. 그는 분명 종가흔이 자신만큼 자기를 깊이 사랑하는 줄 알았을 것이다. 그의 생일 전날, 그녀의 집 문을 두드린 그가 "자려했는데, 숨이 안 쉬어져요"라고 말하자 그녀는 물었다. "정말 숨이 안 쉬어졌어요? 그 말, 너무 좋아요. 숨이 안 쉬어졌다는 말, 나만 그런 줄 알았거든요." 이렇게 말하는 그녀의 머릿결은 흐트러져 있었다. 그리고 부부의 침실에서 둘은 또다시 관계를 맺는다.

이후 이들은 음악다방에서 가장 행복한 한때를 보낸다. 부드러운 전등빛 아래에서 왈츠도 춘다. 아름다운 음악처럼 이들의 모습은 감미롭다. 행복한 순간은 폴라로이드 카메라에 담기고 이들은 같이 밤을 보낸다. 그리고 그녀는 바닷가에서 고백하기에 이른다. "나는 비교 대상이 없어요. 자기가 전부고, 유일하고, 내 우주예요."

그러나 종가혼의 사랑은 여기까지였다. 그녀는 결코 사랑에 전부를 걸지 않았다. 그녀에게는 욕망 충족에 명백한 한계가 존재했으며 사랑은 그 안에서만 가능할 뿐이었다. 그들의 관계를 알게 된 시어머니가 "그를 정말 사랑한다면 마음이 가는 대로 하라"고 하자, 그 말이 그녀의 죄의식을 건드린 것이다. 이후 그녀는 결별 선언을 하고 떠난다.

사랑의 궁극

이제 다시 질문을 던져보자. 사랑의 궁극은 '중독'이고 '눈멂'인가, 아니면 '절제'인가? 나는 후자에 손을 들어 주고 싶다. 물론 미칠 듯한 사랑도 사랑이고 나름의 존재 이유와 가치를 가진다. 그러나 사랑은 다음의 몇 가지 측면에서 절제가 필요하다.

우선, 그녀에 대한 지독한 사랑도 결국은 자신에 대한 지독한 사랑일

삶에는 때로
위로가 필요하다

수 있기 때문이다. 특히나 김진평처럼 우울한 현실에서 벗어나고자 하는 욕망이 강하면 강할수록 대상을 왜곡시켜 보려는 욕망도 더불어 커진다. 이 경우 우리는 대상 자체가 아닌, 대상을 통해 보고 싶은 환상을 사랑하는 측면도 있음을 인정해야 하시 않을까?

다음으로, 자신의 중독된 사랑이 열정적이고 중요한 만큼 사랑에는 배려도 필요하기 때문이다. 스토킹이 사랑으로 미화될 수 없듯, 배려 없는 사랑은 사랑이 아니다. 종가흔이 김진평을 사랑하지 않은 것은 아니다. 다만 그처럼 모든 것을 내던지는 사랑을 선택하지 않았을 뿐이다. 사실 그녀는 김진평의 지나친 사랑에 두려움도 느꼈다. 그렇다면 그녀에 대한 배려도 필요하지 않았을까? 배타적으로 소유해야만 사랑이 완성되는 것은 아니기 때문이다.

마지막으로, 사랑은 둘 만의 일이 아니기 때문이다. 사람은 관계 속에서 살아간다. 선덕여왕이 왕으로서 지켜야 할 것들이 있었듯 종가흔도 지켜야 할 것들이 있었을 것이다. 그것은 어릴 때부터 키워준 시어머니와의 관계일 수도, 기존의 도덕률이나 소소한 일상일 수도 있다. 그러나 그것이 내게 사소해 보인다 해서 정말 아무것도 아닌 것처럼 취급해서는 안 된다. 중요하고 중요하지 않은 것에 대한 판단은 내가 아니라 당사자가 하는 것이기 때문이다. 그럼에도 불구하고 중독된 사랑 하나만 믿고 모든 것을 다 버리라는 것은 지나친 요구일 수 있다. 중독은 사랑의 동의어일 수 없다. 사랑의 위치는 중독과 무욕 사이 어디쯤에 있지 않을까?

결과적으로 김진평은 이국땅에서 쓸쓸히 죽음을 맞이했고, 종가흔은 그의 기억을 떠올리며 오열한다. 이제 남은 것은 그들의 사랑에 대한 기억뿐이다. 그녀의 오열 위로 흐르는 배트 미들러의 〈The Rose〉는 슬프다. '상처받기를 두려워하는 심장은 결코 춤추는 법을 배울 수 없다It's the heart, afraid of breaking that never learns to dance'던 노래가사는, 파국을 예감하면서도 아름다운 왈츠를 즐기던 그들의 모습을 떠오르게 한다. 불행했던 인물의 가장 행복했던 모습과 슬픈 음악이 너무나 잘 어울린다는 것 역시 슬프게 느껴진다.

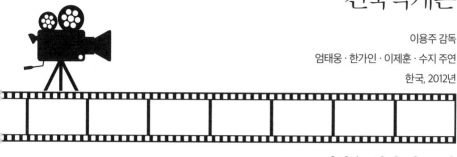

건축학개론

이용주 감독
엄태웅 · 한가인 · 이제훈 · 수지 주연
한국, 2012년

_ 기억을 엮어 만든 집

나도 가난한 자였다. 그래서 잘 안다. 가진 것 없이 시작한 사람들에게 세상살이는 결코 녹록지 않다는 것을. 남루한 삶은 스스로의 치열함으로 인해 늘 이런 저런 상처들을 안겨주기 마련이었다. 추측건대, 승민과 서연의 삶도 예외는 아니었을 것이다.

영화 〈건축학개론〉은 이처럼 쓸쓸한 나날들이 우리에게 안겨준 상처에 대해 이야기하는 작품이다. 지난 세월에도 불구하고 여전한, 붉고 선연한 그 생채기들을 어떻게 해야 치유할 수 있을까?

깊고 오래된 상처

승민은 건축회사에 다니고 있다. 어느 날, 15년 전 헤어졌던 첫사랑의 주인공 서연이 그를 찾아온다. 그리고 자신의 집을 지어달라고 부탁한다. 그녀는 어쩌다 생각이 난 듯 찾아왔고 승민도 그녀의 방문을 얼떨떨하게 받아들이지만, 이들의 만남은 사실 우연한 것이 아니다.

승민은 서연이 자신을 찾아왔을 때 잘 알아보지 못한다. 그런데 이건 좀 이상하다. 한때나마 그녀는 그의 열렬한 사랑의 대상이 아니었던가? 뿐만 아니라 그는 그녀가 남긴 CD와 CD 플레이어를 지금까지도 간직하고 있다. 15년이 길다고는 하지만 별로 변한 것 없는 그녀의 모습을 기억조차 못한다는 것은 납득하기 어렵다.

문득 이런 생각이 들었다. 승민의 이와 같은 어색한 반응은 혹시 도망치고 싶은 욕구에서 비롯된 것은 아니었을까? 그녀는 지금껏 그의 가장 우울했던 기억 속에 존재했으니 말이다. 그래서 자신의 기억 속에서 그녀를 지움으로써 상처투성이였던 그 시절로부터 멀리 도망치고 싶었던 것은 아니었을까? 만약 그렇다면, 그는 아직도 과거의 상처로부터 결코 자유롭지 못한 셈이다.

과거로의 여행, 기억의 재구성

살다 보면 누구나 지우거나 되돌리고 싶은 과거 하나쯤은 간직하고 있다. 프랑스의 철학자 앙리 베르그송Henri Bergson에 따르면, 우리의 의식 속에서 시간은 한낱 상상에 불과한 허구가 아니다. 그것은 잠재적 형태로 기억되는 실재다. 그렇다면 우리는 시간을 거슬러 특정한 시공간으로 갈 수도 있는 것일까? 그래서 언제든 지우고 싶은 과거를 간편하게 삭제할 수도 있는 것일까?

물론 그것은 불가능하다. 시간은 우리가 직접 체험할 수 있는 대상이 아니기 때문이다. 따라서 지우고 싶은 과거가 있다고 해서 시간을 물리적으로 거슬러 올라가 그것을 바꿀 수는 없다. 하지만 그렇다고 해서 우리가 과거의 상처로부터 벗어날 수 있는 방법 자체가 없는 것은 아니다. 그리고 시간을 직접 체험할 수 없다는 것이 체험 자체가 불가능함을 의미하지도 않는다. 시간은 기억을 통해 간접적으로 체험할 수 있기 때문이다.

한 가지 짚어야 할 점은, 우리의 지각이 결코 완벽하지 않다는 점이다. 이 때문에 과거를 우리의 의식세계에 불러오는 과정에서 늘 왜곡이 일어난다. 〈바람이 분다〉에서 이소라가 노래했듯, 과거가 저마다 다른 방식으로 기억되는 이유도, 하나의 과거에 대해 늘 여러 개의 '이본異本'이 존재하는 이유도 이 때문이다. 그리고 바로 이 지점에서, 기억의 재구성을 통한 상처 치유의 길도 열린다.

그러므로 과거로의 시간여행은 이들이 반드시 거쳐야 할 하나의 통과의례가 된다. 설레고 아름답게 빛났던 시절, 하지만 그보다 훨씬 더 쓸쓸하고 괴로웠던 시간들을 대면하지 않는 한 이들의 상처는 의식 깊은 곳에 남아 결코 지워지지 않을 것이기 때문이다. 덮어두었던 상처는 반드시 그 덮개를 열어야만 한다. 그리고 그것을 정면으로 응시함으로써 왜곡되고 비틀린 기억들을 바로잡아야 한다. 치유의 길은 그럴 때 비로소 열리는 것이다.

만남, 그 반짝이던 순간들

되짚어 생각해보면, 가장 풋풋하고 가슴 뛰던 시절은 아마도 스무 살 때가 아니었나 싶다. 라일락꽃 향기를 맡으며 캠퍼스를 걷거나 분주하게 강의실을 오가면서도 언제 찾아올지 모를 첫사랑의 예감에 나는 설레곤 했다. 서연과 승민도 햇살 곱던 어느 날 건축학개론 시간에 처음 만난다.

첫 강의 과제는 자기가 사는 지역에 대해 알아오는 것이었다. 승민은 정릉 주변을 돌며 사진을 찍었다. 늘어선 나무들을 찍기 위해 바닥에 누운 그의 카메라에, 문득 눈부시게 빛나는 그녀가 들어왔다. 이때부터 둘은 친구가 된다. 정릉의 오래된 골목 구석구석을 다니며 이야기를 나누고 마침내 빈집도 찾아낸다.

서연은 그 빈집을 좋아했다. 깨끗이 청소하고 가을날 꽃을 심어둘 만큼. 그녀는 승민과 같이 집을 가꾸며 살고 싶은 마음을 빈집에 담았던 것은 아니었을까? 그리고 둘은 첫눈 오는 날 그 집에서 만나기로 약속한다.

기쁨과 설렘의 시간은 둘이서 먼 곳으로 여행을 떠나던 날 정점에 이른다. 이때 건축학개론의 과제는 '그곳에 살고 싶다'였고, 둘은 기찻길이 있는 한적한 시골로 간다. 손을 맞잡고 철길을 걷기도 하고 호숫가에 마주앉아 막걸리도 마셨다. 그 자리에서 그녀는 자기가 살고 싶은 집을 그렸다. 창도 많고 마당도 넓은 집, 애도 둘쯤 낳고 개도 키우기 좋은 이층집. 그녀는 말했다. "나중에 이런 데다 집 짓고 살아야겠다. 그때 네가 지어줘, 공짜로. 알았지?" 그러면서 전람회의 CD를 건넨다. 기울어가는 햇살 속에서 그녀는 마치 반짝이는 꽃잎 같았다. 그리고 정류장에서 버스를 기다리던 그날 밤, 승민은 잠든 그녀에게 첫 입맞춤을 한다. 감미로운 피아노 음악처럼, 고요하고, 아름답고, 떨림으로 가득한 밤이었다.

남루한, 그래서 더 슬픈

하지만 승민과 서연의 첫사랑은 이루어지지 못한다. 결정적인 이유는 승민의 오해와 배신감 때문이었다. 종강파티가 있던 날, 서연은 술자리에서 그를 기다리고 있었고 승민은 서연의 집 앞에서 그녀를 기다리고 있었다. 늦은 밤, 그는 그녀가 만취 상태에서 재욱의 부축을 받으며 집으로 오는 것을 목격한다. 그리고 재욱이 그녀에게 키스하려는 장면과 방으로 같이 들어가는 모습을 본다. 그들이 방으로 들어간 뒤 승민은 그녀의 방문 앞에 섰다.

어떤 선택을 해야 했을까? 그냥 돌아서야 했을까, 아니면 문을 열어야 했을까? 선택의 순간 그는 결국 도망치듯 돌아서고 만다. 이 모습을 두고 어떤 이는 그가 어려서 또는 못나서 그렇다고 말한다. 일리 있는 말이다. 그녀를 정말 사랑했다면 비록 힘들지라도 그 문을 열어야 했으니까. 하지만 그의 뿌리 깊은 열등감과 서연에 대한 미안함을 고려해보면 그의 행동을 이해 못할 것도 아니다.

서연의 고향은 제주도다. 그녀는 그곳에서 벗어나고 싶어 서울로 왔지만 서울에서의 삶이 그다지 행복한 것만은 아니었다. 과에서 그녀의 별명은 '제주도 학원 출신'이었다. 아버지에게는 자랑스러운 딸이었겠지만, 과에서는 결코 환영받지 못한 존재였다. 차별은 일상 깊이 파고들어 있었고 그녀의 상처는 깊었다.

이 때문이었을까? 서연은 초라한 삶에서 벗어나기 위한 수단으로 아나운서 되기를 꿈꾼다. 그리고 돈 많이 버는 꿈, 돈 많은 남자랑 결혼하는 꿈도 꾼다. 그녀에게 재욱이 선망의 대상이 되었던 이유도 실은 이 때문이다. 그는 키 크고 잘생겼을 뿐만 아니라 부유했으니까.

그런 서연에게 승민은 좋아하는 마음 외에 줄 수 있는 것이 별로 없었다. 어머니는 시장에서 순대국밥 장사를 하셨고, 자신이 사는 곳은 서울의 변방, 외진 동네일 정도로 가난했으니 말이다.

그의 가난을 특히 선명하게 보여주는 상징물은 'GEUSS'라는 글자가 적힌 옷이다. 어느 날 재욱은 서연과 승민을 자신의 차에 태운다. 재욱은 뒤에서 자는 척하는 승민의 옷을 보더니 철자가 잘못된 옷을 입고 있다며 비웃는다. 그의 옷에는 'GUESS'가 아닌 'GEUSS'라는 글자가 적혀 있었던 것이다. 서연마저 그것을 보고 같이 웃자 그는 더 깊이 잠든 척, 그리고 몰래 옷의 철자를 감춘다. 그러다 차가 잠깐 멈춘 순간, 도망치듯 내려서 집으로 간다. 집에 온 승민은 옷을 벗어 던지며 화를 냈지만 가난은 그처럼 쉽게 벗어 던질 수 있는 게 아니었다.

그의 처지는 택시를 통해 더 잘 드러난다. 택시 기사는 그에게 승차를 권했지만, 정릉까지 간다고 하니 멀어서 갈 수 없다고 한다. 그때 갑자기 승민은 "왜요? 가요, 정릉" 하며 문을 잡는다. 그리고 "정릉 가요, 씨발, 정릉 가!"라고 외치며 끝까지 택시 문을 놓지 않는다. 택시 기사에게 맞으면서도 울면서도 그 문을 놓지 않는다. 놓을 수 없는 그 문은, 차마 놓을 수 없는 서연과 그럼에도 불구하고 무엇 하나 어찌할 수 없는 자신의 처지에 대한 원망과 서러움을 의미하는 건 아니었을까? 이들의 사랑이 아픈 이유도, 세월이 흘러도 쉽게 치유될 수 없었던 이유도, 결국 가난 때문에 사랑을 놓쳐야 했기 때문은 아니었을까?

화해, 그리고 치유

승민의 상처는 15년 뒤, 서연의 집이 다 지어진 날 치유된다. 떠나기 전 그는 그녀의 짐을 옮겨주다가 문득, 그 옛날 그가 만들었다 버린 집 모형을 발견한다. 애써 묻어두었던 상처가 갑자기 터져버린 듯, 승민은 서연에게 묻는다.

> 승민 : "왜 날 찾아온 거야? 집 지어줄 사람이 그렇게 없었어? 이제 와서 굳이, 왜,
> 나한테, 뭣 때문에, 왜?"
>
> 서연 : 궁금해서. 너 어떻게 사는지, 지금은 어떤지 궁금해서.
>
> 승민 : 그게 이유야? 그냥 궁금해서? 그게 다야? 그래서 이딴 거 지금까지 갖고
> 있는 거야?
>
> 서연 : 그래, 그래서 갖고 있었어. 내가 이거 갖고 있으면 안 돼? 나는 네가, 네가
> 내 첫사랑이었으니까.

잔잔히, 그리고 슬프게 피아노 소리가 흐른다. 흐릿해진 영상은 흐려진 이들의 마음을 표현하는 장치였을 것이다. 그리고 이들은 키스를 한다. 비로소 이들 사이에 놓여있던 오해는 사라졌고 이들은 아팠던 과거와 화해한다.

승민이 미국으로 떠나기 전 어머니는 그에게 순댓국을 끓여주셨다. 어머니는 여전히 냉장고에 음식을 가득 채워두신다. 그는 어머니에게 묻는다. "엄마는 이 집이 지겹지도 않아? 평생 살면서 고생만 하고." 그러나 어머니는 "아이고, 집이 지겨운 게 어딨어? 집은 그냥 집이지"라며 담담하게 답한다. 승민은 그날 밤, 밖에 나와 담배를 피우다 15년 전 자신이 걸

어찼던 녹색 철제 대문을 바라본다. 그 문은 녹이 슬고 한쪽이 휘어져 있었다. 승민에게 그 문은 자신의 지난 삶의 또 다른 상징이었을 것이다. 그는 문을 고치며 흐느낀다. 드디어 지난 삶과도 화해한 것이다.

집, 시간과 기억을 담는 곳

서연은 왜 그에게 집을 지어달라고 했던 것일까? 그 이유는 아무래도 신산스러웠던 그녀의 삶에서 찾아야 할 것 같다. 그녀는 도시에서의 삶에 지칠 대로 지쳤다. 아나운서도 되지 못했고 의사와 결혼했으나 결혼생활도 행복하지 못했다. 아득바득 버티다 결국 이혼한 상황이었다. 끝까지 버틴 이유는 버틸수록 돈을 더 많이 받을 수 있었기 때문이다. 그녀도 먹고 살아야 했으니까. 그녀는 제주의 한 항구에서 승민과 술을 마시다 고백한다. "나 사는 게 매운탕 같아. 안에 뭐가 들었는지도 모르겠고 그냥 맵기만 하네."

그래서 이제 그녀는 제주에 정착한 뒤 새로운 삶을 시작하고 싶어 한다. 삶의 모든 것을 리셋하고 싶은 욕망은 그녀가 제주도의 집을 싹 밀고 새로 짓고 싶어 하는 데서 드러난다. 하지만 승민이 가져온 설계도들은 그녀의 마음에 들지 않았다. 너무 낯설었기 때문이다. 그래서 결국 신축이 아닌 증축을 택한다. 이는 우리 삶에 완전한 리셋은 사실상 불가능함을 드러내는 장치로 보인다. 어느 시기에 이르면, 삶은 신축이 아니라 오직 증축만이 가능할 뿐이다. 다시 말해, 소중하고 아름다웠던 것들은 살리고 힘들고 누추했던 것들은 버리는 방식으로 삶을 재구성할 수 있을 뿐이다.

그래서 그녀의 집은 반드시 승민이 지어야 한다. 집은 단순한 주거공간이 아니라 시간과 기억을 담는 곳이니까. 그녀는 그곳에 가장 아름다웠던 시절과 그때를 장식하던 기억들을 담고 싶었던 것이니까. 나아가 그곳은 지친 삶에 위로가 되는 공간이어야 하니까. 이 때문에 그녀는 자신이 태어나고 자란 땅 제주에 치유의 공간을 만든 것이다.

시간은 사라지지 않는다. 앙리 베르그송이 말했듯, 이는 마치 멜로디와 같다. 하나의 건반을 누른다고 해서 앞에 눌렀던 음들이 일시에 사라지는 것은 아니다. 오히려 그 음들은 살아남아 현재의 소리들과 어울린다. 그리고 훨씬 더 풍성한 멜로디를 만든다.

완성되어 가는 집은, 오랜 그녀의 꿈과 더불어 아름답다. 창을 열면 아름다운 제주 바다의 새벽 풍경이 한눈에 들어오는 집. 그녀의 방은 그 집의 이층에 위치하고 있다. 그 옛날 기찻길을 걷듯 잔디를 걸어나가면, 꿈결처럼 바다가 펼쳐진 잔디밭이 보이고, 그 속에 승민이 낮잠을 자고 있다. 그 모습이 너무 포근해 그녀도 옆에 누워 잠든다. 그녀는 앞으로도 잔디 위에 설 때마다 그를 기억할 것이다. 추억은, 쌓인다.

완성된 집에는 그 옛날 그녀의 키를 재던 담벼락이 마당 한켠에 놓여 있다. 그리고 아버지가 만든 수돗가에 찍혔던, 여섯 살 그녀의 발자국도 연못 속에 자리 잡았다. 그녀의 유년 시절은 사라지지 않았고 새로 지은 집에 나란히 놓임으로써 되살아난다. 그리고 현재를 더욱 풍요롭게 만든다.

90년대의 기억들

이야기는 끝났는데, 문득 90년대의 캠퍼스 풍경이 떠오른다. 015B가 부른 〈신인류의 사랑〉이 교정 가득 울려 퍼지고 파란 잔디와 키 큰 나무 아래엔 저마다 이야기를 나누는 학생들로 붐비는 풍경. 그 시절의 눈부심은 사라진 줄 알았는데 천천히 다시 살아나 내 곁에 다가왔다. 삐삐, 무스, 젖혀 올린 올백머리, 그리고 우리를 위로해주던 전람회의 음악들. 시간은 사라지지 않고 남는다. 따뜻하게, 그리고 그립게.

오래된 정원

임상수 감독
지진희 · 염정아 주연
한국, 2007년

_ 혁명과 사랑 사이

파스칼 메르시어^{Pascal Mercier}가 쓴 소설 『리스본행 야간열차』의 어느 귀퉁이에서 다음과 같은 구절을 본 기억이 난다. '독재가 하나의 현실이라면, 혁명은 하나의 의무다.'

이 말 속에서는 피냄새가 난다. 돌이켜보면 만만한 독재자는 단 하나도 없었고 그만큼 쉬운 혁명 또한 단 한 번도 없었기 때문이다. 혁명의 어려움은 언제나 그것을 시작하는 이들의 피와 희생 속에서만 가능할 뿐이라는 사실 속에 있었다.

그러므로 혁명은 승리의 가능성을 확인한 다음에 시작하는 싸움이 아니었다. 오히려 실패할 가능성이 높은 싸움이었고, 그 과정에서 혁명 당사자들의 삶은 대부분 참혹히 부서졌다. 혁명은 그런 줄 알면서도 시

삶에는 때로
위로가 필요하다

작되었기에 더 안타깝고 아름다운 것인지도 모르겠다.

　임상수 감독의 〈오래된 정원〉은 군부독재시대에 사회주의를 꿈꾸었던 현우의 후일담을 그린 영화다. 그는 광주의 오월을 통해 지배권력의 추악한 얼굴을 정면으로 보았다. 이 때문에 끝까지 저항했고 그 결과 삶에서 소중한 많은 것들을 잃어버렸다. 사랑했던 윤희도, 가족과 함께 보냈어야 할 소중한 시간도, 펼치고 싶었던 자신의 능력도, 모두 감옥 안에서 떠나보낸 것이다.

　눈 내린 어느 날, 갈뫼에 돌아와 손바닥에 쑥뜸을 뜨던 그를 보면서 불현듯 궁금해졌다. 혁명의 당위성은 언제나 유효했겠지만, 단 한 번이라도 자신의 선택을 후회한 적은 없었을까? 혹시라도 같은 상황이 다시 펼쳐졌다면 어떤 선택을 하게 되었을까? 과거에 그러했듯 또다시 갈뫼 밖으로 나갔을까? 아니면 남았을까?

혁명의 뒤안길

현우가 형기를 마치던 날, 교도관은 말했다. "16년 8개월 만이시죠. 그동안 세상은 많이 좋아졌다고들 합니다. 그렇다면 오 선생도 한몫한 거겠죠."

　다소 의문스러웠다. 정말 세상은 좋아진 것일까? 물론 긍정적 변화가 있기는 했다. 과거와 같은 노골적인 억압은 더 이상 찾아볼 수 없게 되었으니 말이다. 그러나 그가 바깥에서 만난 세상은 그가 원했던 세상은 아니었던 것 같다. 행복한 사람보다는 여전히 아프고 불행한 사람들이 더 많았으니 말이다.

우선 다시 만난 건이는 심한 틱 장애가 생겼고 머리카락이 다 빠져 있었다. 더구나 그의 아내는 옥바라지하랴, 혼자서 살림 꾸리랴, … 안 미친 게 이상한 세상을 견디다 못해 차에 뛰어들어 죽었다. 초라한 차림에 반가운 웃음을 지으며 현우를 맞아주던 건이는 그가 보낸 신산한 세월을 몸으로 증명해 보였다.

그런가 하면 형편없는 속물이 되어버린 벗들도 있었다. "광욱이도 도끼도 낙하산 타고 다 한 자리씩 챙기던디 너희들은 도의원 하나 못 챙기고, 뭐냐? 맨날 술이나 처먹고"라는 말을 아무렇지도 않게 하는 이가 있는가 하면, 사는 게 심심해서 바람 피다 주접이나 떠는 일로 세월을 보내는 이도 있었다.

한때 타락한 지배이념에 저항하던 이들은 어느새 과거 경력을 이용해 정치인이 되었거나 아니면 자본이라는 새로운 권력 앞에서 속물이 되었거나 그렇지 않으면 사회 부적응자가 되어 남루한 삶을 살고 있었다.

그들의 모습을 보면서 문득 감방에서 현우가 울던 장면을 떠올렸다. 무기수가 된 그는 하루하루 날짜 죽이는 게 미치도록 지겨워서 종종 사소한 사고를 쳤고, 그때마다 독방에 감금되었다. 암전 속에서 모든 것은 정지했고, 오직 그의 흐느낌 소리만 들렸다. 아마도 이 장면은 그가 감옥

삶에는 때로
위로가 필요하다

에서 느꼈던 고통과 슬픔을 가장 극적으로 보여준 장면이 아니었을까 싶다. 그때 그의 마음을 채운 것은 무엇이었을까? 자신의 삶이 망가져가는 것에 대한 두려움과 안타까움이었을까? 아니면 수많은 삶을 파괴한 권력에 대한 분노였을까? 그것도 아니면 윤희에 대한 그리움이었을까? 나아가 그러한 고통 속에서 그가 꿈꾸었던 세상은, 과연 그가 출옥한 뒤에 보았던 세상과 같았던 것일까?

그의 흐느낌 속에서 내 귓가에는 마치 환청처럼 윤희의 목소리가 들렸다. "말로만 미안하다 그러지 말고, 미안한 짓을 하지마, 나한테. 후회할 거야." 이윽고 "나 직장도 그만 두고, 더 깊은 산골로 찾아갈 수도 있어. 그래, 그러자. 우리 이사 가자. 산 속 깊이, 응?"

하지만 그때 그는 말이 없었다. 그녀의 원망 가득한 눈길 사이로는 바람이 불었고 바람에 나무 이파리 나부끼는 소리만이 스산했다. 여기서 문득, 나는 백석의 시를 떠올렸다. "나타샤와 나는/ 눈이 푹푹 쌓이는 밤 흰 당나귀를 타고/ 산골로 가자 출출이 우는 깊은 산골로 가 마가리에 살자/ … 산골로 가는 것은 세상한테 지는 것이 아니다/ 세상 같은 건 더러워 버리는 것이다."(백석의 시 〈나와 나타샤와 흰 당나귀〉 중에서)

만약 그가 백석의 시에서처럼 세상 같은 건 더럽다며 다 던져버리고 깊은 산골로 가버렸다면 어떠했을까? 아마도 나였다면 그렇게 하고도 남았을 것이다. 그만큼 그녀와 함께하는 시간은 행복했고 그녀의 만류는 간절했으며 갈뫼는 평화로웠으니 말이다.

선택의 이유

그럼에도 불구하고 현우가 갈뫼를 떠날 수밖에 없었던 데는 몇 가지 이유가 있었던 것으로 보인다.

먼저, 그가 목격한 지배권력의 광기가 너무나 참혹했기 때문이다. 1980년 5월, 계엄령 철폐와 신군부 퇴진을 요구하던 시민들의 요구는 진압군의 헬기와 장갑차 아래에서 철저하게 묵살되었다. 국가 권력은 자신의 주인인 국민들을 짐승처럼 두들겨 패며 체포해 갔고, 그 과정에서 사람들은 총과 몽둥이에 맞아 피투성이로 죽어갔다. 광주에서 벌어진 무자비한 학살 현장의 한가운데 서 있었던 그는 광기어린 권력을 결코 용서할 수 없었던 것이다.

다음으로, 그가 갈뫼에 머무는 것은 동지들에 대한 배신이라 생각했기 때문이다. 자신과 뜻을 같이 했던 사람들은 하나같이 고통 속에서 죽거나 잡혀갔다. 건이는 피투성이가 된 채 뒷수갑을 차고 오리걸음으로 큰길까지 끌려갔고, 한 후배는 정신병원에 갇혔다. 모두들 지독한 고통에서 벗어나지 못하는데 자기만 행복하면 왠지 나쁜 놈이 되는 것만 같았기 때문이다.

또한 갈뫼에 머무는 것은 그의 평소 신념에도 어긋났기 때문이다. 그는 사회주의자였다. 그의 꿈은 모든 공동체 구성원들과 더불어 잘 사는 것이었다. 그러나 현재의 지배권력이 존재하는 한 그의 소망은 결코 이루어질 수 없었다. 그가 저항한 이유는 타락한 권력을 뒤엎어야 했기 때문

삶에는 때로
위로가 필요하다

이었고 저항하는 것이 옳기 때문이었다. 따라서 상황이 좋지 않다고 마냥 숨어있는 것은 스스로의 양심과 정체성을 부정하는 일이었다.

마지막으로, 공동체에 대한 사랑과 윤희에 대한 사랑은 모순되지 않았기 때문이다. 그는 자기가 사랑하는 사람이 지금보다 더 자유롭고 정의로운 세상에 살기를 바랐을 것이다. 그와 윤희, 그리고 장차 태어날 아이가 살아갈 곳이 언제까지나 깊은 산 속이거나 거친 폭력만이 지배하는 세상이어서는 안 될 테니까. 그렇다면 혁명의 다른 이름은 사랑이 아니었을까? 소중한 이들과 이들이 살아갈 터전에 대한 사랑 말이다. 따라서 그는 실패와 죽음을 예감하면서도 갈뫼 밖으로 나갈 수밖에 없지 않았을까?

하지만 윤희의 생각은 달랐다. 그녀가 현우를 붙잡고 싶었던 이유 또한 몇 가지가 있다.

먼저, 지금 나가는 것은 그의 인생과 재능에 대한 어마어마한 낭비였기 때문이다. 사실 당장 그가 밖으로 나간다고 해서 달라질 것은 없었다. 이미 그는 정치범으로 낙인찍혀 있었고, 갈뫼 밖에서는 더 이상 숨을 곳도 없었으니까. 나가자마자 잡힐 것은 뻔했다. 한 번 잡힌다면 아마도 평생 독방에서 홀로 썩어가다가 그냥 잊혀지게 될 것이고.

다음으로, 남겨진 아이와 자신의 앞날에 대한 두려움이 컸기 때문이다. 그녀의 아버지는 혁명가였다. 이 때문에 그녀는 아버지에 대한 기억이 없다. 오직 낡은 사진으로만 젊은 시절의 아버지 모습을 볼 수 있을 뿐이다. 더구나 그녀는 자신의 어머니가 견뎌야만 했던 험난하고 긴 세월을 너무나 가까이서 지켜보았다. 이제 그가 떠난다면 어머니의 삶은 고스란히 자신의 삶이 될 것이었다. 뿐만 아니라 아이 또한 자신이 그러했듯 아버지에 대한 기억 하나 없이 자라게 될 것이고.

더불어 이념보다는 사람이 먼저이며, 저항을 통해 궁극적으로 얻으려 한 것은 사랑하는 사람과 함께할 행복한 삶이었기 때문이다. 그녀에게 혁명은 하나의 과정일 뿐이었다. 그녀는 현우가 혁명 자체에만 집착함으로써 정작 소중한 것을 잃어버리는 것은 아닌지 두려웠던 것이다.

끝으로, 삶은 길기 때문이다. 그녀는 고민하던 영작에게 말했다. "인생 길어. 역사는 더 길어. … 겸손하자. 상황은 바뀌기 마련이고, 그때는 또 그때 할 일이 있는 거야. 지금이 다가 아니라구. 너, 그거 하지 마. 조직인지 지랄인지가 하라는 거, 니가 겁나면 하지 마. 그냥 니 길을 가. 세상이 뭐라고 떠들든."

그녀는 왜 이런 말을 했을까? 아마도 지금의 폭력적인 상황이 영원할 수 없고, 따라서 조금만 기다리면 새로운 세상이 올 것이며, 그때 자신들은 그곳에서 새로운 가치와 행복을 찾을 수 있으리라 믿었기 때문이다.

따라서 "숨겨 줘, 재워 줘, 먹여 줘, 몸 줘. 왜 가니, 니가?"라는 그녀의 말 속에는 어쩌면 현우가 잃어버리게 될, 하지만 결코 잃어서는 안 될 무언가에 대한 암시가 들어있었는지도 모른다.

결국 그는 갈뫼 밖으로 나갔고 나가자마자 붙잡혔다. 이어 혹독한 고문을 당한 뒤 독방에서 17년의 세월을 보냈다. 그리고 다시는 윤희와 만나지 못했다.

그를 기다리다가 암에 걸린 윤희는 죽기 전 한 폭의 그림을 남긴다. 젊은 시절의 그와 암 투병으로 머리칼이 다 빠져버린 40대의 그녀가 함께 있는 그림이다. 그림 사이로 그녀의 조용한 목소리가 들렸다.

"당신은 그 안에서, 나는 이쪽 바깥에서 이 한 세상을 다 보냈네요. 정말 힘들었죠. 하지만 이제 우리 이 모든 나날들과 화해해요. … 내게 언제나 당신은 가물가물한 흔적이었을 뿐이었어요. 그치만 죽음을 앞에 둔 지금 내 인생엔 당신뿐이었다는 걸 느껴요. 여보, 사랑해요."

문득 궁금했다. 도대체 누가 잘못한 것일까? 신념에 충실했던 그였을까? 아니면 그를 사랑했던 그녀였을까? 아니면 외톨이에 외골수에 고집쟁이였던 둘 모두였을까? 하지만 사실 그 누구의 잘못도 아니지 않았나? 은결의 말처럼 외톨이에 외골수에 고집쟁이인 것이 나쁜 것은 아니었으니까. 그들은 모두 자신의 가치와 사랑에 충실했을 뿐이고 그만큼 아픔을 견뎠을 뿐이니까.

따라서 잘못된 것은 오직 폭력의 질서로 사람들의 삶을 불행하게 만든 지배권력일 뿐이다.

가족 초상, 환상의 의미

〈오래된 정원〉에서 오래도록 기억될 장면 중 하나는 엔딩 장면이다. 여기서는 특이하게도 몇 개의 환상이 보인다. 그중 하나는 윤희의 모습이다. 은결과 헤어진 뒤 거리를 걷던 현우는 수많은 인파 속에서 그녀의 환상을 본다. 긴 머리에 코트가 잘 어울렸던 그녀는, 과거 그를 매혹시켰던 모습 그대로 나타나 그를 스쳐갔다. "이젠 헛 게 다 보이네"라며 지나쳤지만 멀어지는 그를, 그녀는 말없이 지켜보고 있었다.

가족 초상 또한 하나의 환상으로 볼 수 있다. 윤희가 그린 가족 초상화는 앳된 얼굴의 아버지와 늙어버린 어머니, 젊은 시절의 그와 나이 든 그녀, 그리고 딸 은결의 모습을 담고 있었다. 이 초상은 같은 공간에 존재해야만 했던, 하지만 결코 존재할 수 없었던 가족의 모습이다.

이러한 환상들이 의미하는 것은 무엇이었을까? 막연한 그녀의 바람이었을까? 하지만 예술적 장치로써의 환상은 한낱 헛것이 될 수 없다. 그것은 우리의 심리적 현실을 드러내는 장치다. 이러한 환상 속에는 현실세계의 거대한 폭력이 아로 새겨져 있다. 그러므로 실제 세계에서 불가능했던 환상과 꿈은, 그 자체로 더 나은 삶에 대한 소망이자 타락한 질서를 뒤집고자 하는 욕망의 은유가 된다.

따라서 가족들이 한자리에 모여 있는 환상은 그 간절함과는 달리 일생을 떨어져 살 수밖에 없었던 그들의 상실감을 드러내준다. 이를 통해 현실 권력이 얼마나 가혹하고 잔인한지를 역설적으로 보여주는 것이다.

삶에는 때로
위로가 필요하다

현우와 윤희의 비극적인 삶 때문이었을까? 어두워진 화면 뒤에서 울려 나오는 기타 소리와 나윤선의 〈사노라면〉을 듣고 있으면, 슬픔의 결도 더불어 깊어지는 느낌이다. 그래서 비록 부질없는 일이 될지라도 그녀의 바람 위에 내 바람도 더해 본다. 그들의 삶이 이제 더는 아프거나 외롭지 않기를. 그리고 이와 같은 비극이 다시는 되풀이되지 않기를.

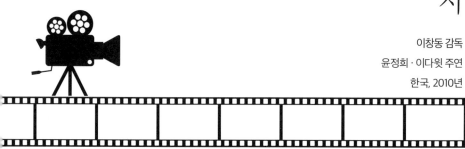

시

이창동 감독

윤정희·이다윗 주연

한국, 2010년

_ 아픈 삶에 건네는 위로

이창동 감독은 일상 속에 숨어있는 섬뜩한 폭력과 그로 인해 야기되는 고통을 탁월하게 그려내는 것으로 잘 알려져 있다. 〈시〉는 이러한 감독의 작품 경향에 충실하다. 작품에 등장하는 인물들은 하나같이 평범하다. 이들이 겪게 되는 사건들 또한 우리가 삶의 현장에서 종종 마주치는 일들과 별반 다르지 않다.

하지만 익숙함을 버리고 낯선 시각으로 바라보면, 작품 속 세상은 모순과 고통으로 얼룩져 있다. 그런 의미에서 영화 〈시〉는 평범한 삶 속에 담긴 폭력과 그 누추함을 담담하게 그려나간, 우리 시대의 일그러진 자화상이라 할 수 있다.

삶에는 때로
위로가 필요하다

모두 병들었는데 아무도 아프지 않았다

〈시〉의 앞부분은 쉴 새 없이 흘러가는 강물과 그 소리로 시작된다. 이어지는 풍경은 평화롭기 그지없다. 강가에서 아이들은 그들만의 놀이에 열중하며 즐거운 한때를 보내고 있다. 그러다 한 아이가 저 멀리서 무언가가 떠내려오는 것을 발견한다. 점점 가까이 다가온 그것은 투신자살한 소녀의 사체였다. 이 장면에 이르러 지금까지의 평화는 갑자기 뒤집힌다. 흘러가던 강물은 멀리서 보던 것처럼 맑기만 한 것은 아니었다. 그것은 시퍼렇게 고통스러운 죽음을 담고 있었다. 그럼에도 불구하고 놀라울 만큼 무심하게 흘러간다.

충격적인 첫 장면을 통해 감독이 보여주고자 한 것은 무엇이었을까? 아마도 평온해 보이는 일상 속에 숨은 폭력과 그로 인해 죽어간 사람들의 고통, 그럼에도 불구하고 아무렇지도 않게 살아가는 사람들의 무관심이 아니었을까? 그래서인지 작품 곳곳에는 아픈 사람들의 모습이 보인다. 병원은 환자들로 넘쳐나고, TV는 전쟁으로 죽거나 다친 사람들과 그 가족들의 오열을 계속해서 보여준다. 하지만 이를 바라보는 사람들의 표정은 무심하기 그지없다. 심지어 희진의 어머니가 딸을 잃은 뒤 맨발로 병원 주위를 걷다가 주저앉아 신음을 흘리며 오열하는 모습을 보여도 사람들은 덤덤하게 그녀를 바라만 볼 뿐이다.

본질적으로 한 사람의 죽음은 한 세계의 죽음과 다를 바 없다. 그러나 사람들은 이제 타인의 슬픔에 더 이상 공감하지 못한다. 남의 아픔은 무수한 일상 중 하나가 되어버렸고 그것은 자신의 것이 아니기에 아파할 필요도 없는 것이다. 이와 같은 풍경은, 이성복 시인이 읊조린 바 있는 '모두 병들었는데 아무도 아프지 않은' 세상이 곧 우리가 사는 세상임을 드러내 보여주는 장치가 된다.

시가 죽어가는 시대

미자는 어느 날, 피 같이 붉은 맨드라미를 본다. 그리고 그 꽃말은 '방패'라고 말한다. 사실 그녀에게는 맨드라미 꽃말 같은 삶의 방패가 필요했는지도 모른다. 버겁기만 한 삶에 그녀는 지금껏 무방비 상태였으니 말이다.

미자는 알츠하이머에 걸려 하루하루 기억을 잃어가고 있다. 간병 일로 힘든 삶을 견뎌나가고 있으며 혼자서 외손자를 키운다. 그녀의 비좁고 어두운 집은 그만큼 초라한 삶을 보여주기에 충분하다.

이처럼 고단한 삶 속에서 그녀가 마련한 방패는 '시'가 아니었을까? 삶의 진실과 아름다움을 추구하는 그녀에게 '시'는 어둡고 습기 찬 삶에서 거의 유일하게 매달릴 수 있는 구원이었으니 말이다. 이 때문이었을까? 그녀는 한 달 과정의 시 쓰기 강좌를 수강한다. 그리고 첫 강의에서 김용탁 시인의 다음과 같은 말을 듣는다.

여러분들은 지금까지 사과를 몇 번이나 봤는가? 천 번? 만 번? 백만 번? 틀렸어요. 여러분은 지금까지 사과를 한 번도 본 적이 없어요. 한 번도. 지금까지 여러분은 사과를 진짜로 본 게 아녜요. 사과라는 것을 진짜 알고 싶어서, 관심을 갖고, 이해하고 싶어서, 대화하고 싶어서 보는 것이 진짜로 보는 것이에요. 오래오래 바라보면서 사과의 그림자도 관찰하고, 이리저리 만져보면서 뒤집어도 보고, 한 입 베어물어도 보고, 사과에 스민 햇빛도 상상해 보고, 그렇게 보는 게 진짜로 보는 것이에요. 무엇이든 진짜로 보게 되면 자연스럽게 느껴지는 게 있어요. 시인에게는 그 순간이 좋아요.

여기서 시인이 말한 '보는 것'은 '낯설게 보는 것'을 뜻한다. 우리는 흔히 '오래도록 봐온 것'을 '잘 안다'고 생각하는 경향이 있다. 그러나 이는 착각에 불과하다. '익숙하다'는 것과 '잘 안다'는 것은 별개의 문제이기 때문이다. 자세히 보지 않으면 잘 알 수 없다. 바로 이 지점에서 익숙하기 때문에 오히려 더 잘 모르는 역설이 생기기도 한다. 무언가를 더 잘 이해하려면 김용탁 시인이 말한 것처럼 천천히, 그리고 낯선 눈으로 봐야 한다. 그렇기에 미자가 낯선 눈으로 세상을 바라보며 시를 쓰는 과정은 세상의 아픈 속살을 진짜로 들여다보는 과정이 된다.

불행히도 그녀가 낯선 눈으로 들여다본 세상은 혼돈과 신음으로 가득했다. 사랑을 다해 키워온 손자는 희진을 투신자살로 이끈 6명의 학생 중 하나였다. 그럼에도 불구하고 그는 자신의 잘못을 심각하게 느끼지 못한다. 식탁에 놓인 희진의 사진을 보고 잠시 놀라기는 했지만 이내 TV를 켜고 밥을 먹는다. 그러고는 아무 일도 없었던 듯 웃고 떠들며 노는 등 평범한 일상을 즐긴다. 이러한 모습은 그의 친구들도 마찬가지다.

문제는 그녀의 손자나 그 친구들이 특별히 나쁜 사람으로 제시된 게 아니라는 데 있다. 그녀의 집이나 오락실에서 만난 손자의 친구들은 인사도 잘하고 학급에서 간부도 맡는 등 우리 주변에서 쉽게 볼 수 있는 학생들이다. 이러한 사실이 두려운 이유는 폭력이 무서운 탈을 쓰고 있는 것이 아님을 보여주기 때문이다. 〈시〉는 철없는 중학생들의 모습을 통해 폭력이 너무나 평범하고 친숙한 얼굴로 우리 곁에 자리 잡고 있음을 보여준다.

물론 죄의식도 없고 타인의 고통에도 무관심한 모습은 아이들만의 전유물은 아니다. 어른들도 마찬가지다. 희진의 자살 사건이 발생한 직후 학부모들은 대책회의를 연다. 그리고 그 자리에서 사건을 원만하게 해결하기 위해 행동을 통일할 것을 결의한다. 이후 교감 선생님과 만난 자리에서 한 학부모는 여러 가지를 고려해 1인당 오백만 원씩 모두 삼천만 원의 위자료를 준비하기로 했다고 말한다. 이 정도면 적절한 수준인 것 같다고 말이다. 교감도 여기에 동의한다.

이와 같은 장면이 보여주는 것은 무엇일까? 한 사람이 스스로 죽음을 선택하기까지 겪었던 고통과 죽음이라는 참혹한 결과가, 1인당 오백만 원씩, 모두 삼천만 원으로 적절하게 계산되는 세상이 바로 우리가 사

삶에는 때로
위로가 필요하다

는 세상임을 보여주는 게 아닐까? 그렇다면 '시가 죽어가는 사회'의 본질도 여기에서 찾아야 하는 게 아닐까? 그 무엇으로도 바꿀 수 없는 삶의 고통을 돈으로 쉽게 환산해버리는 시대, 그리고 타인의 아픔에 진심으로 공감할 수 있는 능력을 잃어버린 시대, 이러한 시대야말로 '시가 죽어가는 시대'일 테니까 말이다.

병든 세상 같이 아프기

시를 쓰는 행위는 죽어가는 시를 되살리는 행위이면서 동시에 다른 사람의 아픔에 공감할 수 있는 능력을 회복시키는 행위가 되어야 한다.

희진의 자살 사건은 위자료 삼천만 원으로 마무리가 된다. 결코 동의할 것 같지 않았던 희진의 어머니도 결국 합의 자리에 나와 어색한 웃음을 띠며 앉는다. 합의가 끝난 뒤 사람들은 밥과 술을 함께하며 그간의 노고를 달랜다. 이때 미자는 묻는다. "이제 다 끝난 건가요, 완전히?" 질문의 속뜻은 아마도 희진의 죽음이 이처럼 간단히 처리되고 잊혀져도 되느냐는 물음이었을 것이다.

학부모들은 "학교 측과도 이야기 끝냈고, 합의도 했고, 언론도 막았으니 모두 끝난 거나 마찬가지"라며 안도했지만, 그녀에게 이 일은 결코 끝난 일이 아니다. 모두에게 잊혀지고 끝난 일이 되어도 그녀는 이 일을 그냥 덮어버릴 수 없다. 이 때문에 미자는 집요하게 희진의 행적을 추적한다. 그리고 점점 더 깊이 희진의 고통에 공감하고 괴로워하게 된다.

그런 그녀에게 시 쓰기는 무슨 의미였을까? 아마도 그녀에게 시 쓰기는 낯선 눈으로 세상을 탐험하는 과정이면서 동시에 병든 세상과 아픔을 나누는 과정이 아니었을까? 그녀가 강 노인의 외로움을 달래준 것도 이러한 측면에서 이해 가능할 것 같다.

강 노인의 상징적 의미는 '무력해진 마초'다. 감독이 배우 김희라 씨에게 그 배역을 맡긴 이유는 "그가 권위의식과 지배욕, 남성주의를 가장 현실적으로 표현할 줄 아는 배우"였기 때문이라고 밝혔는데, 이는 탁월한 선택이었던 것 같다.

강 노인은 어느 날, 비아그라를 먹고 난 뒤 자신의 몸을 씻겨주는 미자에게 이렇게 말한다. "나, 죽기 전에 딱 한 번만 할 수 있었으면 좋겠다. 난 다른 것 필요 없고, 딱 한 번만 남자 구실 하고 싶어. 나 소원이야." 이에 모욕감을 느낀 미자는 그의 옷가지를 팽개치며 간병 일을 그만둔다.

이후 희진의 발자취를 따라가던 그녀는 희진의 시신이 발견된 강가에 이르게 된다. 강변은 바람에 서걱거리는 풀 소리로 가득 찼다. 이윽고 눈물이 쏟아지듯 비가 쏟아진다. 이 모든 것은 그녀의 쓸쓸함과 울음이 쏟아지는 내면을 드러내주는 장치였을 것이다. 그리고 비에 흠뻑 젖은 그녀는 강 노인을 찾아가 비아그라를 먹이고 그를 위로해준다. 그의 초라함과 무기력함이 아프게 느껴졌기 때문이 아니었을까? 그는 늙고 병들었으며, 결국에는 쓸쓸하게 죽어갈 테니까.

시, 진심을 담아 전하는 위로

우리가 사는 세상에 대한 비판은 '있어야 할 세계'와 '있는 세계' 사이의 괴리에서 출발한다. 미자가 생각하는 '있어야 할 세계'는 서로에 대한 따뜻한 관심과 사랑이 넘치는 세계다.

시 강좌에서 '내 인생의 아름다웠던 순간'을 말하는 시간에 그녀는 천천히, 울먹이며, 기억도 잘 나지 않는 어린 시절을 이야기한다.

세 살, 네 살 때인가, 우리 엄마가 아파가지고 우리 언니가 나를 데리고 있었던 것 같아요. 내가 언니와는 일곱 살 차이거든요. 마루에는 붉은 커튼이 쳐져 있고 그것이 열려 있는 상태에서 햇빛이 비쳐 들어오고, 언니 얼굴이 반쯤 보여요. 언니가 예쁜 옷을 입혀줬나 봐요. "미자야, 이리 와, 얼른 와." 이러면서 손뼉치고, 저는 뒤뚱거리면서 가고, 어린 생각에도 언니가 나를 너무 예뻐하면서 이리 오라 하는데, 굉장히 기분이 좋았고, 너무 행복하고, 내가 정말 예쁘구나, 그런 생각이 들었어요. … "미자야, 얼른 와, 빨리 와, 미자야."

그녀의 이야기 속에 등장하는 언니는 그녀를 있는 그대로 사랑해주던 존재였다. 하지만 흐느끼며 말하는 그녀에게 그런 언니는 이제 세상 어디에도 없다. 그녀 앞에는 삭막하고 사랑이 죽어버린 세계만이 덩그러니 놓여있을 뿐이다.

미자에게 시 쓰기는 고통스럽고 쓸쓸한 삶 속에서 진정한 아름다움을 찾는 과정이었고, 이는 희진의 아픔에 거짓 없이 공감하는 모습으로 나타난다. 결국 그녀가 찾아낸 시의 아름다움은 고통에 대한 사과이자 속죄이며 진심을 담아 전하는 위로였다. 그러한 그녀의 위로는 손자의 죗값 치르기와 자신의 죽음이라는 대속 행위를 통해 완성된다. 미자는 사랑하는 손자를 결국 경찰에 넘긴다. 그리고 그날 밤, 시를 쓴다.

강좌의 마지막 날, 시를 쓴 사람은 그녀밖에 없었다. 시 쓰기가 너무 어렵다는 한 수강생의 말에 김용탁 시인은 답한다. "아니에요. 시를 쓰는 게 어려운 게 아니라 시를 쓰겠다는 마음을 갖는 게 어려워요."

시란, 진실과 따뜻함이 넘치는 삶의 방식에서 나오는 것이기 때문이다. 따라서 그녀가 남긴 시 〈아네스의 노래〉는 희진에게 전하는, 마음을 다한 위로이자 먹먹한 아름다움이 된다. 더불어 그녀의 죽음은, 종교처럼 높고 순결하다.

삶에는 때로
위로가 필요하다

봄 여름 가을 겨울 그리고 봄

김기덕 감독
오영수 · 김기덕 주연
한국, 2003년

_ 내 마음의 안식처, 노승과 암자

시간 앞에 서면 불현듯 쓸쓸해질 때가 있다. 때로 시간은 모든 것을 집어삼키는 신화 속 크로노스[1]와 같아서, 어느 순간 우리는 그 속에서 무언가를 잃어버렸거나 병들어가는 자신을 발견하기 때문이다. 돌이켜보면 한때 마음을 다해 사랑했던 사람들이나 내 눈을 멀게 했던 많은 것들이 시간 앞에서 아스라이 사라져가곤 했다. 그리고 애틋했던 대상의 빈자리는 종종 숱한 후회들로 채워졌다.

---

1   그리스 신화에 등장하는 태초 신 중 하나다. '시간'이라는 뜻을 가진 그는 한때 신들의 왕이었다. 하지만 아들에게 왕의 자리를 빼앗기게 된다는 예언을 듣고 난 뒤, 그는 레아와의 사이에서 태어난 자식들을 차례로 삼켜버린다. 그러다가 여섯 번째 아들인 제우스가 태어났을 때, 레아에게 속아 제우스 대신 돌을 집어 삼킨다. 결국 뒷날 제우스에 의해 추방된 그는 자식들마저 삼키던 모습 때문에 '모든 것을 집어삼키는 시간'의 의미를 가지게 되었다. 의식적 시간과는 다른 물리적 시간으로 이해되기도 한다.

그래서였을까? 〈봄 여름 가을 겨울 그리고 봄〉을 보면서 나는 시간과 회한의 관계에 대해 잠시 생각해보게 되었다. 그러곤 서늘함과 가슴저릿함을 동시에 느꼈다. 스쳐갔던 많은 것들이 떠올랐기 때문이다. 하지만 이 영화는 삶의 무상함과 회한에 대해서만 이야기하고 있는 작품은 아니다. 사실 그것은 일부에 불과할지도 모른다. 본질적으로 이 작품은 슬픔을 넘어서는 어루만짐과 깨달음에 대해 이야기하고 있기 때문이다.

그래서 나는 이 작품을 통해 우리에게 깨달음과 위안을 주는 존재, 편히 쉴 곳이 되어주는 존재에 대해 이야기하고 싶었다. 그러한 것 두 가지를 작품 속에서 찾아본다면, 그것은 노승과 암자가 될 것이다. 이 때문일까? 나는 갖가지 상처에 괴로워하는 청년승을 보면서도 노승과 암자가 있어 그의 삶이 그나마 좀 더 따뜻할 수 있겠다는 생각도 했다.

물론 노승과 암자는 상징적 존재들이다. 그래서 현실세계에서 이들은 다양한 모습으로 변주될 수밖에 없다. 그래서인지 영화 속에서 노승은 초월적 면모를 보이기도 한다. 그는 노 저어가는 배도 멈추게 하고 뱀으로 환생하기도 하는 것이다. 뿐만 아니라 아내를 살해한 청년승이 홀로 산에 가 울부짖을 때 노승은 어느 순간 나타나 그의 모습을 가만히 지켜보기도 한다. 이러한 노승의 모습이 사실적일 수는 없다. 따라서 노승의 초월적 모습은, 청년승을 사랑하고 염려하는 그의 마음이 구체적인 형태로 표현된 것으로 보아야 할 것이다.

암자 또한 일상성의 범주에서 벗어나 있기는 마찬가지다. 그곳은 물

삶에는 때로
위로가 필요하다

위에 떠 있다. 이 때문에 때로는 고정되어 있고 때로는 흘러간다. 현실세계 속에는 그런 암자가 있을 수 없다는 점에서 이 또한 다분히 상징적이다. 뿐만 아니라 그곳은 삶과 깨달음, 색^色과 공^空이 조우하는 곳이면서 동시에 치유의 속성을 지닌 공간이기도 하다.

그러고 보면 누구든 상처투성이가 될 수밖에 없는 이 세상에서 내가 잘할 때나 그렇지 못할 때나 언제나 따뜻한 눈길로 나를 바라봐주는 존재, 더불어 내가 편히 쉴 수 있는 곳이 있다는 것은 얼마나 다행스러운 일인가? 마음의 안식처들을 찾아 이제 영화 속으로 들어가보자.

노승, 스승이자 부모 그리고 보살

가만히 살펴보면, 작품 속에는 노승의 이미지를 잘 보여주는 그림이 하나 나온다. 그것은 배에 그려진 탱화다.

여기서 잠깐, 배의 상징적 의미에 대해 짚어보자. 보기에 따라 배는 마치 작은 법당과 같은 느낌을 준다. 배 둘레에는 탱화가 가득 그려져 있고 중심부에는 연화좌대가 보이니 말이다. 그래서 누군가 그 위에 앉을 때 그는 마치 깨달음을 얻은 부처처럼 보인다. 여기에 더해 배는 물을 건너 우리가 가야 할 곳으로 안내하는 수단이 되기도 한다. 이때 물을 건너는 것은 곧 살아간다는 것이고 그 자체가 수도 과정일 수도 있음을 고려할 때, 배는 삶의 세계와 깨달음의 세계가 별개의 공간이 아님을 상징하는 장치가 아닐까? 이러한 생각을 바탕에 두면, 배는 하나의 우주이고 우리가 살아가는 삶의 터전이며 깨달음이 이루어지는 장소가 된다.

그러한 배의 옆면에는 하늘을 나는 보살과 그의 손 위에서 도를 닦는 아기 부처가 그려져 있다. 보살의 손은 한없이 넓고 자애로우며 그 속에서 아기 부처는 행복해 보인다. 그림에서처럼 동자승은 노승의 사랑과 보살핌 속에서 자란다. 약초 캐는 법도 배우고 노 젓기도 배우면서 말이다. 그렇다면 노승은 배로 비유되는 삶의 공간에서 우리를 지켜주는 스승이자 부모이며 동시에 보살과 같은 존재가 될 것이다. 때로는 엄격하게, 때로는 포근하게 우리를 보살피면서 깨우쳐주는 존재 말이다.

언젠가 감독은 한 인터뷰에서 이런 말을 한 적이 있다. "인간은 태어나면서부터 죄를 짓지 말아야 한다고 배운다. 그리고 살아가면서 선과 악을 구별해 나를 되도록 선에 가깝게 놓으려는 것이 무슨 삶의 원칙처럼 정해져 있다. 하지만 난 그 반대라고 생각한다. 사람의 삶은 선과 악을 해체하는 것이라고. 선 속에서 악을 발견하고 악 속에서 선을 발견하면서 서서히 해체되어가고 혼란스러워지는 것이 인생이다."

아마도 우리의 삶 속에서 선과 악의 명확한 구분이라는 게 사실은 쉽지 않다는 뜻에서 한 말일 것이다. 감독의 말을 반영하듯, 노승은 천진난만해 보이는 동자승의 얼굴에서 악의 그림자를 보고 훗날 살인을 저지른 그의 얼굴에서는 선을 본다. 나아가 노승은 그를 깨우침의 길로 이끈다.

여기서 잠깐, 봄의 이야기를 떠올려보자. 단지 재미로 물고기와 개구리와 뱀을 괴롭힌 동자승에게 노승은 엄격한 가르침을 주었다. 동자승이 물고기와 개구리와 뱀에게 무거운 돌을 매달았듯, 그도 동자승에게 무거운 돌을 매달고 물고기와 개구리와 뱀이 느꼈던 고통을 느끼게 한 것이다.

자신의 몸에 묶여 있는 돌 때문에 고통스럽다며 풀어달라 애원하는 동자승에게 노승은 말했다. "물고기와 개구리와 뱀은 그럼 지금 어떻겠느냐? 가서 찾아서 모두 풀어주고 오너라. 그럼 풀어주마. 물고기와 개구리와 뱀 중 어느 하나라도 죽었으면 너는 평생 동안 그 돌을 마음에 지니고 살 것이다."

생각하기에 따라 노승의 모습은 가혹하게 느껴질 수도 있다. 아직 어린 아이에게 무거운 돌을 매달고 산길을 오르게 하는 것이, 그리고 물고기와 뱀의 참혹한 죽음을 직접 확인하게 하는 것이 정말 바람직한 것이냐에 대해서는 이견이 있을 수도 있다. 그러나 동자승에게 매단 돌이라든지 물고기와 뱀은 모두 생명의 존엄과 관련된 상징들이다. 따라서 그의 가르침 또한 실재가 아닌 상징의 차원에서 이해되어야 한다면 큰 무리가 없지 않을까?

이러한 노승과 관련지어 가장 인상 깊었던 부분은 그의 대속^{代贖}행위였다. 소녀에 대한 집착 속에 암자를 떠났던 소년승은 세월이 흐른 뒤 아내를 살해한 도망자가 되어 암자로 돌아온다. 노승의 말대로 그의 집착은 살의를 품게 했고 결국에는 사람을 죽인 것이다.

그는 세상에서 깊은 상처를 받았고 그만큼 거칠어져 있었다. 노승은 그런 그를 따뜻하게 맞아준다. 아마도 날카롭고 거친 그의 눈빛 속에 숨어있는 선함과 두려움, 그리고 아픔을 보았기 때문일 것이다.

하지만 분노를 견딜 수 없던 그는 자살을 시도한다. 물론 그의 자살은 이미 실패가 예정되어 있었다. 법당 밖에는 노승이 있었고, 눈과 코와 입을 '폐閉'자로 가린 것만으로는 죽음에 이르기 힘들기 때문이다. 따라서 그의 자살 시도는 일종의 신호로 보아야 한다. 지금 죽도록 괴로운 상태에 있으며 따라서 그만큼 간절하게 구원을 바라고 있다는 신호로 말이다. 나아가 이는 일종의 상징적 죽음을 통해 새로운 삶을 살고 싶다는 신호도 된다.

노승은 이런 그에게 심한 매질을 한 뒤 사찰 바닥에 반야심경을 쓴다. 그리고 말했다. "남을 쉽게 죽인다고 해서 자기 자신도 쉽게 죽일 수는 없다. 칼로 이 글자들을 다 파거라. 한 자씩 파면서 분노를 마음에서 다 지우거라."

노승의 말에 따라 그는 밤새 글자를 판다. 이윽고 새벽녘이 되자 칼의 핏물은 거의 다 지워져 있었다. 노승과 형사들은 그가 잠든 사이에 나무 찌꺼기들을 쓸어내고 글자에 색을 입힌다. 마침내 드러난 반야심경의 세계는, 조용하지만 울림이 있는 풍경이었다.

노승은 그를 깨운다. 떠나야 할 순간이 왔기 때문이다. 더불어 깨달

삶에는 때로
위로가 필요하다

음도 왔기 때문일까? 이제 그의 모습은 새벽호수처럼 고요해졌다. 그리고 명상에 잠긴 그의 주위로 풍경들은 조용히 회전한다. 지금껏 한곳에 고정되어 있던 법당이 갑자기 떠다니는 것이다. 이러한 풍경은 아마도 그의 깨달음에 대한 은유였을 것이다.

그러고 보면 우리의 삶도 물 위에서 부유하는 것과 같아서 끊임없이 변하고 움직인다. 그렇다면 한때 마음을 다 앗아갔던 대상에 대한 집착도 사실은 덧없는 것이 아니었을까?

결국 그는 떠났고 노승은 홀로 남았다. 그러나 한 가지 석연찮은 점이 있다. 인과응보가 우리 삶을 지배하는 법칙이라면 아내를 죽인 그도 마땅히 그에 상응하는 목숨으로 속죄해야 하기 때문이다. 그러나 그는 자살에 실패했다.

이 때문일까? 저무는 해를 바라보던 노승은 소신공양을 준비한다. 청년승이 그러했듯, 눈과 코와 입에 '폐閉'자를 써 붙이고는 배의 장작더미에 앉아 스스로 몸을 태우는 것이다. 비록 '폐閉'자를 써 붙이기는 했으나 그의 눈에서는 눈물이 흐르고 종이는 젖는다. 그는 해탈했으나 인간적인 고뇌와 사랑, 번민마저 완전히 벗어던질 수는 없었던 것으로 보인다. 그래서 그는 더 인간적인 해탈에 이른 것이 아닐까?

노승의 몸이 불탈 때 배에서는 뱀이 한 마리 나온다. 뱀은 물을 건너 법당으로 가서 청년승이 돌아오기를 기다린다.

『숫타니파타』[2] 제1장 〈사품蛇品〉 편에는 뱀과 관련된 시들이 있다. 경전에서 뱀은 마치 묵은 허물을 벗듯 애욕과 집착, 분노와 슬픔 등 우리를 얽어매는 모든 것들로부터 벗어난 수행자의 모습으로 묘사된다. 그렇다면 뱀은 노승의 환생이 아니었을까? 자신의 몸을 불태움으로써 제자의 죄를 대속한 노승. 그는 뱀이 허물을 벗듯 어리석음에서 벗어난 자, 깨달음을 얻은 자의 은유였을 것이다.

그러나 그는 제자를 사랑한 만큼 여전히 인간적인 슬픔과 고통을 간직한 자이기도 하다. 따라서 노승의 모습은 '세상이 병들었으니 같이 병들 수밖에 없다'던 유마거사를 생각나게 한다.[3] 그는 마치 유마처럼, 해탈한 뒤에도 영원히 그와 더불어 아플 테니 말이다. 그의 희생 속에서 풍경은 흐릿한 안개에 젖었고, 무겁고, 슬펐다.

---

2 불교 경전 가운데 가장 초기의 경전 중 하나다. 숫타(Sutta)는 경(經), 니파타(Nipāta)는 모음(集)이라는 뜻을 가진다. 부처님의 설법을 모아놓은 책으로, 부처님이 돌아가신 뒤 제자들이 모여 그분의 가르침을 운문 형태로 만들어 경전으로 전해지게 되었다. 부처님의 말씀이 가장 생생하게 담겨 있는 경전이라고 한다(위키백과 참조).

3 『유마경』에 다음과 같은 이야기가 전한다. 유마거사는 신통력이 대단했지만 어느 날 앓아눕는다. 그가 아픈 이유를 통해 대중에게 깨달음을 주려했던 부처는 문수보살에게 병의 원인을 알아보게 한다. 이윽고 병문안을 간 문수보살은 다음과 같은 유마거사의 대답을 듣게 된다. "문수보살이시여, (제가 아픈 이유는 이 세상에 어리석음과 집착과 아픔이 남아 있기 때문입니다.) 세상에 어리석음이 남아 있는 한, 그리고 존재에 대한 집착이 남아 있는 한, 제 아픔은 앞으로도 계속될 것입니다. 중생들의 아픔이 남아 있는 한, 제 아픔 역시 앞으로도 계속될 것입니다. 혹시라도 모든 사람들이 병고에서 벗어나게 된다면 그때서야 비로소 제 병도 씻은 듯이 낫겠지요."
언젠가 문학평론가 김현이 말했듯, 이와 같은 유마거사의 말은 '병든 세상 같이 아프기'로 요약될 수 있다. 그리고 그 속에 깃든 정신은 큰 슬픔과 큰 사랑의 정신이 될 것이다. 불전간행회, 『유마경』, 민족사, 1993. 234-236쪽 참조.

삶에는 때로
위로가 필요하다

암자, 우리가 사는 세상의 은유

노승과 더불어 그 또는 우리에게 마음의 안식처가 될 곳을 하나 더 꼽자면, 그것은 아마도 암자가 될 것이다. 그곳은 산중 호수 속에 있다.

문이 열리면, 암자는 푸른 새벽처럼 고요하다. 켜켜이 눌러앉은 세월의 더께 속에서 금강역사는 눈을 뜬 채 문을 지키고 있다. 간간이 들리는 새 소리 속에서는 아직 깨지 않은 새벽빛이 산과 산 사이를 거니는 듯하다. 나무 그림자는 호수에 뜨고 산이 있고 안개가 있고 그 안개가 피었다가 지는 곳. 풍경소리 고요한 그곳은 우리 삶의 은유적 공간이다.

그가 사는 공간이 이처럼 신비롭고 아름다운 곳이어서 얼마나 다행스러웠는지 모른다. 그가 나 또는 너의 다른 모습이었다면, 그가 사는 곳이 곧 우리가 사는 공간일 테니 말이다. 이러한 암자가 수도의 공간이면서 동시에 삶의 공간으로 해석될 수 있는 가능성은 중첩된 이미지들을 통해서도 확인된다.

먼저 법당 안을 살펴보자. 여기서 불상이 놓인 자리는 꽤 상징적이다. 법당에는 절구통이 하나 있고, 불상은 그 속에 놓여 있다. 절구통과 불상 사이에는 물이 있고, 그 속에는 물고기들이 산다. 가만히 보면 이는 암자를 둘러싼 호수의 모습과 닮았다. 암자는 호수 위에 두둥실 떠 있고 호수 속에는 수많은 물고기들이 살고 있으니 말이다. 따라서 호수를 둘러싼 산들은 좀 더 큰 형태의 절구통이 되고, 호수는 그 안에 고인 물이 된다. 이처럼 중첩된 이미지들은 곧 세상으로 확장된다.

불가에서는 이 세상을 흔히 '고해苦海'라 부른다. 여기서도 세상은 물의 이미지로 표현된다. 그렇다면 세상은 우주라는 거대한 절구통에 담긴 물이며, 그 속에 살고 있는 물고기들은 숱한 사람들의 은유가 되는 것이 아닐까? 이러한 이미지의 확장을 받아들일 수 있다면, 호수는 수많은 존재들이 살아가는 거대한 세상이고, 암자는 그 위에 떠서 부유하는 공간이 된다. 따라서 암자는 세상과 구분되면서도 자연스레 만나는 공간이며 삶의 공간이면서 동시에 수도의 공간이 되는 것이다.

이러한 암자는 치유의 이미지도 가지고 있다. 그곳이 가진 치유와 회복의 이미지는 물 속에 뿌리박은 버드나무를 통해 구체화된다.

어느 여름 날, 소녀는 세상으로부터 마음의 병을 얻어 암자로 왔다. 마중 나온 소년승에게 그녀의 어머니는 말했다. "건강해 보이시네요." 그러자 그는 노를 저어가다가 커다란 나무 아래에 잠시 멈추더니 다음과 같이 말했다. "이 나무는 삼백 년을 살았습니다. 이 나무처럼 건강해지실 것입니다."

나무는 흔히 그 자체로 하나의 우주를 상징하면서 치유의 힘을 나누어주는 존재로 여겨지기도 한다. 따라서 세상을 상징하는 물이 있고 그 속에 거대한 나무가 뿌리박은 이곳은, 고요한 우주이면서 치유의 힘을 가진 곳이라 보아도 큰 무리가 없을 것 같다. 이러한 점들을 고려해본다면, 마음의 병을 얻은 소녀나 아내를 죽인 그, 얼굴을 가린 여인이 치유의 공간으로 암자를 찾은 것은 결코 우연이 아니었던 셈이다.

산다는 것은 기본적으로 외롭고 불안한 것이다. 그래서 우리는 삶의 과정에서 두려움에 떨거나 숱한 상처에 아파할 수밖에 없다. 그러나 다행인 것은 삶의 공간이 그렇게 메마르거나 팍팍한 것들로만 채워져 있지는 않다는 것이다. 세상 어딘가에는 노승 같은 분도 계시고 암자처럼 쉴 곳도 있다. 그러한 대상들이 잘 보이건 보이지 않건 그건 중요하지 않다. 어머니가 되었건 아버지가 되었건 또는 그 누군가가 되었건 간에 중요한 것은 분명 그러한 존재들이 있다는 것이고, 우리는 그들의 존재 자체로 인해 위로받을 수 있다는 것일 테니까.

★★★★★★★★★

트라우마 치유하기

굳이 적나라하게 묘사하지 않아도 된다. 우리는 이미 알고 있다. 때로 삶은 무척 고통스럽다는 것을. 그래서 우리의 상처투성이 삶에는 위로가 필요하다. 하지만 필요한 모든 순간에 적절하고 충분한 위로가 주어지는 것은 아니다. 이 때문일까? 우리 모두는 맨드라미 꽃말 같은 방패를 마음속에 하나씩 지니고 있는지도 모른다.

그럼에도 불구하고 어떤 상처들은 애써 마련한 방패들을 너무 쉽게 뚫고 들어온다. 전쟁이나 성폭력, 아동학대나 지독한 가난으로 인한 상처 등 감당하기 어려울 정도의 압도적 상처들이 특히 그러하다. 예컨대 〈인간중독〉에서 김진평은 베트남전 참전의 악몽에 시달리고 있다. 이명. 불면증. 공황장애뿐만 아니라 섬망마저 겪고 있는 것이다. 그런가 하면 〈건축학개론〉에서 승민은 크나큰 상실감에 첫사랑의 얼굴조차 기억하지 못한다. 이처럼 우리들 마음속 깊이 새겨진 상처들을 두고 흔히 트라우마라 한다. 그렇다면 이러한 상처들은 어떻게 해야 치유될 수 있는 것일까?

삶에는 때로
위로가 필요하다

트라우마 치유의 세 단계

주디스 허먼[4]에 따르면, 무엇보다 중요한 것은 상처받은 사람이 스스로의 치유능력을 향상시키는 것이다. 이를 토대로 아래 세 단계를 거치는 것이 바람직하다고 한다.

첫 번째 단계는 안전을 확립하는 것이다. 공포와 괴로움이 계속되는 장소에서는 적절한 치유를 기대하기 어렵다. 예컨대, 정신지체 등의 이유로 가족과 헤어져 타인의 집에서 오랜 기간 학대를 받아온 사람이 있다고 하자. 그를 치유하려면 가장 먼저 안전한 곳으로 옮겨야 한다. 가족이 있는 집도 좋을 것이고, 집이 마땅찮다면 병원이나 사회복지시설 등 몸과 마음의 상처를 치유할 수 있는 곳으로 옮겨야 한다. 이때 치유의 공간이 가진 힘은 생각보다 크다.

이는 〈봄 여름 가을 겨울 그리고 봄〉에서도 확인 가능하다. 자신의 욕망을 좇아 바깥 세계로 나갔던 청년승은 살인자가 되어 암자로 돌아온다. 바깥 세계에서 받았던 상처 때문이었을까? 그는 무척이나 거칠어져 있었다. 하지만 노승과 암자가 주는 따뜻함 속에서 그는 이내 평온을 되찾는다. 이는 공간이 지닌 치유의 힘을 은유적으로 보여주는 사례가 된다.

두 번째 단계는 기억하고 애도하는 것이다. 기억한다는 것은 과거의 상처와 마주하고 그것을 고통스럽게 확인하는 것이다. 이때 상처받은 사람은 과거의 힘들었던 일뿐만 아니라 그때의 감정까지 되살려내야 한다. 더불어 자신을 위해 슬퍼하는 시간도 가져야 한다. 그런데 어떤 이들은 종종 애도의 시간 갖기를 거부한다고 한다. 가해자에게 지기 싫다는 자존심

---

4   주디스 허먼, 최현정 옮김, 『트라우마』, 열린책들, 2012.

때문이다. 그리하여 애도 대신 복수나 용서 등의 환상을 품는다.[5] 하지만 트라우마는 이런 방식으로 사라지는 게 아니다. 예컨대 〈밀양〉에서 신애는 아들을 죽인 도섭을 용서해주겠다며 직접 교도소를 찾아간다. 꽃다발까지 들고서 말이다. 하지만 이는 용서가 아니라 하나의 환상이자 분노의 우회에 불과했다. 신애가 도섭의 터무니없는 자기기만 앞에서 비로소 자신의 허위를 깨닫고 신에 대한 분노를 드러내게 된 것도 이 때문이다.

물론 기억과 애도는 힘들다. 잊었던 아픔들이 계속 되살아나기 때문이다. 하지만 그러한 기억과 애도가 반복되다 보면 처음의 강렬했던 고통은 점점 희미해진다. 상처받은 사람의 모든 것을 지배했던 경험들이 어느 순간 경험의 전부가 아니라 일부가 되기 때문이다. 이로써 슬픔은 무뎌지고 피해자는 일상으로 다시 돌아가게 된다. 때때로 과거의 아픔이 되살아나기도 할 것이다. 하지만 내버려 두면 된다. 그것은 이제 더 이상 피해자의 삶을 지배하거나 황폐화시키지 못할 테니까 말이다.

세 번째 단계는 연결을 복구하는 것이다. 이는 상처받은 사람이 자기 삶의 주인이 되는 것, 하나의 인격적 주체로 다시 서는 것을 의미한다. 이 단계는 가족이나 주변 사람들과의 따뜻한 연대 속에서 가능해진다.

사회적 상처 치유를 위하여

상처는 개인적이지만 동시에 사회적이기도 하다. 특히나 우리 사회는 대단히 굴곡진 근현대사를 거쳤다. 일제강점기와 6·25, 베트남전 참전을 비롯해 5·18에서 세월호 참사에 이르기까지 채 아물지 않은 상처들이 여전히 넘쳐난다. 이 때문일까? 최근 들어서는 사회과학자들을 비롯해 많은 사람

---

5   김진엽, 『마음의 상처와 예술의 치유』, 철학문화연구소, 철학과 현실 94, 2012.9, 62-65쪽.

삶에는 때로
위로가 필요하다

들이 트라우마에 대해 관심을 갖기 시작했다. 그들이 트라우마의 구조적 배경으로 지목하고 있는 실체는 바로 폭력이다. 따라서 사회적 트라우마에 대한 연구는 그 트라우마와 불가분의 관계를 맺고 있는 다양한 사회적 폭력에 대한 분석으로 이어진다.

예컨대 『트라우마로 읽는 대한민국』(2014)에 실린 글들 중 5·18 당시 마지막까지 계엄군에 저항했던 시민기동타격대에 관한 글은 항쟁 참여자들의 고통이 경제적·육체적 차원을 넘어 항쟁 주체로서의 권리 및 자존감 훼손, 오월 정신의 변질 등으로 인해 지금까지 지속되고 있음을 강조하고 있다고 한다.[6]

그렇다면 〈오래된 정원〉에서 오현우가 느꼈던 트라우마에도 유사한 증상들이 포함되어 있을 것이다. 그도 출소 후 속물이 되어버린 동지들을 보면서, 나아가 건이의 불우한 삶을 보면서 쓸쓸함을 느꼈기 때문이다. 그렇다면 이러한 상처들은 어떻게 치유될 수 있는 것일까?

먼저 생각해볼 수 있는 것은, 대다수 사회 구성원들이 피해자들의 상처를 우리 사회의 상처로 받아들이는 것이다. 예를 들어 일제 치하에서 일본군에 의해 성적 학대를 당했던 할머니들의 상처는 아직도 생생하다. 또한 베트남전 참전 이후 각종 정신질환이나 고엽제 후유증에 시달리는 사람들, 세월호 사건으로 사랑하는 가족을 잃은 사람들의 상처도 현재 진행형이다. 그들의 아픔과 비극이 우리 모두의 아픔이자 비극으로 여겨져야 하는 것이다.

다음으로 고통스러웠던 과거사들의 앞뒤가 낱낱이 밝혀져야 한다. 이는 잊혀졌거나 잊혀지기를 강요당했던 사건들과 피해자들의 고통을 오늘

---

6   김왕배, 「아물지 않은 상처, 기억을 넘어 치유로」, 한국사회학 제49집 2호, 2015.04, 265-266쪽.

날 되살리는 작업이다. 이를 바탕으로 피해자들의 고통에 공감하는 한편 충분한 사회적 위로와 보상을 해주어야 한다. 피해자들의 명예회복뿐만 아니라 정신적·물질적 보상도 가능한 최대한도로 해주어야 하는 것이다. 관련지어 가해자들에 대한 법적·도덕적 처벌도 마땅히 이루어져야 한다.

나아가 다시는 이러한 비극들이 되풀이되지 않도록 다양한 제도적 안전장치들을 마련해야 할 것이다. 이는 광범위한 국민적 공감대 속에서 이루어질 수 있다. 더불어 상처받은 사람들이 다시 우리 사회의 건강한 구성원으로 살아갈 수 있도록, 다수의 시민들과 함께하는 다양한 참여의 장 또한 마련되어야 한다.[7]

공감과 기억

고백과 증언에 나섰던 피해자들은 하나같이 자신을 이해해줄 수 있을 것만 같은 사람이 필요했다고 말한다.[8] 이는 결국 우리가 받은 상처의 많은 부분이 진심어린 공감과 위로로 치유될 수 있음을 시사하는 것이다. 물론 모든 사람이 〈시〉에서 미자가 보여주었던 수준의 공감과 위로를 보일 수는 없다. 그럴 필요도 없다. 하지만 상처받은 이들에 대한 최소한의 관심이나 그들과 아픔을 나누려는 노력은 여전히 유효하다고 본다.

더불어 한 사람이 가진 상처가 개인적인 것이든 사회적인 것이든 그것에 대한 기억 또한 대단히 중요한 일로 여겨진다. 기억한다는 것은 과거의 비극을 정면으로 마주한다는 것이고, 이를 통해 상처를 넘어서려는 의지를 적극적으로 드러내는 행위이기 때문이다. 그런 의미에서 장 보드리야

---

7 앞의 책, 269-270쪽 참조.

8 엄찬호, 「역사와 치유: 한국현대사의 트라우마를 중심으로」, 강원대학교 인문과학연구소, 인문과학연구 29, 2011.6, 423쪽

르^{Jean Baudrillard}의 다음과 같은 말 역시 기억할 만하다. "학살의 망각도 학살의 일부다. 왜냐하면 학살의 망각은 또한 기억의 학살이며, 역사의 학살이고, 사회적인 것 등의 학살이기 때문이다. 이러한 망각은 또한 사건만큼이나 본질적인 것이다."[9]

9   장 보드리야르, 하태환 옮김, 『시뮬라시옹』, 민음사, 2006, 101-102쪽. 여기서 망각이 사건만큼 본질적인 이유는, 우리가 반드시 기억해야 할 비극적인 사건과 그 사건에 대한 기억을 반드시 지워야 하는 사람들이 동시에 존재하기 때문이다. 기억을 지워야 하는 사람들은 치밀한 전략하에 사람들이 비극적인 사건을 잊어버릴 수 있도록 망각의 기제들을 끊임없이 퍼뜨린다. 결국 시간 속에서 과거의 사건이 잊혀지기도 하겠지만, 그보다 더 본질적인 이유는 그것을 지워야 하는 사람들이 의도적으로 그 사실을 지웠기 때문이다. 이는 과거의 폭력이 여전히 살아있음을 뜻한다. 따라서 망각은 사건만큼 본질적이다.

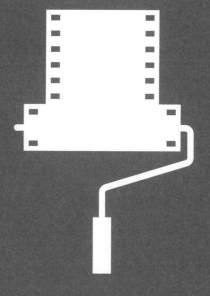

시대와의 불화, 찬란한 탈주의 꿈

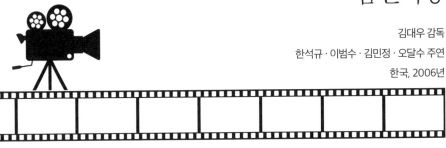

음란서생

김대우 감독

한석규 · 이범수 · 김민정 · 오달수 주연

한국, 2006년

_ 꿈꾸는 것 같은, 꿈에서라도 맛보고 싶은

영화 〈음란서생〉은 '음란'으로 포장된 지독한 사랑이야기다. 이 이야기의 시작은 '점잖은 선비가 음란하면 어떨까?'라는 한 문장에서 비롯되었다고 한다. 나는 이 영화의 소개글을 보면서 문득 '점잖은 선비가 음란하다는 것은 도대체 무슨 뜻일까?' 하는 의문을 떠올렸다.

음란淫亂은 음탕하고, 품성이나 행동 따위가 막되거나 잡됨을 이르는 말이다. 그러나 이는 표면적 정의에 불과하다. 때로 한 단어의 진정한 의미는 이면에 숨어있는 경우가 많다. 따라서 '음란'의 보다 깊숙한 의미를 파악하기 위해서는 이 단어가 쓰인 맥락을 유심히 살펴볼 필요가 있다.

첨예한 당파 싸움, 거짓된 말들의 시대

극중 윤서가 살아가던 시대는 당파 싸움이 치열하게 전개되던 조선시대다. 위선의 언어가 횡행했고 저마다 더 많은 권력을 쥐기 위해 사대부들은 무고에 무고를 서슴지 않았다. 이 때문에 많은 사람들이 죽거나 불구가 되어야만 했다. 다음의 두 장면은 그러한 현실을 극명하게 보여준다.

먼저, 윤서의 동생은 반대파의 무고로 인해 혹독한 고문을 당한 뒤 불구가 된다. 이 때문에 이루어진 가족모임에서 한 문중 어른은 윤서에게 "너의 그 문장은 됐다가 어디에 쓰려는 게야?" 하며 호통친다. 그러면서 "우리도 꼬투리를 잡아 상소를 해야 한다"는 말을 덧붙인다. 이는 당대의 수많은 상소들이 사실은 당파 싸움에 쓰일 뿐이거나 기껏해야 꼬투리를 잡기 위한 글에 불과함을 보여준다. 이러한 글은 복수를 위한 글이고 사람을 죽음으로 몰아넣는 글이다. 허위와 기만의 글이며 위선의 글인 것이다.

다음으로, 윤서는 서화 감식에 뛰어난 능력을 가지고 있어 왕실의 그림을 바꿔치기한 범인을 잡는 임무를 맡게 된다. 이때 만난 한 관리는 "같이 대업을 이루자"는 말을 한다. 윤서가 피곤한 듯한 목소리로 대업이 뭐냐고 묻자, 그는 "임가 놈들 일파를 싹쓸이하고, 굶주리고 헐벗은 민초들을 위한 정치를 펼치는 것"이라고 말한다. 그러나 정작 그들의 주안상에 오른 고기 안주를 윤서가 수행하는 사람에게 주자, 우리 먹을 음식을 버릇 나빠지게 아랫것들에게 준다며 못마땅해 한다.

시대와의 불화,
찬란한 탈주의 꿈

바로 이 두 장면에서 우리는 당대 사대부들의 민낯을 보게 된다. 그들이 말하는 대의명분은 늘 명분에 그칠 뿐이다. 그것들은 껍데기이며 헛되다. 공맹의 도리는 이미 정치적 수사로 전락한 지 오래다. 이러한 현실 속에서는 윤서가 그 어떤 진실을 담는다 하더라도, 그의 문장은 늘 오염될 수밖에 없다. 이 때문에 윤서의 고민도 더불어 깊어진다. 삶의 진실과 도리를 이야기하고 싶은 그의 문장은 새로운 돌파구가 필요한 것이다.

음란의 재정의

하나의 단어는 하나의 뜻만 가지는 것이 아니다. 나아가 한 단어는 그 말이 사용되는 시대에 따라서 가진 바 의미가 달라질 수 있다. 그렇다면 '음란'이라는 말의 뜻도 언제, 누가, 어떤 목적으로 사용하느냐에 따라 다양하게 변주될 수밖에 없을 것이다.

예컨대, '음란'이라는 말이 사용되는 시대가 자본주의시대라면 이 말은 어떻게 이해될 수 있을까? 자본주의시대는 대체로 자본이 최고의 권력이자 가치로 통용되는 시대다. 이러한 시대에 더 많은 돈을 벌기 위한 '음란'은 그 자체로 권력지향적인 행위다. 이 때문에 '음란'은 대체로 부정적으로 읽힐 가능성이 높다. 이때의 '음란'은 돈을 벌기 위한 수단이며 타락한 자본에 예속된 것에 불과하기 때문이다. 나아가 사람들의 자유로운 의식을 무력화시키기 때문이다. 하지만 이 단어가 쓰이는 배경이 음란을

죄악시하던 조선시대라면, '음란'은 권력지향에 역행하는 행위가 된다. 따라서 그 의미 해석은 자본주의시대를 배경으로 할 때와는 사뭇 달라질 수밖에 없다.

극중 윤서는 당대 최고의 문장가이며 세도가 자제다. 동시에 그 자신도 벼슬길에 올라 있다. 따라서 그는 자신이 가진 권력이나 지위를 더 안정적으로 누리려면 결코 금기시 된 음란소설 따위를 써서는 안 된다. 그럼에도 불구하고 그가 음란소설을 쓰는 이유는 분명하다. 사람들이 자기 글을 즐겨 읽고 사랑해주는 것, 그 자체가 좋았기 때문이다. 또한 글을 통해 자유를 누리고 자신의 사랑과 삶의 진실을 드러내고 싶었기 때문이다.

사실 '음란' 앞에 덧씌워진 부정적 이미지들은 지배권력이 멋대로 규정하고 낙인찍은 것에 불과하다. 오히려 '음란'은 기존 권력의 감시가 약해진 시간대에 수많은 사람들이 등불을 들고 찾아다닐 정도로 우리 삶에 꼭 필요한 것인지도 모른다. '음란'은 사람들을 죽이지 않으며 위선의 탈을 쓰고 거짓을 말하지도 않는다. 때로는 답답한 삶에 자유를 주며 활력의 원천이 되기도 한다. 그렇다면 여기서 '음란'을 재정의할 필요가 있다. 재정의해 풀이한 그것은, '삶의 자유로움과 진실된 사랑이며 동시에 생명 탄생을 위한 근원적 힘'이 될 수도 있지 않을까?

아웃사이더들, 대안문화 코드로서의 '음란'

소설가이자 평론가인 콜린 윌슨에 따르면, 아웃사이더는 깨어나 혼돈을 본 자다. 그는 미망으로부터 깨어난 자이며, 미망은 당대의 법과 질서, 제도나 규범의 부조리함을 뜻한다. 그렇다면 그는 당대의 지배질서에 순응할 수 없는 자다. 황가를 비롯한 필사쟁이 영감, 모사꾼 등이 유기전을 만들어 그 속에서 음란소설을 배포하는 것은 이들이 아웃사이더들이기 때문이다.

필사쟁이 영감은 윤서로부터 명필이라는 칭찬을 듣는다. 그러나 그는 "천한 신분에 필체가 좋은들 개 발에 편자"라며 냉소하는데, 이 속에는 시대의 부조리함에 대한 자조와 저항의 뜻이 담겨 있다. 그런 그가 바깥의 소란에도 불구하고 음란소설을 베껴 쓰는 것은 음란소설 자체에 이미 당대 사회에 대한 조롱과 저항이 담겨 있음을 보여주는 장치로 보인다.

그리고 무엇보다 이들이 아웃사이더임을 선명하게 보여주는 장치는 색안경이다. 윤서는 작가가 되었다는 증표로 황가에게서 색안경을 선물받는다. 색안경은 그것을 끼는 순간, 다른 색깔의 세상을 보여준다는 점에서 다분히 상징적이다. 다시 말해, 색안경의 이미지를 통해 윤서 또한 '낯선 시각으로 세상을 바라보는 자', 곧 아웃사이더가 된 것이다.

이들이 음란소설을 통해 추구하는 것은 '진맛'이다. '진맛'은 '꿈꾸는 것 같은, 꿈에서 본 것 같은, 꿈에서라도 맛보고 싶은' 것이다. '진맛'은 삶의 고단함을 이겨낼 수 있는 힘이며, 가식적인 권위와 현실의 누추함을 극복할 수 있는 원동력이다. 그리고 이는 '문장'이 나아가야 할 올바른 길인지도 모른다. 소설이란, 타락한 삶의 터전에서 꾸는, 보다 나은 세상에 대한 꿈일 수도 있으니 말이다.

이러한 측면에서 '음란'은 하나의 대안문화 코드로 보아도 될 것 같다. 당대 주류문화인 성리학은 이미 왜곡되었으며 폭력적이다. 또한 자신들의 논리 외에는 그 어떤 것도 용인하지 않을 만큼 독단적이다. 이러한 지배문화에 밀려 '음란'은 주변화되었으며 음지에 스며든 문화가 되고 말았다.

따라서 '음란' 문화가 살아있는, 그리고 이를 널리 퍼뜨리는 유기전은 기존 문화에 대한 저항의 거점이자 대안문화의 성소聖所가 된다.

음란과 사랑, 그 치클한 이중주

윤서는 결국 정빈과의 만남을 통해 〈흑곡비사〉를 완성한다. 여기서 한 가지 의문이 든다. 윤서에게는 무엇이 우선이었을까? 음란소설이었을까? 아니면 정빈이었을까? 선뜻 결론을 내리기가 쉽지 않다. 그러나 한 가지 분명한 것은, 정빈이 없었다면 음란소설 자체는 시작될 수도 완성될 수도 없었다는 점이다. 애초에 〈흑곡비사〉는 정빈을 대상으로 한 작품이었으니 말이다. 따라서 적어도 윤서에게는 정빈이 욕망의 실체라면, 소설은 그 그림자이며 자신의 진실과 사랑을 드러내는 매개체가 된다.

여기서 한 가지 질문을 더 던져보자. 〈흑곡비사〉의 주인공으로 왜 하

시대와의 불화,
찬란한 탈주의 꿈

필 정빈이 선택되었던 것일까? 기방 여인이라든지 아니면 사대부가의 여인도 주인공이 될 수 있지 않았을까? 굳이 정빈이 〈흑곡비사〉의 주인공이 될 수밖에 없었던 데는 특별한 이유가 있었던 것일까?

몇 가지 가능한 추측은 다음과 같다. 첫째, 정빈이 사는 곳은 궁이며 그녀는 왕의 여자다. 이 때문에 그녀는 가능한 모든 부귀영화를 누릴 수 있지만 그 대가로 가장 엄격한 법도를 지켜야 한다. 더불어 왕이 아닌 그 누구도 그녀와 눈조차 마주칠 수 없다. 그녀는 금기 속에 존재하는 것이다. 이 경우 궁은 화려한 곳이지만 동시에 불모와 감금의 땅이 된다. 둘째, 극중 정빈은 다양한 얼굴을 가졌다. 엄숙하고 우아한가 하면 은밀함 속에 도발적인 면을 감추고 있다. 천진난만한가 하면 사랑을 위해 모든 것을 다 거는 열정도 지녔다. 그런 정빈이 윤서를 만날 때, 그녀가 입은 옷의 빛깔은 붉은빛이다. 그것은 치열한 욕망의 색이다. 그래서 그녀는 유폐의 땅을 벗어나 윤서와 만나기 위해 목숨을 걸 수 있었던 것이다. 셋째, 그런 그녀는 사랑스럽다. 왕이 그녀와 윤서 사이의 일을 모두 알면서도 차마 버릴 수 없을 만큼 사랑스럽다. 그렇다면 윤서가 정빈에게 매혹되기엔 충분하지 않았을까?

극중 윤서가 〈흑곡비사〉를 완성하기까지의 유쾌함과 그 이후의 무거움은 〈음란서생〉을 구성하는 이야기의 중요한 두 축이다. 사실 정빈을 대상으로 한 〈흑곡비사〉는 이미 출발부터 파국이 예정되어 있었다. 비록 소설이지만 윤서는 거짓을 쓸 수 없고 광헌 또한 본 대로만 그릴 수밖에 없기 때문이다. 따라서 〈흑곡비사〉는 사람들의 갈채를 받으면 받을수록 위험한 책이 될 수밖에 없었다. 결국 정빈은 자신의 이야기와 그림이 시중에 나돌고 있음을 알게 되고, 윤서에게 그림을 그린 이가 누구인지 묻는다.

그러나 윤서는 자신이 한 약속 때문에 그가 누구인지 알려줄 수 없었다. 정빈의 윤서를 향한 사랑이 분노와 배신, 모욕감으로 변하는 순간이다. 이후 윤서는 의금부에서 혹독한 고문을 받게 된다. 물론 정빈이 알고 싶은 것은 그림을 그린 자의 이름이 아니다. 윤서가 그의 이름을 말하는 행위 자체가 중요했으며, 이를 통해 자신이 윤서에게 받은 것이 진정한 사랑이었음을 확인받고 싶었던 것이다. 그래서 윤서가 침묵하면 할수록 정빈의 분노는 커질 수밖에 없었다.

윤서의 진심은 왕의 개입을 통해 밝혀진다. 왕은 묻는다. "사랑하지 않았더라도 상관없는 것인데, 어째서 빈말이라도 사랑해서 그런 것이라고 말해주지 않는 것이냐? 어째서 이 여자를 이토록 비참하게 만드는 것이냐?" 이어 왕이 윤서를 내시로 만들어 영원히 자기 곁에 두려하자, 정빈은 윤서를 살려달라고 왕에게 애원하기에 이른다. 그녀의 윤서를 향한 사랑은 가짜가 아니었던 것이다. 비로소 윤서도 다음과 같이 말한다.

정빈마마, 밝은 꽃이 만발하였습니다. 마마는 저를 놀리셨지요. 그러면서 즐거워하

시대와의 불화,
찬란한 탈주의 꿈

셨습니다. 갑자기 벌이 한 마리 날아들었고 제가 그걸 쫓아드렸지요. 참 좋은날이었습니다. 황공하옵게도, 그날부터 한시도 마마의 모습이 제 머릿속에서 떠나본 적이 없었습니다. 다만 마음속에 음란한 상상이 자리 잡아, 그것이 사랑인지 아니면 음란한 욕심인지 분간이 아니 되었습니다. 분간이 아니 되는데, 어찌 사랑이라 쉽게 말하겠나이까? 게다가 사랑이라 말하면 목숨을 부지할 수 있다는데, 어찌 사랑이라 말할 수 있겠나이까? 다만 가슴 속에 담아 저승에서 만나 뵈올 뿐입니다.

정빈을 사랑하느냐는 물음에 대해, 사랑한다고 말하면 자신의 목숨을 살려줄 것이기에 사랑한다고 말할 수 없다는 역설. 이 시대의 사랑은 이 속에 존재한다. 당대의 언어는 이미 진실이 죽어버린 거짓의 언어이기 때문에, 진실을 말한다 하더라도 이미 오염될 수밖에 없기 때문이다. 오직 목숨을 담보로 해야만 진실은 그 실체를 보일 수 있는 것이다.

많은 사람들이 윤서를 보고 겁쟁이라 조롱했지만, 그는 결코 겁쟁이였던 적도 비겁한 적도 없었다. 다만 추구하는 가치가 달랐고 타락하고 부조리한 시대의 흐름에 몸을 맡기지 않았을 뿐이다. 그는 누구보다 자신의 신념에 투철했으며 삶의 진실을 추구한 자다. 그만큼 그의 사랑도 농도가 짙다.

윤서는 '淫亂'이라는 낙인이 찍힌 채 절해고도에 유배된다. 그는 당대 사회로부터 추방된 것이다. 그러나 그것이 음란의 종말이 될 수는 없다.

음란의 생명력은 질기고 벗들의 방문도 계속될 것이기 때문이다. 지금껏 수많은 선비들이 유배지에서 자신의 고유한 세계를 완성했듯 윤서도 끊임없이 음란소설을 쓸 것이다. 시대와의 불화, 그럼에도 자기 갈 길을 가는 것이 아웃사이더의 숙명이고, 소설가의 운명이기 때문이다.

시대와의 불화,
찬란한 탈주의 꿈

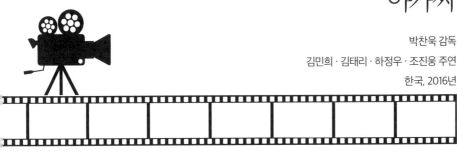

아가씨

박찬욱 감독

김민희 · 김태리 · 하정우 · 조진웅 주연

한국, 2016년

_ 가짜와 억압의 그물망을 넘어서

〈아가씨〉는 세라 워터스의 소설 『핑거스미스』를 토대로 한 영화다. 세라 워터스는 『핑거스미스』를 비롯한 일련의 소설을 통해 "레즈비언 역사 소설의 새로운 기준을 제시했다"는 평가를 받았다고 한다. 그래서였을까? 〈아가씨〉는 꽤 수위 높은 동성애 장면들을 보여주었고, 이 때문에 숱한 논란과 호기심의 대상이 되기도 했다.

그러나 박찬욱 감독도 밝혔듯, 〈아가씨〉는 퀴어 영화가 아니다. 작품 어디에도 동성애 자체에 대한 편견과 그것을 넘어서려는 의지가 보이지 않기 때문이다. 그러므로 동성애 자체에 과도한 관심을 가질 때 〈아가씨〉가 가진 이야기의 본질도 더불어 흐려진다.

〈아가씨〉의 주된 이야기 축은 두 가지다. 하나는 '돈과 육체적 매혹'

이고, 다른 하나는 '거짓'이다. 여기서 전자는 인물들을 움직이는 힘이며 후자는 전자를 차지하기 위해 인물들이 구사하는 핵심 전략이다. 이렇게 본다면 히데코는 돈과 육체적 매혹이라는 적나라한 욕망의 다른 이름이 되는 셈이다. 그녀가 그녀를 둘러싼 모든 이에게 욕망의 대상이 된 이유도, 언뜻 화려해 보이는 그녀의 삶이 위태로웠던 이유도, 따지고 보면 그녀가 돈과 육체적 매혹, 그 모두를 가졌기 때문이다.

재미있는 것은 〈아가씨〉를 통해 〈올드보이〉의 흔적들을 보게 된다는 것이다. 그리고 보면 두 작품은 다른 듯 무척 닮았다. 가짜가 판치는 현실과 그 속에 담긴 지독한 폭력을 그렸다는 점도, 따라서 그로부터의 탈주가 중요한 문제로 다뤄지고 있다는 점도 말이다.

물론 결정적 차이는 존재한다. 〈올드보이〉가 진실을 감춘 채 관객들로 하여금 그것의 실체를 찾도록 유도했다면, 〈아가씨〉는 세 인물의 각기 다른 회상을 통해 진실을 선명하게 드러내 보여주기 때문이다. 그러므로 이 작품을 두고 "진실이 뭐냐?"고 묻는 것은 큰 의미가 없어 보인다. 오히려 유효한 질문은 인물들의 관계와 그 변화 과정에 초점을 맞출 때 드러난다. 구체적인 예는, '원하는 것을 얻기 위해 그 또는 그녀는 어떻게 행동하는가?', '갈등을 극복하는 힘은 무엇인가?', '우리에게 진심과 사랑의 연대가 필요한 이유는 무엇인가?' 등이 되지 않을까 싶다.

시대와의 불화,
찬란한 탈주의 꿈

코우즈키의 우중충한 천국

코우즈키의 저택은 그가 만든, 그만의 천국이다. 그곳은 이질적 요소들의 기이한 집합체 같다. 동양과 서양, 전통과 근대, 웅장함과 정교함이 맞물려 낯선 아름다움을 자아낸다. 하지만 그와 같은 아름다움은 기본적으로 추악함을 전제로 한다. 그의 천국은 타인에 대한 폭력과 착취, 그리고 비뚤어진 욕망 위에서 탄생했기 때문이다. 심지어 그곳에는 햇볕마저 쨍쨍 내리쬐지 못한다. 그가 금지했기 때문이다. 그의 천국이 기형적이며 우중충할 수밖에 없는 이유다.

여기서 한 가지 질문을 던져보자. 〈아가씨〉의 배경은 왜 하필 1930년대였을까? 추측건대, 『핑거스미스』의 배경이 된 빅토리아시대[10]가 산업 자본이 힘을 떨친 시대였고, 이는 시기적으로 일제강점기와 비슷했기 때문이 아니었을까 싶다. 그렇다면 코우즈키와 그의 천국이 가진 기묘한 불협화음의 원인도 바로 이 지점에서 찾아야 하지 않을까?

1930년대는 일제의 왜곡된 자본주의가 착취를 목적으로 이 땅에 들어온 시대였다. 이 때문에 대부분의 관계는 돈의 지배로부터 자유로울 수 없었고, 가혹한 환경에서 살아남기 위해 사람들은 거짓을 말하거나

---

10 빅토리아 여왕이 통치하던 1837년부터 1901년까지 영국 제국주의의 절정기를 가리킨다. 당시 영국은 산업혁명에 힘입은 강력한 경제력과 군사력을 토대로 세계 각지에서 식민 지배를 실시하였다. 이로써 영국은 역사상 가장 화려한 번영의 시대를 구가했다는 평가를 받기도 한다. 하지만 그러한 번영의 이면에는 제국주의의 어두운 그림자가 존재한다. 밖으로는 식민지 국민들이 겪어야만 했던 고통이, 안으로는 급격한 사회 변화로 인한 다양한 계층들(귀족, 자본가, 노동자, 빈민)의 첨예한 대립과 갈등이 심각한 사회 문제로 제기되었기 때문이다.

남의 것을 훔치는 일도 서슴지 않았다. 꿈틀대는 욕망의 틈바구니에서 진짜와 가짜를 구분하기 어려웠던 시대, 모든 권력과 억압의 근저에 돈이 도사리고 있었던 시대, 불모와 불구의 시대가 바로 1930년대였던 것이다.

그렇다면 코우즈키가 외설 서적 낭독회를 연 다음 그 책을 경매에 부친 이유도, 그와 백작이 히데코와 결혼하려 했던 이유도, 심지어 숙희가 히데코를 속이면서까지 하녀 행세를 했던 이유도 본질적으로는 돈에 대한 일그러진 욕망 때문이라 보아야 하지 않을까?

특히나 코우즈키에게 있어 히데코는 그의 저열한 욕망을 충족시켜주는 최고의 대상이었다. 아름다운 그녀에게 외설 서적 낭독을 시킴으로써 돈과 육체에 대한 변태적 갈망을 모두 충족할 수 있었으니 말이다. 그는 여기서 더 나아가 그녀와 결혼까지 하려 했다. 그녀와 그녀의 유산을 완전히 소유함으로써 더 크고 완벽한 그의 천국을 만들기 위해서였다.

이와 같은 맥락을 고려해본다면, 코우즈키는 억압의 상징으로써, 나아가 당대 식민지 자본가의 천박함과 감출 수 없는 열등감, 그리고 변태적 폭력을 드러내는 아이콘으로써 손색이 없다. 그리고 그의 저택은 섬찟하고 음산한 그의 욕망들을 보여주는 공간으로 대단히 적합하다.

이러한 코우즈키의 천국에서 히데코는 학대 받으며 자랐다. 말대답을 했다는 이유로 쇠구슬로 손등을 맞았고, 코우즈키와 외설 서적 수집가들 앞에서 변태적 욕망의 대상이 되어 공포와 모욕의 시간들을 견뎌야만 했던 것이다.

시대와의 불화,
찬란한 탈주의 꿈

그러나 학대의 기억 속에서도 탈출에 대한 갈망은 은밀하게 자란다. 그녀가 가지고 있던 수많은 신발들과 뒤이어진 연대는 그만큼 간절했던 탈출 욕구의 상징일 것이다.

연대 1. 백작과 히데코

벗어남을 위한 첫 번째 연대는 그녀 앞에 백작이 나타남으로써 시작된다. 백작은 사실 제주도 머슴의 자식이었다. 매음굴 호객꾼으로 일하면서 번 돈으로 첫 번째 달엔 몸에 딱 맞는 헤링본 양복을 맞춰 입었고 다음 달엔 그걸 입고 양식당에 갔다. 그리고 품위 있는 한 끼 식사에 자신의 한 달 치 봉급을 몽땅 털어 넣었다. 창녀집에 드나들던 영국인 몇 명이 그를 알아보았고 재미삼아 백작이라 부르더니 그에 걸맞은 매너를 가르쳐 주었다.

그는 "사실 난 돈 자체엔 관심이 없어요. 내가 탐하는 건 뭐랄까, 가격을 보지 않고 포도주를 주문하는 태도? 그 비슷한 어떤 거예요"라고 말했다. 그런 그가 히데코의 이야기를 전해 들었을 때 어떤 생각을 품게 되었을까? 그녀의 유산은 자신의 소망을 실현시켜줄 최고의 수단이기에 반드시 차지해야 할 대상이라 여기지 않았을까?

애초 그의 계획은, 히데코를 유혹해 결혼한 뒤 그녀의 유산을 차지하자마자 그녀를 정신병원에 넣어버리는 것이었다. 그런데 그 계획을 히데코에게 고백한다. 속이는 것보다 그녀에게 진실을 털어놓을 때 비로소 연대 가능성이 열림을 직감했기 때문일 것이다. 그는 말했다. "그래서 유혹 대신 거래를 제안하기로 했습니다. 대개의 결혼은 구속이지만 이건 자유를 향한 결혼입니다. 여기서 아가씨를 구해내고 아무도 모르는 곳으로 가서 자유롭게 놓아드리겠어요. 물론 돈은 나누어야겠지만."

히데코는 백작의 말을 아무런 의심 없이 믿을 수 있었을까? 그렇지는 않았다. 하지만 그녀로서는 결코 거부할 수 없는, 대단히 매혹적인 제안이었을 것이다. 이로써 연대는 시작되었다. 그러나 백작은 단 한 번도 자신의 솔직한 마음을 있는 그대로 보여준 적이 없었다. 그렇기에 히데코와 그의 관계는 늘 가짜에 불과했다. 이 때문에 히데코는 그의 청혼을 받은 순간에도 "사랑? 사기꾼이 사랑을 하나요?"라고 반문했던 것이다.

그러고 보면 백작은 코우즈키와 많은 면에서 닮았다. 조선인이면서도 스스로의 정체성을 감추었고, 일본과 영국의 귀족사회에 대한 갈망이 컸을 뿐만 아니라 여성에 대해 왜곡된 성의식을 가지고 있었기 때문이다. 나아가 이들은 약자에 대한 지배를 당연시하면서 자신이 아닌 모든 이에게 냉혹하다는 점마저도 닮았다. 백작이 히데코를 범하며 했던 "책에서 많이 봤잖아요. 여자들은 사실 억지로 하는 관계에서 극상의 쾌락을 느끼죠"라는 말은 그가 가진 왜곡된 성의식을 잘 보여준다.

결국 백작은 이 말의 대가를 치러야 했다. 그는 히데코가 술에 탄 아편에 취해 쓰러지고 만 것이다. 그러고 보면 히데코도 잔인했다. 그를 쓰러뜨림으로써 그의 모든 것을 빼앗았으니 말이다. 물론 그녀로서는 어쩔 수 없는 선택이었는지도 모른다. 그와 숙희를 동시에 구할 수는 없었고 그와 코우즈키가 모두 살아남아 자신들을 쫓는다면 언젠가는 그들에게 다시 붙잡히고 말 테니까 말이다. 그러므로 가능하다면 그들은 모두 죽어야 했다. 히데코는 백작이 코우즈키와 같이 죽을 것을 예상했기에 그를 코우즈키에게 보낸 것은 아니었을까? 그러고 보면 가짜에 불과했던 이들의 연대는 애초부터 파국이 예정되어 있었던 셈이다.

연대 2. 히데코와 숙희

숙희의 꿈은 '부자가 되어 아주 먼 항구에 가고 이름도 모르는 것을 먹고 반짝거리는 것들을 잔뜩 사는 것'이었다. 그래서 그녀는 백작과 계약을 맺고 히데코의 하녀가 된다. 백작과 히데코의 결혼을 돕는 대가로 히데코의 옷과 패물, 그리고 거액의 돈을 받기로 했기 때문이다.

그런 만큼 숙희가 애초의 계획을 포기하고 히데코와 연대하는 것은 다소 의외였다. 그녀는 사기꾼이었고 오직 돈만 바라고 히데코에게 접근했기 때문이다. 더구나 둘 사이에는 각기 다른 정체성과 환경 등 장애물이 너무 많았다. 그럼에도 불구하고 히데코와 숙희의 연대는 어떻게 가능할 수 있었을까? 그 이유는 대략 세 가지 정도로 정리될 수 있다.

첫째, 서로의 상처를 통해 동질성을 확인할 수 있었기 때문이다. 히데코의 어머니는 히데코를 낳다가 돌아가셨다. 이 때문에 그녀는 원죄의식을 지니고 있었다. "그러니까 내가 엄마 목을 매게 한 거나 매한가지지. 태어나지 않았으면 좋았을 텐데"라던 말은, 그녀가 지금까지도 상처에서 벗어나지 못하고 있음을 드러낸다. 그러자 숙희는 그녀의 얼굴을 감싸 안으며 말했다. "태어나는 게 잘못인 아기는 없어요. 갓난 애기하고 얘기할 수만 있었어도 아가씨 어머니는 이렇게 말씀하셨을 거예요. '너를 낳고 죽을 수 있어서 운이 좋았다고. 하나도 억울하지 않다고.'" 이 말을 하는 숙희의 눈은 젖어 있었다. 그녀도 어린 시절 어머니를 잃었고, 그녀가 히데코에게 한 말은 그녀의 어머니가 남긴 말이었기 때문이다. 그 말을 들은 히데코는 "책에 나오는 동무라는 것, 이런 것일까?"라며 혼잣말을 한다.

따지고 보면, 히데코는 이모가 죽은 이후 늘 외로웠고 누구와도 마음을 나눌 수 없었다. 그런 그녀로서는 아마 처음 느낀 동질감과 위로였을 것이다. 주변에 존재하는 모든 것은 거짓이었고 사람들은 늘 그녀가 가진 것을 노리고 다가왔을 뿐이기 때문이다. 따라서 숙희의 진심 어린 위로는 히데코의 마음을 열게 하는 중요한 계기가 된다.

둘째, 숙희의 모성애를 기반으로 굳건한 성적 연대가 이루어졌기 때문이고, 셋째, 숙희는 히데코를 수단이 아닌 목적으로 사랑하게 되었기 때문이다. 언젠가 백작은 말했다. "저한테 일념이 있다면요, 아가씨. 당신 눈도 아니고, 손도 아니고, 둔부도 아니고, 돈, 오로지 당신의 돈, 당신이 가진 것 중에서 으뜸은 돈"이라고.

그의 말처럼 그가 그녀에게 원한 유일한 것이 돈이었다면 그녀는 언제나 수단에 그칠 뿐이다. 따라서 이때의 연대도 늘 거짓일 수밖에 없다. 누가 먼저 배신하느냐가 관건일 뿐 파국은 이미 정해져 있는 것이다. 백작도 히데코도 이 사실을 너무나 잘 알고 있었다. 따라서 히데코는 백작과의 연대가 불안할 수밖에 없었다.

그에 비해 숙희는 그녀에게 돈이 아닌 '그녀 자체'를 원했다. 그렇기에 숙희가 자신과 백작을 결혼시키고자 노력했을 때 그처럼 분노할 수밖에 없었던 것이다. 숙희의 뺨을 때린 후 벗나무에 목을 매달면서 "태어나지 않았으면 좋았을 텐데"라고 되뇌던 말은 그녀의 분노와 상심, 그리고 절망의 깊이를 그대로 보여준다.

그러고 보면 속여왔던 비밀을 밝히는 것은 그냥 이루어지는 게 아니다. 그것은 서로가 서로를 목적으로 여길 때에만, 그리고 그 마음이 상대에게 충분히 가 닿을 때에만 이루어진다. 벗나무 아래서 진실을 밝히던 히데코와 숙희의 모습은 이를 증명한다.

드디어 진실을 밝힌 히데코는 코우즈키의 서재와 지금껏 자신이 읽었던 책들을 보여주기에 이른다. 코우즈키의 만행을 알게 된 숙희는 분노했다. 그래서 책과 그림들을 닥치는 대로 찢어버린다. 그녀는 히데코가 차마 할 수 없었던, 그러나 늘 꿈꿔왔던 복수를 대신 해준 것이다. 따라서 그 모습을 바라보며 읊조린 히데코의 독백은 사뭇 감동적이다. "겨울이면 훔친 가죽 지갑들을 엮어 외투를 만들었다던 유명한 여도둑의 딸, 저 자신도 도둑, 소매치기, 사기꾼. 내 인생을 망치러 온 나의 구원자. 나의 타마코, 나의 숙회."

그들이 탈출하던 날, 하늘은 어둡고 바람은 거칠었다. 음악은 비장하면서도 경쾌하게 가슴을 울린다. 가짜와 억압의 그물망에서 벗어나는 길은 바로 여기에 있었다. 그 길은 오직 진심의 연대를 통해서만 갈 수 있는 길이다. 그것만이 오해를 극복하고 폭력을 이겨내는 힘이기 때문이다. 우리에게 진심과 사랑의 연대가 필요한 이유도 바로 이 때문이다.

희망의 낯선 곳으로

비록 악당이긴 했지만 백작에게서는 일말의 안타까움이 느껴졌다. 그는 꽤 매력적인 구석이 있었기 때문이다. 궁금했다. 만약 그가 히데코에게 진심을 다했더라면 어떻게 되었을까? 히데코에게 구원의 첫 손을 내민 이는 그였으니 그녀와의 사랑도 가능하지 않았을까?

어쩌면 그는 나중에 히데코를 정말 사랑하게 되었는지도 모른다. 만약 그녀를 사랑하지 않았더라면 평소 그의 모습을 보건대 결코 그녀가 주는 포도주를 마시지 않았을 테니까. 그럼에도 불구하고 그는 왜 진정한 연대를 이룰 수 없었을까? 둘 중 하나인 것 같다. 그가 자신의 사랑을 제대로 표현하는 방법을 몰랐거나 또는 스스로 모종의 변화를 일으킬 만큼 그녀를 사랑하지 않았거나.

다시 질문해보자. 그가 만약 진짜로 히데코를 사랑했다면 또는 진심으로 그녀를 대했다면 어떻게 되었을까? 아마도 그는 히데코와 자신이 원하던 모든 것을 얻지 않았을까?

결국 백작의 모습을 통해 우리는, 거짓을 통해서는 원하는 그 어떤 것도 온전히 얻을 수 없음을 깨닫게 된다. 그렇게 보면 이 작품은 인과응보를 보여주는 현대적 교과서인 셈이다. 백작과 코우즈키는 동족 살해를 자행했고 그녀들이 탄 배는 어둡고 거친 바다를 헤치며 나갔으니 말이다. 구름 가득했던 하늘엔 달이 비치고 구름은 사라졌다. 이제 그녀들의 길도 빛으로 가득할 것이다.

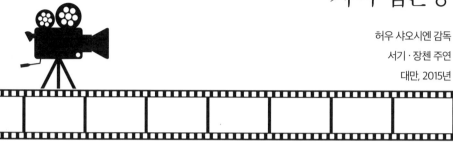

자객 섭은낭

허우 샤오시엔 감독
서기 · 장첸 주연
대만, 2015년

_ 굴레를 벗어난 푸른 난조

〈자객 섭은낭〉은 리얼리즘을 표방한 무협영화로 잘 알려져 있다. 그래서
일까? 섭은낭은 당대 최고의 자객이지만 결코 현란한 무술을 보여주지
않는다. 사람들과 잘 싸우지도 않거니와 싸울 때조차도 꼭 필요한 움직
임만 보여줄 뿐이다.

　그러므로 화려한 액션을 기대하고 이 영화를 보았다가는 실망스러울
것이다. 생각해보면 함정은 이 속에 있었다. 이 작품은 무협영화지만 동
시에 무협영화가 아니기 때문이다. 언젠가 감독은 "그 갈래가 무엇이든
영화의 본질은 사람의 감정과 사람 사이의 관계를 담아내는 데 있다"고
말했다. 그렇다면 이 작품이 무협이면서 동시에 무협이 아닌 이유도, 또
는 무협이되 우리의 상식을 벗어난 무협인 이유도 이러한 창작 이념의 연

장선에서 찾아야 하지 않을까?

　따라서 비록 무협이라고는 하지만 활극에 대한 기대는 애초부터 버리는 게 좋겠다. 그런 다음 천천히 이야기를 따라가 보면, 비로소 이 작품은 지극한 아름다움을 보여준다. 언뜻언뜻 드러나는 풍광도, 인물의 정서를 드러내는 방식도, 그 속에 담긴 이야기도 하나같이 애틋하게 아름답다. 이러한 아름다움은 감정의 밀도를 최대로 끌어올린 아름다움이다. 아울러 이와 같은 아름다움의 밑바닥에는 슬픔이 존재한다. 그 슬픔은 원치 않았던 삶에서 비롯되는 슬픔이며, 동시에 차마 떠나보낼 수 없었던, 그러나 결국 떠나보내고 만 무언가에게서 비롯되는 슬픔이기도 하다.

　그리고 보면 이 작품은 슬픔과 아름다움을 씨실과 날실 삼아 만든 직물 같다. 비극적인 인물들의 운명은 절제된 아름다움 속에서 섬세하게 교차하며 드러나기 때문이다. 그 속에서 슬픔과 아름다움의 결은 더불어 깊어진다. 나아가 그러한 결의 언저리에는 푸른 난조의 이야기가 가로놓여 있다는 점도 짚어야겠다.

푸른 난조, 가성공주

정원의 뜰이 빛과 그늘 사이에서 고요하던 어느 날, 가성공주는 칠현금을 연주하며 말했다.

계빈국 왕이 난조 한 마리를 얻었으나 3년간 울음소리를 듣지 못하였다. 부인이 말하기를, 난조는 동족을 만나야 운다 하니 거울을 달자 하였다. 이에 왕은 거울을 달았다. 거울을 본 난조는 슬피 울기 시작하더니 밤새 춤을 추다가 스스로 목숨을 끊었다.

가성공주가 느리고 물기 어린 목소리로 들려준 〈청난무경靑鸞舞鏡〉 고사는 하나의 알레고리였다. 그렇다면 난조는 무엇의 상징이었을까? 그리고 거울의 의미는 무엇이었을까? 더불어 거울을 본 난조는 왜 스스로 목숨을 끊을 수밖에 없었던 것일까?

생각해보면, 난조가 계빈국 왕에게 선물로 보내졌다는 것은 특정한 정치적 목적에 의해 제물로 바쳐졌음을 의미한다.

이 때문이었을까? 난조는 오랫동안 벗을 찾지 못한 채 슬픔과 외로움 속에서 침묵했다. 그런 난조에게서 왕은 거울을 통해 울음소리를 들으려 했다. 이때의 거울은 하나의 속임수다. 동시에 그것은 깨달음의 발판이기도 했다. 거울 속에 비친 자신의 모습을 통해, 난조는 비로소 세상 어디에도 자기의 벗이 없음을 알게 되었기 때문이다. 따라서 난조가 슬피 울며 추는 춤은 왕과 왕비를 위한 것이 아니었다. 아마도 그것은 허위의 세월 속에서 헛된 기다림을 견디며 살아온 자기 자신에 대한 위로였을 것이다.

그렇다면 난조의 죽음은 필연적일 수밖에 없지 않았을까? 살아있음에 아무런 의미도 찾을 수 없고 소중한 것들은 모두 사라져버렸으니 말이다.

바로 이 지점에서 난조의 처지는 가성공주의 그것과 일치한다. 은낭은 말했다. "가성공주께서는 제게 칠현금을 가르치시면서 거울 앞에서 춤추는 푸른 난조 얘길 하셨어요. 자신이 푸른 난조라 하셨어요. 황실인 장안을 떠나 홀로 위박으로 시집와서 벗이 없다 하셨죠."

신비롭고 고고하지만 내면은 한없는 외로움으로 가득한 새. 가성공주가 푸른 난조였다면 그녀가 머무는 위박은 계빈국이었을 것이다.

그녀가 위박에 보내진 이유는 위박과 조정의 평화를 위해서였다. 결국 그녀는 푸른 난조처럼, 권력의 안정을 위해 이용된 정치적 희생물이었던 셈이다. 그녀가 위박으로 시집올 때 선황은 옥결과 함께 하나의 임무도 같이 주었다. "결玦이란 것은 결의의 뜻을 담고 있으니, 결연한 의지로 위박을 지키고 위박이 황하를 건너 황실을 절대 침범하지 않도록 하라."

그녀는 그 말을 지켜 오랜 세월 낯선 곳의 쓸쓸함을 견뎌왔다. 그러다가 훗날 선황의 부고를 들은 그녀는 통곡하다가 각혈까지 하게 된다. 그녀의 상심은 몸에 지닌 옥이며 보석이 모두 깨져 바닥에 흩어질 정도였고, 장안에서 가져와 심었던 수백 그루의 흰 목련이 하룻밤 사이에 모두 시들어버릴 정도였다.

문득 궁금해졌다. 그처럼 깊은 공주의 상심은 어디서 비롯된 것이었을까? 소중한 이의 죽음 때문이었을까? 아니면 덧없이 보내버린 시간의 허무함 때문이었을까? 그것도 아니면 이제 의미를 잃어버린 정략 속에서 외로이 죽어가야 할 자신의 운명 때문이었을까?

또 하나의 난조, 심은낭

고향에 돌아온 첫날, 욕조에 몸을 담근 은낭은 조용히 울었다. 그러한 울음 속에서 그녀는 가성공주가 들려준 푸른 난조의 이야기를 기억한다. 그녀의 울음은 두 가지 점에서 의미 있어 보인다. 하나는 그녀가 자객이 아닌 한 여인으로서 자신의 상처를 더듬어보고 있다는 점이고, 다른 하나는 이를 통해 가성공주의 모습에서 자신의 모습을 본다는 점이다.

목욕을 마친 뒤에도 그녀의 얼굴이 어두운 것과 그녀의 모습 뒤로 아련하게 가성공주의 얼굴이 드러나는 것, 그리고 바람에 흔들리는 하얀 모란의 모습이 이어지는 것은 이 때문이었을 것이다. 그러므로 은낭이 계속해서 가성공주를 떠올리며 슬픔에 젖는 이유도 바로 여기서 찾아야 하는 게 아닐까?

그렇다면 이들의 공통점은 구체적으로 어디에서 드러나는 것일까? 대략 세 가지 측면에서 닮은 점이 발견된다. 첫 번째는 침묵이다. 작품 속에서 은낭은 말이 없다. 그녀가 침묵을 지키는 이유는 난조나 가성공주가 그러했듯 마음속에 상처를 안고 있기 때문이다. 하지만 그녀는 자신의 상처가 어디에서 비롯된 것인지 근본적인 원인은 알지 못했다. 계안과의 혼사가 틀어진 뒤 미처 상처의 근원을 들여다볼 시간도 없이 가신공주에게 보내졌기 때문이다. 상처가 컸던 까닭일까? 그녀는 무예 수련에만 몰두했고 결국 최고의 자객이 되었다.

바로 이 지점에서 이들의 두 번째 공통점이 드러난다. 은낭도 권력 유지의 도구로 이용되었기 때문이다. 지난날 그녀는 스승의 명에 따라 살인을 저질러왔다. 그러던 어느 날 스승의 명령을 어기게 된다. 살해 대상이 아이를 안고 잠들어 있었기 때문이다. "그 자의 아이가 귀여워 차마 죽일 수 없었다"는 은낭의 말에 스승은 답했다. "또 이런 상황이 닥치면 그땐 놈이 아끼는 것을 먼저 제거하고 바로 그 자를 없애 버려라."

따지고 보면 가신공주의 이 말은 자가당착이다. 여기에는 정당성도 없다. 죄 없는 생명은 누구의 것이나 소중한 것이니 말이다. 그럼에도 불구하고 단지 살인에 방해된다는 이유로 누군가를 죽여야 한다는 논리는 "저 놈은 아비를 독살하고 형제를 죽였으니 죗값을 치러야 할 터"라던 이전의 논리와 정면으로 부딪힌다. 이와 같은 사실은 은낭이 지금까지 수행했던 살수 행각이 정의가 아니라 권력 유지의 수단이었음을,[11] 나아가 그녀가 거부하지 않는 한 앞으로도 살인이 계속될 것임을 암시한다. 그녀는 계빈국 왕의 명에 따라 울어야 하는 난조처럼 스승의 명에 따라 살

---

11 가신공주에게 주어진 임무는 조정에 대한 저항세력을 제거하는 것이었다. 섭은낭이 단지 살해 대상의 아이가 귀여워 그를 죽일 수 없었다고 하자 가신공주는 이렇게 말했다. "너의 검술은 완벽하나 마음이 문제로구나. 너를 고향인 위박에 보낼 테니 네 사촌인 전계안을 제거하라."
　　언뜻 보기에 가신공주가 은낭을 고향으로 보낸 까닭은 계안을 죽임으로써 은낭의 마음을 다잡도록 하기 위한 것으로 보인다. 그러나 그것은 그녀가 전계안을 제거하려는 이유 중 일부에 불과하다. 가신공주가 전계안을 제거하려 한 본질적인 이유는 두 가지였다. 첫 번째 이유는 은낭이 계안을 죽임으로써 보편적 인성을 상실한 살인 기계로 거듭나도록 하기 위함이었고, 두 번째 이유는 그가 위박의 군주이면서도 조정에서 독립하고자 하는 뜻을 가지고 있었기 때문이다. 8세기 중엽 이후 당나라는 조정을 보호하고자 변방에 번진을 설치하여 지방을 다스렸다. 세월이 흐르자 번진들은 점차 조정과 거리를 두며 각자 세력을 키웠는데, 그중 가장 강한 번진이 바로 위박이었다. 조정은 중앙집권을 회복하기 위해 위박을 비롯한 하삭 3진에 대한 토벌을 실시하였으나 결국은 실패로 끝났고, 이들 번진의 독립적 지위를 인정할 수밖에 없었다. 따라서 황실 출신인 가신공주의 입장에서 계속해 위박의 독립성을 유지하려는 계안은 척살 대상이 될 수밖에 없었다.

인하는 도구가 되어 있었던 것이다.

따라서 은낭이 계안을 죽이라는 명을 받고 위박에 온 것은, 역설적으로 자신의 상처를 들여다보는 기회가 된다. 그녀가 자객이 된 이유는 정치적 이유로 계안과의 결혼이 무산되었기 때문이다. 그런 만큼 계안과 위박은 그녀에게 지울 수 없는 상처였다. 그러나 상처는 묻어둔다고 사라지는 것이 아니다. 봉인된 덮개를 열고 정면으로 마주 해야만 비로소 치유의 길이 열린다. 따라서 그녀가 위박으로 와 계안의 진심과 갖가지 욕망들로 뒤엉킨 번진의 주변을 관찰하게 된 과정은 삶의 본질에 대한 깨달음을 얻는 계기가 된 것이다. 바로 이 지점에서 세 번째 공통점이 드러난다. 마치 난조가 거울을 보고 깨달음을 얻었듯 은낭도 자신의 상처를 보고 깨달음을 얻었기 때문이다.

굴레를 넘어

하지만 깨달음을 얻은 이후 은낭은 난조나 가성공주와는 다른 행보를 보인다. 난조는 스스로 목숨을 끊었고, 가성공주는 쓸쓸한 삶을 견디다 숨을 거두었지만, 은낭은 자신에게 덧씌워진 굴레를 벗어던졌기 때문이다. 이러한 차이는 어디에서 비롯된 것일까?

아무래도 그 이유는 그녀가 자객이자 동시에 고수였다는 점에서 찾아야 할 것 같다. 구체적인 근거는 다음과 같다. 먼저 그녀는 자객이므로 어둠 속에서 진실을 들을 수 있었기 때문이다. 감독은 섭은낭聶隱娘이라는 이름 자체에 흥미를 느낀 적이 있다고 한다. 그의 말을 빌려 생각해보면, 섭聶은 세 개의 귀로 이루어져 있다. 아마도 두 개의 귀는 사실적이며 육체적인 의미의 귀를 뜻할 것이다. 그렇다면 나머지 하나의 귀는 무엇의 은유였을까? 짐작건대, 그것은 마음의 귀, 숨겨진 비밀을 듣는 귀, 그리고 주체적 판단을 위한 귀가 아니었을까?

그렇다면 은낭은 세 개의 귀를 가지고 사람들의 모습을 관찰한 셈이다. 이때 그녀가 숨어있는隱 위치는 대개 어둡거나 높은 곳이다. 이로써 그녀는 사람들의 속내를 듣고 현상의 전체를 조망할 수 있게 된다. 감독은 한 인터뷰에서 이런 말을 했다. "고수는 단어의 뜻 그대로 높은 능력을 가진 사람이다. '높다'는 건 뛰어나다는 의미보다 전체를 보는 시선을 의미하는 것 같다. 높은 곳에서 내려다보면 널리 보이고 다르게 보이지 않나. 남과 다른 세상을 볼 수 있고, 작은 일에도 쉽게 흔들리지 않으며, 세상의 본질을 보게 된다. 그러면 자신의 길을 묵묵히 갈 수 있다. 그것이 고수라고 생각한다." 은낭은 그가 말했던 고수의 모습과 정확히 일치한다. 그래서 자신에게 덧씌워진 굴레도 벗어던질 수 있지 않았을까?

다음으로, 그녀는 아름다운 강호를 충분히 볼 수 있었기 때문이다. 이 작품에서 자연은 광활하고 아름답다. 마치 또 하나의 주연을 보는 듯하다. 특히 기억에 남는 곳은 은낭이 머물렀던 작은 마을이다. 그곳의 새벽 풍경은 고요하고 신비로웠다. 어슴푸레하게 푸른 새벽녘, 물안개는 호수 위에 피어나고 벌레들은 낮게 울었다. 나무들이 늘어선 사이로 어디선가 소 울음소리가 들렸고 놀란 새들은 나뭇가지를 떠났다. 이윽고 물새들은 맑은 물 위에 조용한 파문을 일으킨다. 호수는 넓고 산은 웅장하며 풍경은 멀리멀리 이어졌다.

이러한 장면들을 감독은 롱테이크로 잡아낸다. 갑자기 궁금해졌다. 그는 왜 자연의 모습을 이처럼 정성들여 담아냈을까? 생각해보면 자연은 언제나 아름다웠다. 하지만 그 아름다움은 천천히 들여다보지 않으면 결코 볼 수 없다. 그렇다면 감독의 롱테이크는 우리가 스쳐 지나던 자연의 아름다움과 숨겨진 신비로움에 주목하도록, 그래서 모종의 깨달음에 이르도록 하기 위한 장치가 아니었을까? 이런 풍경들은 혼탁하고 인위적인 정치와 대비됨으로써 더욱 아름다워 보인다. 그렇다면 은낭이 위박을 떠난 이유도 이 속에서 찾아야 하지 않을까?

마지막으로, 그녀는 가성공주와는 달리 상대적으로 자유로운 위치에 있었기 때문이다. 자객으로서의 삶은 살인을 멈추는 것만으로도 충분히 그만둘 수 있다. 하지만 가성공주의 경우, 결혼생활을 그만두고 싶다고 해서 쉽게 그만둘 수 있는 것이 아니었다. 그녀는 이미 지나치게 많은 사람들과의 관계 속에 존재했기 때문이다.

영화를 보면서 다소 혼란스러웠다. 정치와 우리의 삶, 이 둘 중 무엇이 더 소중한 것일까? 아마도 많은 이들이 우리의 삶 자체가 더 의미 있

시대와의 불화,
찬란한 탈주의 꿈

는 것이라 답할 것이다. 그러나 우리의 현실을 들여다보면, 그러한 당위적인 답변과는 별개로 정치적 고려 또한 결코 만만찮은 힘을 가졌음을 느끼게 된다. 그것은 때로는 우리의 현실을 지배하는 실질적인 힘으로, 때로는 사람들의 관계를 결정짓는 원리로, 때로는 거부할 수 없는 운명으로 다가오기 때문이다.

하지만 그것이 우리의 삶을 삼켜버리지는 못하도록 해야겠다. 허위의 것들이 우리를 지배하게 될 때 삶이 얼마나 피폐해지는지는 푸른 난조와 가성공주의 이야기를 통해 충분히 알 수 있었으니 말이다.

결국 섭은낭은 신라로 간다. 이로써 그녀는 모든 굴레를 벗어던졌다. 한때 그녀의 마음을 아프게 했던 사랑도, 삶을 구속하던 정치도, 살수로서의 삶도 모두 벗어던진 것이다. 이 때문일까? 떠나는 그녀의 걸음 위로 흐르는 음악이 경쾌하다. 그래서 그녀의 걸음 위에 바람 하나 더해 본다. 그녀의 삶도 밝고 경쾌해지길. 지금까지 그녀의 삶은 이미 충분히 어둡고 무거웠으니 말이다.

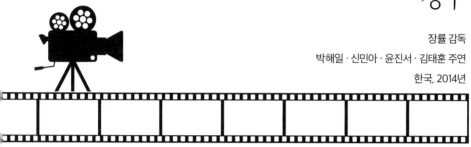

경주

장률 감독
박해일 · 신민아 · 윤진서 · 김태훈 주연
한국, 2014년

_ 춘화를 찾아서

영화 〈경주〉는 춘화春畵를 찾아 떠난 최현의 여행을 그리고 있다. 그의 눈에 비친 경주는 일상적 공간이다. 동시에 삶의 이면에 숨은 아름다움과 고통을 보여주는 내면 공간이기도 하다. 이러한 이중적 성격 때문일까? 경주에서는 이항 대립적 요소들 사이에 균열이 일어난다. 삶과 죽음, 현실과 환상, 현재와 과거가 구분이 힘들 정도로 뒤섞이는 것이다.

'경주에서는 능을 보지 않고 살기 힘들다'는 윤희의 말처럼, 최현이 마주치는 삶의 공간 곳곳에는 죽음이 스며있다. 심지어 실제보다 더 생생한 환상이 불쑥불쑥 모습을 드러내기도 한다. 물리적 사실과 심리적 진실은 한 몸처럼 뒤섞여 그에게 당혹감을 선사하는 것이다. 따라서 경주는 익숙함을 잃어버린 공간이자 그가 지금껏 생활하던 북경과는 다른

시대와의 불화,
찬란한 탈주의 꿈

코드의 공간으로 보아야 한다. 그래서 그는 이상한 나라에 들어선 앨리스처럼 낯선 눈으로 경주를 탐험한다.

사라진 춘화

최현은 창희의 부고를 듣고 그의 장례식장을 찾는다. 창희의 영정 사진은 7년 전 그가 경주 여행에서 찍어준 사진이었다. 장례식장에서 그는 문득, 언젠가 창희와 함께 보았던 춘화를 떠올린다. 그리고 그림이 있던 경주의 한 찻집을 찾는다.

하지만 춘화는 사라지고 없다. 윤희가 벽지로 덮어버렸기 때문이다. 새로운 벽지 위에는 찢어진 자국만이 그 속에 아직도 춘화가 남아있음을 암시할 뿐이다. 그렇다면 사라진 춘화의 메타포는 과연 무엇이었을까? 그리고 최현은 왜 그토록 집요하게 춘화를 찾으려 했던 것일까?

경주, 아름다움과 상처를 마주하는 공간

춘화의 상징적 의미는 그것의 존재 기반인 경주의 배경적 의미 속에서 조망될 때 더 잘 이해된다. 따라서 춘화의 메타포를 살피기 위해 경주의 시·공간적 특성을 먼저 짚어볼 필요가 있다.

경주는 시간이 천천히 흐르는 곳이다. 최현은 자전거를 타거나 산책

을 하며 그곳을 거닌다. 이 때문에 춘화를 찾아가는 과정은 무심코 지나
쳤던 것들을 다시 살펴보는 과정이 된다. 느린 시간 속에 바라본 경주는
아름다운 공간이었다. 하지만 그보다 더한 고통을 가진 사람들의 상처로
아픈 공간이기도 했다.

찻집 '아리솔'은 여유를 가지고 본 소박한 일상의 아름다움을 선명하
게 보여준다. 그곳의 풍경은 정갈하다. 햇빛은 집 안에 직접 비치지 않는
다. 한지로 된 창이나 문 사이로 은은하게 들어온다. 약간은 어둑어둑한
분위기 속에서 결 많은 나무들과 세월을 머금은 듯한 문풍지, 흙빛의 도
자기들은 고풍스럽다. 조용한 가운데 찻잔이 무언가에 부딪는 소리와 물
소리만이 적막을 깰 뿐이다. 느리게 흘러가는 시간 속에 윤희는 하얀 옷
을 입고 단아하게 앉았다. 고요한 경주의 분위기와 무척 잘 어울린다.

신비로움이 피어나는 경주의 밤 시간도 인상적이다. 대릉원과 첨성대
에서 보는 불빛은 조용하고, 풀벌레 소리만이 적막을 깬다. 그곳에 서면
천년의 세월을 거슬러 전설과 신화의 땅에 발을 디딘 듯한 느낌이 든다.
무너진 담과 흙벽, 무심코 피어난 풀 한 포기, 나무 한 그루에도 수많은
비밀과 이야기가 감추어진 듯하다. 특히나 눈길을 끄는 것은 달이다. 담장
위에 비친 달, 거대한 무덤 위에 높이 뜬 달은 고요하고, 담담하며, 맑다.
이처럼 일상 속에 숨은 아름다움은 속도 경쟁이 멈춘 곳에서 그 속살을
드러낸다. 하지만 이러한 풍경 속에도 고통은 스며있다.

윤희는 어두운 밤, 커다란 무덤 위로 올라가 그 주인에게 물었다. "들

시대와의 불화,
찬란한 탈주의 꿈

어가도 돼요? 들려요? 들어가도 되냐구요?" 무덤 속으로 들어가고 싶다는 말은, 아마도 그녀의 삶이 그만큼 고단했음을 드러내는 장치일 것이다. 남편이 우울증으로 자살한 뒤 홀로 살아오는 과정에서 그녀가 받은 상처는 컸을 테니 말이다.

그러고 보면 〈경주〉에 나오는 대부분의 인물들은 저마다의 상처로 아프다. 건강했던 창희는 마지막 1년간 그 누구와도 이야기를 나누지 않은 채 죽었다. 최현이 대구 공항과 경주 보문호에서 마주친 모녀는 동반 자살을 했으며, 윤희의 남편은 우울증으로 자살했다.

창희나 보문호의 모녀, 윤희 남편의 죽음에 명백히 밝혀진 이유는 없다. 그러나 한 가지만은 분명하다. 그것은 이들 앞에 펼쳐졌던 삶이 마냥 건강하거나 아름답지만은 않았다는 것이다. 이들의 죽음은 우리 삶 속에 숨어있는 상처와 고통이 얼마나 심각하고 치명적인 것인지를 보여준다.

나아가 명시적 죽음만이 아픔을 증명하는 것은 아니다. 이들 못지않게 고통스러운 삶을 살기는 여정도 마찬가지였다. 그녀는 지독한 의처증을 가진 남편과 살고 있다. 남편은 그녀의 사소한 동작 하나까지 감시하며 삶을 구속한다. 그녀는 최현을 만나기 위해 서울에서 경주까지 내려왔지만, 핸드폰이 울리자 화들짝 놀라며 집으로 돌아간다. 결혼생활이 어떤지 묻는 최현의 말에 오랫동안 그를 노려보기만 하는 그녀의 모습은 삶이 그만큼 신산스러웠음을 보여준다.

문제는 그녀의 불행에 최현이 깊이 연루되어 있다는 것이다. 그녀는 과거 그와 관계한 뒤 임신한 적이 있었다. 그러나 그는 지금껏 그 사실을 몰랐다. 왜 그 사실을 알리지 않았냐는 그의 말에 그녀는 우습다는 듯 그를 보며 말한다. "선배 원래 잘 책임 안지잖아." 비로소 알게 된 사실이 지만, 그는 대체로 타인의 고통에 무책임한 삶을 살아왔던 것이다. 그렇다면 그녀가 현재의 남편을 만나게 된 이유도, 그 남편이 지금처럼 지독한 의처증을 가지고 그녀의 삶을 구속하게 된 이유도, 사실은 최현 때문이 아니었을까?

더욱이 이들이 길에서 만난 점치는 노인은 그녀에게 더 이상 자식이 없을 것이라 했다. 이는 그녀의 불임이 그의 책임일 수도 있음을 암시하는 게 아닐까? 여기서 노인이 한낱 환상에 불과하다는 사실이 그녀의 불행이나 그의 무책임 또한 환상임을 의미하는 것은 아니다. 오히려 환상은 단순한 현실세계의 인과관계를 넘어선, 실재계의 진실을 보여주는 존재로 보아야 할 것이다.

따라서 "모든 것은 다 지워야 돼!"라는 그녀의 말은 그녀가 아이도 지웠음을 암시한다. 나아가 그녀가 지우고 싶었던 것은 사진뿐만이 아니라 그녀의 삶 자체와 그와의 과거 모두였음을 드러낸다.

최현은 여정과 헤어진 뒤 담배를 두 대나 피우고 안내소를 찾는다. 경주에서 두 번씩이나 안내소를 찾았다는 것은 그가 충격 속에서 삶의 방향을 잃었음을 의미한다.

이처럼 우리 삶의 곳곳에는 상처가 숨어있지만 아픔은 타인에게 가 닿지 못한다. 따라서 진심어린 공감이나 위로도 없다. 삶에서 받는 무수한 상처는 오직 자신만의 것일 뿐이다. 그래서 삶은 쓸쓸하고 외롭다.

순화의 메타포

프랑스의 정신분석학자 라캉에 따르면, 우리는 언어라는 상징체계를 배우면서 '상상계想像界'[12]에서 '상징계象徵界'[13]로 진입하게 된다. 언어를 배운다는 것은 타인과의 관계망 속으로 들어간다는 것이며 동시에 그 속에 담겨있는 법과 제도, 금기의 수용을 함의한다. 이때 상징계는 지금 우리가 살고 있는 현실세계이자 동시에 질서정연한 합리성의 세계가 된다.

---

12 거울단계라 불리며, 생후 6개월에서 18개월 사이에 해당하는 단계다. 이 시기에 자아는 스스로 주체를 형성하는 것이 아니라 거울에 비친 자기 이미지(엄밀히 말하자면, 자기가 아닌 타자)를 통해 비로소 주체를 형성하게 된다. 다시 말해, 이때의 주체는 다른 사람과의 차이에서 형성되는 것이 아니며 거울에 비친 이미지와의 동일시를 통해 또는 어머니와 자기를 동일시함으로써 형성되는 것이다. 따라서 주체는 나르시시즘(거울에 비친 자기 모습을 사랑함)에 빠져있을 수밖에 없다. 이동성, 「라캉의 구조주의 욕망이론」, 동서언론학회, 동서언론 9, 2005.12. 308-309쪽 참조.

13 아이가 언어의 체계 속으로 들어오는 단계다. 상징계는 무의식 및 언어와 관련이 있다. 무의식은 아버지의 세계(규제와 법의 세계)에 들어옴으로써 시작된다. 아버지의 출현으로 어머니와 둘만의 관계에서 누렸던 만족스러운 관계에 균열이 생기게 되는 것이다.
  이때 아기는 아버지를 죽이고 싶은 욕구인 오이디푸스 콤플렉스가 생기지만 곧 거세공포에 시달려 어머니와 하나 되려는, 소위 '상상계의 욕망'을 억압하기 시작한다. 무의식은 이러한 억압과 욕망에 관련된다. 이때 아이는 언어를 배우면서 '차이'를 인식하고 이 차이는 어머니와의 분리를 의미한다. 그 결과 상상계에서 가지고 있던 욕구와 요구를 잃어버리게 되고 그것은 무의식으로 남게 된다.
  따라서 언어는 욕망의 결핍을 의미한다. 라캉에게 있어 상징계는 대단히 중요한 의미를 가진다. 인간의 주체는 타자에 의해 생기는데, 상상계는 거울 내지는 어머니와의 동일시를 통해 생기는 반면, 상징계는 타자(아버지)와의 차이를 통해 형성되기 때문이다. 여기서 타자는 인간이 사회생활을 할 수 있는 토대를 마련해주는 것이며, 사회생활이란 결국 나와 타자와의 관계를 의미한다.
  라캉은 인간이 사회와 문화생활을 하기 위해서는 상징계의 단계를 필연적으로 거쳐야 한다고 보았다. 만약 이 단계를 슬기롭게 극복하지 못하면 여러 가지 신경증이나 정신병을 유발할 수 있다고 한다. 앞의 책, 309-310쪽 참조.

그러나 상징계는 폭력적이다. 비합리적이라는 이유로 우리가 가진 꿈과 욕망을 억압하기 때문이다. 바로 이 지점에서 '실재계實在界'의 존재가 부각된다. 실재계는 실제로 존재하는 우리의 모습을 있는 그대로 담고 있는 세계다. 그리고 상징계에 억지로 편입되기를 거부한 세계다. 이러한 실재계는 상징계의 감시에 균열이 생길 때 그 존재를 드러낸다.

그렇다면 최현이 찾고자 했던 춘화의 메타포는 상징계와 실재계의 이와 같은 관계 속에서 찾아야 하지 않을까? 덧칠된 벽지가 상징계의 질서와 의식의 지배를 뜻한다면, 춘화는 무의식 깊이 봉인된 실재계의 욕망을 뜻할 테니 말이다. 이 속에서 실재계의 욕망은 느린 삶, 인간다운 삶에 대한 욕망으로 구체화된다. 그렇다면 인간다운 삶이란 어떤 삶인가?

최현이 찾고자 했던 춘화에는 다음과 같은 글이 적혀 있었다. "한 잔 하고 하세." 이에 어울리게 풀밭에 앉은 남녀의 표정은 천연덕스럽다. 벌거벗은 이들의 모습에서는 여유와 해방감이 느껴진다.

감독은 이 구절과 관련해 다음과 같이 말한 적이 있다. "그 글귀가 계속 생각났어요. 춘화는 그 글귀가 없어도 사랑을 나누는 행위에요. 그런데 그 글귀가 있으면서 그림에 여유가 생기고 아름답게 보이죠. 우리는 점점 '한 잔 하고'가 없이 '하세'만 있는 것 같아요. 그건 동물과 같은 거죠. 그런 여유가 좋았어요."

그렇다면 춘화를 통해 확인할 수 있는 인간다운 삶은 크게 세 가지 욕망이 충족됨으로써 구현될 수 있지 않을까? 첫째, 느리고 여유로운 삶에 대한 욕망이다. 최현은 북경대에서 동북아 정치를 가르치고 있다. 여기서 잠깐 생각해보자. 그는 '북경대 교수'라는 명함을 가지기 위해 어떤 삶을 살아왔을까? 아마도 주변을 돌아볼 틈도 없이 바쁜 삶이 아니었을까? 물론 학문의 기쁨도 소중했겠지만, 창희의 죽음 앞에서 그는 문득 허무함을 느끼지는 않았을까? 한 길만 바라보고 달려온 자신의 삶이 헛되다는 생각 말이다.

이러한 물음이 가능한 이유는, 실제로 그가 자신의 학문에 대해 혼란스러움을 느끼고 있기 때문이다. 박 교수가 술자리에서 동북아 정세에 대해 질문하자 그는 자기가 하는 학문이 뭐가 뭔지 잘 모르겠다고 대답한다. 그리고 자신의 학문이 똥 같다고 말한다. 물론 최현의 이러한 대답이 박 교수를 무시하기 위함은 아니다. 그는 정말 자신의 학문에 대해 그리고 삶에 대해 회의를 느끼고 있었으니까. 그렇다면 창희의 돌연한 죽음은 그 앞에 던져진 심각한 질문이 되는 게 아닐까? 설정한 삶의 방향에 문제는 없는지, 바쁘게만 산 삶이 정말 의미 있는 것이었는지를 묻는 질문 말이다.

둘째, 가식 없는 삶에 대한 욕망이다. 춘화는 사랑하는 남녀의 본능을 숨김없이 드러낸다. 그러한 욕망은 건강하고 즐겁다. 성욕은 잡되기에 감춰야 한다는 주장은 한낱 상징계의 폭력일 뿐이다. 최현은 윤희에게 그림의 행방을 묻다가 다음과 같이 말한 적이 있다. "그 그림, 정말 잘 그린 그림이었거든요. … 처음 봤을 때는, 이 공간이랑 안 어울린다고 생각했는데, 그런데 그 그림은 왠지 처음부터 그냥, 여기, 이곳에 같이 있었던 것처럼 딱 잘 어울렸던 거죠."

그의 말은 설득력이 있다. 차 마시는 공간과 벌거벗은 남녀의 그림. 둘은 왜 나란히 있을 수 없는가? 어째서 하나는 고상한 행위이고 다른 하나는 저급한 것이어야만 하는가? 그러한 구분은 도대체 누가, 왜, 무엇을 근거로 한 것인가? 차 마시는 즐거움과 사랑하는 즐거움, 둘 모두는 우리 삶에서 꼭 필요한 것이 아닌가? 그럼에도 불구하고 둘 중 하나가 추방되어야 할 필연적 이유는 무엇인가?

최현은 모순된 것처럼 보이는 두 가지의 조합이 사실은 우리의 솔직한 모습이며 이를 드러낼 때 삶은 행복하고 건강해진다고 보았던 것 같다. 따라서 춘화를 찾는 그의 모습은 상징계의 도그마(비판이 허용되지 않는 독단)에 건강한 삶을 복원시키려는 시도로 보인다. 물론 이러한 시도는 그가 처음인 것은 아닐 것이다. 춘화를 가린 벽지 위쪽이 찢어져 있는 것은, 많은 사람들이 봉인되기 이전의 기억을 가지고 그것을 엿보려 했기 때문일 테니까.

셋째, 소통과 배려를 통한 치유의 욕망이다. 섹스는 남녀의 가장 원초적이고 솔직한 소통의 은유다. 그림 속 인물들은 사랑을 나누다 잠시 쉬고 있는데, 남자는 여자가 풀에 찔려 아플까봐 손으로 엉덩이를 받쳐 들고 있다. 이들의 모습은 웃음을 자아내지만 그 속에는 배려가 담겨 있다. 사랑하는 이에 대한 배려, 그것은 섹스 상황이거나 또 다른 상황이거나 언제나 우리에게 필요한 것이 아닌가?

〈경주〉에는 아픈 사람들이 많이 등장한다. 아픈 사람들이 많다는 것은 그들이 사는 세상이 병들었음을 의미한다. 그렇다면 세상은 왜 병든 것일까? 춘화에서 그 답을 찾자면, 결국 사람들 사이의 진실된 소통과 배려의 부재 때문인 것으로 보인다.

사람들은 저마다의 이유로 아프지만 그 아픔은 고스란히 자기의 몫일 뿐 공감받지는 못한다. 이 때문에 인물들은 쓸쓸함 속에서 죽어간다. 그렇다면 사람들 사이의 진술한 소통과 배려는 병든 세상에 대한 하나의 치유책이 될 수도 있지 않을까?

최현의 경주여행은 이틀의 여정으로 마무리된다. 짧은 여행이다. 그러나 그가 보여준 것은 결코 적지 않다. 느리게 바라본 세상의 아름다움과 삶 속에 내재한 깊은 상처들을 핍진하게 보여주었다. 그것들을 보면서 나는 스스로에게 몇 가지 질문을 던져보았다.

나는 내가 욕망하던 삶을 살고 있는가? 어느 순간부터 내 욕망을 잃어버리고 타인의 것을 나의 것으로 착각하며 살아오지는 않았나? 또한 내 속에 봉인해두었던 상처와 욕망은 무엇이었나? 더불어 허위의 것들 때문에 얼마나 아름답고 소중한 것들을 보지 못한 채 살아왔는가?

이제 답할 차례다. 나는 뭐라고 대답해야 할까?

천녀유혼

서극 감독

장국영 · 왕조현 · 우마 주연

홍콩, 1987년

_ 우울한 시대에 꾸는 아름다운 꿈

중학교 2학년 때였다. 낡고 음습한 극장에서 당시 흥행작이던 〈천녀유혼〉을 보았다. 2본 동시 상영이었기 때문에 분명 두 편의 영화를 보았음이 분명한데 나머지 한 편은 기억조차 나지 않는다. 아마도 어린 내게는 〈천녀유혼〉이 너무나 인상 깊었기 때문일 것이다. 덧붙여 말하자면, 〈천녀유혼〉을 본 이후 나는 최소 일주일 이상을 이 영화의 환영 속에서 벗어나지 못했다. 도대체 왜 그랬을까?

생각해보니 이유는 많다. 먼저 섭소천의 치명적인 아름다움을 들 수 있다. 그 전까지 귀신이라면 으레 푸르스름한 연기 속에서 소름끼치도록 사무치는 원한으로 사람들을 죽이는 이미지로만 남아 있었다. 그런데 그녀는 귀신이면서도 어찌 그처럼 매혹적일 수 있단 말인가? 특히나 영채신

시대와의 불화,
찬란한 탈주의 꿈

이 산길을 달려가는데 나무 위에서 여우 소리를 내며 그를 놀리는 모습, 자신의 초상화에 영채신에 대한 연모의 시 구절을 적어 넣는 모습 등은 너무나 사랑스러워 오랫동안 내 머릿속에서 떠나질 않았다.

연적하의 매력도 빼놓을 수 없을 것 같다. 그는 뛰어난 무술 실력과 호탕함을 가지고 있어서 내 동경의 대상이 되기도 했다. 손바닥에 피를 뿌려 요괴를 물리치는 모습이라든지, 바람 부는 어두운 밤 홀로 무예 연습을 하며 노래를 부르는 모습은 영화 보는 재미를 더해 주었다.

더불어 영상의 아름다움도 잊을 수 없다. 오래된 집들이 늘어선 거리라든지, 따뜻하게 어둠을 밝히는 유등의 풍경, 달빛을 받아 고요하게 빛나는 누각 등은 어린 시절 중국을 낭만과 전설의 땅으로 채색했다. 이런 것들의 영향 때문일까? 나는 지금도 나무 사이에 뜬 달과 밤과 누각을 좋아한다. 더불어 이런 소재를 다룬 한시도 좋아한다. 특히 이백과 왕유의 시들은 나를 들뜨게 하는데, 이들의 작품을 대할 때면 늘 달빛 그윽한 밤에 누각이나 나무 아래서 유유히 술잔을 기울이는 시인의 모습, 먼 길 떠나는 친구를 위해 술 한 잔 대접하는 사람의 모습이 떠오른다.

귀신이야기에 나타난 시대와의 불화

그렇다면 〈천녀유혼〉은 기이한 배경을 바탕으로 한 가난한 남자와 아름다운 귀신의 낭만적이고 슬픈 사랑이야기로만 보면 충분한가? 물론 그게 다는 아닐 것이다. 여기서 〈천녀유혼〉의 원작자인 포송령에 대해 잠깐 살펴보도록 하자.

포송령은 명말 청초의 어수선한 시기를 살았던 인물이다. 시문에 탁월해 붓 끝에 신기가 어리고 글에서는 기이한 향기가 난다는 평가도 받았다. 그러나 그는 뛰어난 자질과 남다른 노력에도 불구하고 자신이 살았던 시대와 원만하게 어울리지 못했다.

어려서부터 과거를 통해 벼슬길에 나아가려 했으나 번번이 낙방해 뜻을 이루지 못했고 평생을 불우하게 보냈다고 한다. 이 때문일까? 『요재지이聊齋志異』에 실린 그의 자서自序에는 다음과 같은 내용이 전한다.

> "깊은 밤 혼자 앉았노라면 등잔불은 꺼질락 말락 희미하게 깜빡거리고 서재는 쓸쓸하며 책상은 얼음처럼 차갑기만 하다. … 유생이 되어서 평생의 심사를 이런 글에 기탁하고 말았으니 말하는 것조차 슬프고 애달프기만 하구나! … 진정 나를 알아줄 이는 꿈속에서나 만날 수 있는 귀신들뿐이런가?"

이처럼 실의와 불만에 가득 찬 작가의 삶은 자연스레 그가 저술한 이야기 속에 스며들지 않았을까? 자서에서도 드러나듯 그는 귀신이야기를 통해 슬픔과 울분을 달랬기 때문이다.

잘못된 사회에서는 대체로 바른의식을 가진 사람일수록 가난하고 초라하게 살 수밖에 없다. 또한 아무리 학식이 뛰어나고 청렴하며 따뜻한

시대와의 불화,
찬란한 탈주의 꿈

내면을 가지고 있다 하더라도 가난한 선비는 정상적인 삶을 살 수도, 아름다운 사람과 만나 인연을 이어갈 수도 없다. 자신의 가치를 알아주는, 오직 귀신과의 사랑만이 가능할 뿐이다.

이런 측면에서 본다면 영채신은 불우했던 작가의 일부를 보여주는 인물로 보인다. 작품 초반, 그는 낡고 찢어져 빗물이 줄줄 새는 우산을 쓰고 비를 피하기 위해 달리는데, 이는 그의 남루한 삶을 상징적으로 보여준다. 연적하의 말에 따르면, 영채신은 풍채가 고상하고 청렴결백하며 학식이 높고 악한 일도 하지 않는 인물이다. 이는 대단한 미덕이지만 세상이 타락하여 모든 가치 판단의 척도가 돈이 될 때, 그는 세상에서 늘 대우받지 못하고 삶의 변방에 머물 수밖에 없다. 따라서 그가 아름다운 여인을 만나 인연을 맺는 것은, 포송령이 그러했듯 꿈에서나 가능할 뿐이다.

귀신 세계보다 무서운 인간 세계

대개 귀신은 무섭다. 꿈에 볼까봐 두렵다. 그러니 극중 마을 사람들도 난약사 쪽으로는 발길조차 하지 않는 게 아닌가? 하지만 연적하나 섭소천은 귀신보다 인간이 더 무섭다고 한다. 연적하는 '귀신도 인간들처럼 똑같이 자신들의 이익을 위해 누군가를 이용한다'고 하면서도 난약사를 떠나려 하지 않는다. 이유는 속세가 너무 어지러웠기 때문이다. 섭소천도

'귀신은 사람을 해친다'는 영채신의 말에 대해 '사실은 인간이 귀신보다 더 무섭고 잔인한 존재이며, 인간보다 선량한 귀신이 더 많다'는 이야기를 한다. 이는 결국 당대의 인간 세상이 오히려 귀신들의 세상보다 훨씬 더 고통스럽고 모순에 가득 찬 곳이라는 인식을 보여주는 것이다.

이와 관련된 사회현상들은 작품 곳곳에서 쉽게 확인된다. 도처에 도적들이 들끓고 살인은 별다른 이유 없이 일어난다. 이에 따라 현상금 사냥꾼들은 거리를 활보한다. 인권이나 사람의 목숨 따위는 가볍게 여겨지는 것이다. 장사하는 사람은 빌린 돈을 갚지 않으려 하고 행인들은 갈 곳 없는 여행자가 하룻밤 묵을 곳을 묻자 귀신 소굴을 알려주는 게 아무렇지도 않게 되었다.

물론 이러한 도덕적 몰락의 밑바닥에는 잘못된 정치가 존재한다. 연적하는 관동·관서 등 26개 성에서 탐관오리를 배척하던 유명한 판관이었다. 그러다가 간신이 판을 치자 인간 세계에 염증을 느껴 난약사에 은거한다. 또한 연적하를 살인범으로 오해한 영채신이 판관을 찾아가 관련 사실을 고했을 때, 판관은 사실 여부와는 무관하게 오직 돈에만 관심을 보인다. 판관에게 낼 돈이 없다고 하자 판관은 "그럼 강도짓이라도 해서 돈을 가져오라"고 한다. 이러한 판관은 강도보다 훨씬 더 무섭고 악한 자다. 간악한 자들은 권력을 잡고 뜻있는 자들은 숨었으니 어찌 사람들의 세계가 귀신의 세계보다 무섭지 않다 할 수 있겠는가?

흑산노야를 물리치는 힘

〈천녀유혼〉에는 두 개의 대비되는 세계가 나온다. 하나는 인간 세계이고, 다른 하나는 귀신들의 세계다. 언뜻 이 세계들 사이에는 건널 수 없는 강이 존재하는 것 같다. 하지만 본질적으로는 큰 차이가 없다. 공통점을 두 가지만 들자면, 이 두 세계에는 모두 계급과 힘의 우열이 존재하며, 강자는 약자의 고혈을 빨아먹고 산다는 것이다.

귀신들의 세계에서 가장 큰 힘을 가진 자는 흑산노야黑山老爺다. 그는 수많은 귀신들의 희생과 복종 위에 존재한다. 그는 자신이 가진 힘으로 더 많은 희생자들을 만들어내며 이를 통해 더 큰 힘을 가진다. 따라서 흑산노야는 폭력과 착취의 정점에 있는 인물이며, 세상을 불행하게 만드는, 거대한 산과 같은 어둠黑山을 상징한다. 그리고 이러한 폭력은 매우 오랫동안 지속老爺되어 왔다. 그렇다면 이러한 흑산노야를 물리치는 힘은 무엇인가? 〈천녀유혼〉에서는 사랑과 금강경의 힘, 두 가지를 제시한다.

여기서 사랑은 세상에 존재하는 불의와 폭력을 이겨내는 힘의 은유다. 혁명에는 일정 수준의 자기희생이 불가피한데, 사랑은 그것을 가능하게 하는 힘인 것이다. 실제 섭소천은 영채신을 구하기 위해 자신의 손바닥이 타들어가는 고통을 이겨내며 연적하의 칼을 들고 흑산노야에 대항했다.

이와 더불어 금강경은 흑산노야를 물리치는 또 다른 힘으로 존재하는데, 그것의 의미는 중첩되어 있으며 다분히 상징적이다. 어린 시절 나는 금강경이 귀신을 물리치는 마법 같은 것이라 생각했다. 그러나 금강경이 그처럼 단순히 초월적이고 신이한 부적으로만 기능하는 것은 아니다.

정치학으로서의 불교

불교는 하나의 정치학이자 병든 세상을 치유하는 힘이 될 수 있다. 흑산노야는 결과적으로 금강경 때문에 소멸하지만, 사실 금강경 자체는 불교의 공空 사상을 담고 있는, 밝은 지혜의 가치를 이야기하는 책이다. 따라서 그 자체가 비현실적이고 주술적인 힘을 가진 무언가가 될 수는 없다. 이 책은 "一切有爲法 如夢幻泡影 如露亦如電(인간이 하는 모든 행위는 한낱 꿈이며 환상, 물거품, 그림자와 같고 이슬과 같으며 또한 번갯불처럼 덧없다)"이라는 구절에서 볼 수 있듯, 모든 것이 헛되다는 가르침을 담고 있다. 그러나 모든 것이 헛되다는 이 가르침은, 그러니 모든 것을 포기하라는 말이 아니다. 그보다는 지금껏 집착해왔던 돈이나 권력, 명예 등이 다 헛된 것이니 그릇된 집착을 버리고 깨달음의 경지에 이르러야 한다는 가르침을 담고 있다.

불교가 정치학의 속성을 가진다는 말은, 가진 자와 관련지어 해석하면, 그들이 깨달음을 얻어 자신이 가진 바를 가지지 못한 자와 나누도록 이끄는 데 일정한 기여를 한다는 말이다. 이와 같이 금강경의 지혜에 의해 변화된 세상은 모든 사람이 고통에서 벗어나는 세상일 것이고 흑산노야가 사라져 귀신들이 해방되는 세상일 것이다. 이런 측면에서, 금강경

시대와의 불화,
찬란한 탈주의 꿈

이 흑산노야의 몸에 붙어 그를 소멸시키는 것은 대단히 상징적이다. 세상에 존재하는 폭력과 착취구조는 밝은 지혜와 중생에 대한 사랑 및 실천으로 그 연결고리가 끊어질 수 있음을 암시적으로 보여주기 때문이다.

꿈꾸며 걷는 길

〈천녀유혼〉의 주제곡 가사 중에 "인생은 아름다운 꿈이 길게 늘어선 길/ 세월엔 모진 고난이나 고통이 있어서 늘 근심이 끊이지 않으나/ 그 어딘가에는 아름다운 꿈이 있을 거라는 환상을 품고/ … 아득한 그 길을 인간은 따라가고 있구나"라는 구절이 있다. 이는 전반적으로 삶의 무상함을 노래한 것으로 여겨진다. 구절을 정리해보면, 산다는 것은 꿈꾸며 걷는다는 것이고, 따라서 인간은 꿈을 꾸며 살 수밖에 없다는 것을 의미한다. 여기서 한 가지 의문이 생긴다. 왜 인간은 아름다운 무언가를 꿈꾸며 살 수밖에 없는 것일까? 그건 아마도 현실의 삶 자체가 아름답지 못하기 때문일 것이다. 인간은 자신이 처한 시대가 어두우면 어두울수록, 폭력적이면 폭력적일수록, 그와 상반되는 세상을 꿈꿀 수밖에 없으니까.

앞에서 언급했듯, 이 작품에서 죽은 자의 세계와 산 자의 세계는 크게 다르지 않다. 그런데 죽은 자의 세계에서는 이미 큰 변화가 일어났다. 그렇다면 산 자의 세계에서도 마찬가지의 변화가 일어나지 못할 이유는 없지 않을까? 이러한 생각을 받아들일 수 있다면, 이 작품은 우리에게 하나의 메시지를 보낸 셈이다. 명부의 세계에서 그러했듯, 사랑과 깨달음을 바탕으로 공동체 모두가 고루 행복한 세상을 지금 우리의 손으로 만들어가야 한다는 메시지 말이다.

따라서 바로 이 지점에서 우리에게는 하나의 숙제가 생겨나게 된다. 인간으로 태어난 이상 누구든 행복하게 살 수 있는 세상을 만드는 것이 우리가 가야 할 길이라면, 어떻게 그 길을 찾아 가야 할지 우리는 진지하게 고민해봐야 하기 때문이다.

영화의 마지막 장면에서 섭소천의 유골을 고향에 묻어주고 떠나는 두 사람의 앞길에 무지개가 뜬다. 그래서 소망해본다. 우리가 걸어가야 할 길에도 황홀한 무지개가 뜨기를. 덧붙여 그 길이 늘 외롭거나 힘들지만은 않기를.

★★★★★★★★★

닫힌 유토피아와 열린 유토피아

도연명의 『도화원기桃花源記』에 다음과 같은 이야기가 전한다. 진晉나라 때 무릉에 사는 한 어부가 있었다. 어느 날 계곡을 따라 멀리 간 그는 길을 잃었다. 한참을 헤매던 중 홀연 복숭아꽃 가득한 곳을 발견했는데, 나무가 늘어선 길 끝까지 따라가 보니 아름다운 마을이 나타났다. 사람들은 하나같이 좋은 옷을 입고 있어 마치 다른 세상인 것 같았다. 그를 정성스레 대접한 마을 사람들은 진秦나라 때 난리를 피해 여기에 들어왔다고 했다. 그러고는 밖으로 나가지 않아 세상이 얼마나 변했는지 알지 못했다. 어부가 집으로 돌아가려 하자 그들은 세상 사람들에게 도원으로 오는 길을 알려주지 말 것을 당부했다. 어부는 돌아오면서 나중에 다시 오기 위해 곳곳에 표시를 해두었지만 끝내 그곳을 다시 찾을 수는 없었다.

이 이야기는 잃어버린 낙원에 대한 내용을 담고 있다. 그래서 몽환적이고 신비롭다. 하지만 그만큼 쓸쓸한 뒷맛도 자아낸다. 아름다운 세상에 대한 동경은 필연적으로 고통스러운 현실을 전제하고 있기 때문이다. 실제로 도원에 사는 사람들은 난리를 피해 깊은 산속으로 숨어든 이들이거나 그 후예다. 그들은 자신의 낙원을 외부 세계와 철저히 단절시켰다. 바깥 세계와 연결되는 순간, 그들이 지금껏 누려온 평화와 행복은 위태롭게 될 가능성이 높기 때문일 것이다. 이는 우리의 현실 세계가 그만큼 폭력적임을 의미한다.

이 때문일까? 현실에 사는 우리는 도원의 존재는 알지만 그곳으로 이르는 길은 모른다. 낙원의 문은 닫혔고 우리는 고통스러운 현실 속에 남은 것이다. 암울한 삶의 토대에서 내딛는 걸음 하나하나가 힘들 때 우리는 어떻게 해야 하는가? 사라지고 없는 낙원을 찾아 다시 길을 떠나야 할까? 아니면 우리가 사는 이곳을 살기 좋은 곳으로 만들어야 할까? 여기서는 이 질문에 대한 답을 모색해보려 한다. 이를 위해 먼저 토머스 모어의 『유토피아』를 살펴보도록 하자.

유토피아와 낙원

유토피아란 어떤 곳일까? 토머스 모어는 장소를 뜻하는 'topos'와 좋다는 의미의 'eu', 부정을 의미하는 'ou'를 조합해 'utopia'라는 단어를 만들었다. 이에 따르면 유토피아는 살기 좋은 곳, 하지만 지금 우리가 몸담은 현실 그 어디에도 없는 곳, 그러나 미래의 언젠가는 존재하게 될지도 모르는 이상적인 곳을 가리키는 말이 된다.

짚어야 할 점은, 그의 유토피아가 다분히 공학적이라는 점이다. 그런 점에서 낙원paradise과는 구분된다.[14] 낙원은 앞서의 무릉도원처럼 공상 속에 존재하는 세계다. 그곳은 평화롭다. 자연은 풍요롭고 사람들은 선하다. 하지만 온갖 행복이 가득한 그곳은 바다 멀리 외딴 섬이나 깊은 산속 또는 천상에 존재한다. 달리 말하자면, 그곳은 우리가 꿈꾼다고 우리의 의지대로 찾아갈 수 있는 곳이 아니라는 점이다. 뜻밖의 조난이나 우연을 통해서만 들어갈 수 있다. 그런 만큼 우리 현실과 연결되지 못한 그곳은 비현실적이다. 도피의 공간, 이른바 환상적 퇴행의 공간으로 존재하는 것이다. 그러므로 그곳은 우리가 추구해야 할 곳이 아니다.

그에 반해 유토피아는 보다 현실적이다. 지금은 존재하지 않지만 우리의 꿈과 노력에 따라 앞으로 나타날 수 있는 세계다. 물론 그곳에는 한없이 풍요로운 자연과 선한 사람들만 있는 것은 아니다. 낙원만큼 환상적이지도 않다. 하지만 오히려 그 때문에 더욱 실현가능한 꿈이자 우리가 선택하고 만들어갈 수 있는 최선의 세계가 된다.

---

14 이한구, 「유토피아에 대한 역사철학적 성찰과 유형화」, 한국철학회, 철학 110, 2012.2, 29-31쪽.

디스토피아가 된 유토피아

대개 유토피아는 살기 좋은 세계를 의미하지만 반드시 긍정적인 이미지만 갖고 있는 것은 아니다. 실제로 반유토피아주의자들도 있다. 그렇다면 그들은 왜 유토피아를 반대하는 것일까? 그것은 유토피아가 갖는 디스토피아의 가능성, 이른바 폐쇄성과 폭력성 때문이다.

유토피아는 하나의 고정적 형태로 구체화되는 순간 닫혀 버린다. 더 이상의 변화 가능성이 사라지는 것이다. 이는 필연적으로 독단과 폭력을 낳는다. 예컨대 누군가 이성과 자본이 만든 부조리에 절망하여 문자도 사유재산도 없는 세계를 기획했다고 생각해보자. 그와 같은 세계는 정말 모두에게 최선인 세계일까? 아니다. 사람들은 저마다 다르기 때문이다. 자연스레 꿈꾸는 바도 살고 싶은 세계의 모습도 각기 다를 수밖에 없다. 그런데 그러한 차이들을 억압하여 하나의 이상만을 강요하는 순간, 그것은 차이를 억압하는 폭력이 된다. 조지 오웰의 『1984』에서 보듯, 하나의 이념만이 지배할 때 유토피아는 그것을 꿈꾸는 사람들에게만 이상적일 뿐 결코 우리 모두의 천국은 아닌 것이다.

또 다른 예로 〈아가씨〉에 나타난 코우즈키의 저택을 떠올려보자. 그곳은 코우즈키의 유토피아다. 그는 일본과 서구사회에 대한 뿌리 깊은 동경을 가지고 있었다. 동시에 아름다움과 돈, 변태적 성에 대한 지독한 집착도 가지고 있었다. 그러한 기형적인 욕구의 산물로써 그의 저택은 동양과 서양, 전통과 근대, 웅장함과 정교함이 교묘하게 조합된 낯선 공간을 만들어낸다.

문제는 그만이 그곳에서 행복했다는 점이다. 그의 천국에는 그의 질서를 거스르는 존재가 없었다. 자라나는 풀 한 포기, 내리는 햇볕 한 줌도 그의 허락하에서만 가능할 뿐이다. 그 속에서 누군가는 죽어갔고 누군가는 침묵해야 했다. 이는 한 사람의 유토피아가 다른 이에게는 어떻게 디스토피아가 되고 마는지를 극명하게 보여주는 사례가 된다. 히데코가 그토록 치열하게 탈출을 꿈꿀 수밖에 없었던 이유다.

열린 유토피아를 찾아서

그렇다면 유토피아는 디스토피아의 다른 이름이기만 한가? 그것은 언제나 타인에 대한 폭력 속에서만 존재하는가? 물론 아니다. 지옥이 되고만 다른 누군가의 천국은, 따지고 보면 닫힌 유토피아에 불과했기 때문이다.

유토피아는 닫힌 유토피아와 열린 유토피아로 나누어 볼 수 있다. 지금껏 이야기한 독단적이고 폭력적인 유토피아는 닫힌 유토피아였다. 열린 유토피아는 그러한 폐해와 비판으로부터 일정 부분 벗어나 있다.

그렇다면 열린 유토피아란 어떤 것인가? 그것은 자유로운 비판이 가능한 유토피아, 변화 가능한 유토피아다. 철학자 로버트 노직Robert Nozick의 유토피아를 예로 들어보자. 그는 메타-유토피아를 기획했다. 그것은 유토피아에 대한 유토피아다. 하나가 아닌 여러 개의 유토피아가 공존하는 유토피아. 그곳에서 사람들은 누구도 침해할 수 없는 권리를 가진다. 그리고 자신의 뜻에 따라 하나의 공동체에서 자유롭게 살다가 마음에 들지 않을 때면 언제든 다른 공동체로 옮겨갈 수 있다. 이른바 선택의 자유와 비판이 보장되는 것이다. 그곳은 원하는 대로의 삶을 살 수 있는 곳, 강제와 독단이 없는 곳이라는 점에서 열린 유토피아라 불러도 될 것이다.

변화 가능성의 측면에 주목한다면, 엠마누엘 레비나스Emmanuel Levinas식의 유토피아도 생각해볼 수 있다. 이른바 타자에 대한 지극한 배려로서의 유토피아도 가능할 수 있다는 것이다. 레비나스는 '환대'라는 용어를 썼다. 환대란 주인이 손님을 기껍게 맞아들이는 태도나 자세를 가리키는 말이다. 그렇다면 환대에 기반한 유토피아는, 타자에게 주인의 자리를 내어주며 그를 대접하는 유토피아, 다양성의 공존과 자기 열림을 지향하는 유토피아가 된다. 다시 말해 타자에 대한 지극한 배려로서의 유토피아는 그 환대를 통해 끊임없이 자기 변화를 모색하는 유토피아, 즉 끝없이 열린 유토피아가 되는 것이다.[15]

물론 지나치게 이상적이라 생각할 수도 있다. 그러나 이상적인 것이 곧 허황된 것일 수는 없다. 그리고 당장의 현실화나 즉각적인 실천이 불가능하다는 것이 유토피아의 결격 사유가 될 수도 없다. 유토피아란 우리와 우리의 후손들이 살아가야 할 아름다운 세계에 대한 꿈과 가능성을 담고 있기 때문이다.

역사적으로 볼 때, 혁명의 밑바닥에는 늘 유토피아에 대한 꿈이 존재해왔다. 우리는 유토피아에 대한 꿈을 꾸는 것으로 지금의 세계를 비판적으로 바라보고 미래의 세계를 그려볼 수 있었다. 그렇다면 유토피아는 고단함 속에서도 우리가 삶을 지속해갈 수 있는 이유이자 우리 삶의 수많은 상처에 주어지는 위로였는지도 모른다. 히데코가 코우즈키의 가혹한 억압 아래에서도 탈주를 꿈꾸며 살 수 있었듯, 섭은낭이 새로운 삶에 대한 결의와 희망 때문에 신라로 길을 떠날 수 있었듯 말이다.

그렇다면 유토피아를 향한 우리의 꿈은 어떻게 구체화되어야 할까? 가능한 방법 중 하나는 작은 실천에서부터 시작하는 것이다. 그런 점에서 '소량의 효모가 빵 전부를 발효시킨다'는 철학자 루이스 멈퍼드[Lewis Mumford]

---

15 문성원, 「닫힌 유토피아, 열린 유토피아: 자유주의의 유토피아를 넘어서」, 철학연구회, 철학연구 47, 1999.12, 338-339쪽.

시대와의 불화,
찬란한 탈주의 꿈

의 말을 기억할 필요가 있다.[16] 이는 작은 실천이 가진 힘을 이야기하는 것이다. 지금 내가 몸담고 있는 공동체를 더 살기 좋은 곳으로 만들기 위한 소소한 노력, 유토피아의 출발은 바로 여기에 있는 것인지도 모른다.

---

16 소병철, 「유토피아적 사유의 현재성에 관한 고찰」, 원광대학교 인문학연구소, 열린정신 인문학연구 15(2), 2014.12, 139-140쪽.

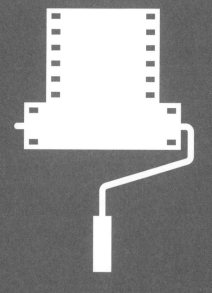

선택은 언제나 치열한 떨림이어라

시네마 천국

주세페 토르나토레 감독

자크 페렝·아그네즈 나노·필립 느와레·마르코 레오나르디 주연

이탈리아 외, 1988년

_ 알베르토의 선택에 대한 단상

어떤 것이 더 나은 삶일까? 비록 남루해지더라도 아름다운 사람과 일생을 같이하는 삶일까? 아니면 애틋한 사랑쯤은 가슴에 묻고 자기만의 세계를 만들어가면서 세속적 성공까지 이루는 삶일까?

오늘날 수많은 영화나 드라마에서 관련된 이야기 구조를 반복·재생산하고 있음을 고려해볼 때, 이는 누구나 한번쯤 생각해보았음직한 문제일지도 모른다. 그리고 영화 〈시네마 천국〉은 주인공 토토의 일생을 통해 이러한 물음에 더욱 진지하게 빠져들 만한 공간을 마련해준다.

첫사랑의 알레고리

〈시네마 천국〉은 영화를 사랑하던 한 소년이 중년이 될 때까지의 삶을 다룬 작품이다. 소년의 삶은 감독의 따뜻한 시선 아래 제시되지만 심하게 굴곡져 있다. 특히 유년 시절의 경우, 세계대전과 폐허, 전사한 아버지, 황량한 거리와 홀로 남은 어머니의 영상이 중첩되면서 소년의 삶은 매우 지루하게 지속된다. 그러한 시대적 어둠 속에서 소년은 영화에 더욱 열광할 수밖에 없지 않았을까? 영화야말로 당시의 무겁고 우울한 풍경을 벗어날 수 있게 해주는 유일한 탈출구였으니 말이다. 이러한 상황 속에서 토토가 알베르토를 만나고 영사기사가 되는 과정은 매우 자연스럽다. 토토는 영화와 더불어 청년이 되고 그의 무료한 삶에는 큰 변화가 없다. 영화 중반까지 반복되는 지루함은 그러한 토토의 삶을 반영한 결과다.

그러다가 토토는 눈부신 존재를 만나게 된다. 하지만 그에게 있어 첫사랑인 엘레나는 너무나 높은 곳에 있는 존재였다. 이 때문에 고뇌하는 토토에게 알베르토는 다음과 같은 이야기를 들려준다.

알베르토 : 옛날에 한 왕이 무도회를 열었어. 나라 안의 미녀들이 다 모였는데 보초를 서던 한 병사가 지나가는 공주를 본 거야. 공주는 가장 아름다웠어. 병사는 그만 사랑에 빠지고 말았지. 자신의 마음을 어찌할 수 없던 병사는 어느 날 공주에게 말을 걸었어. 공주 없이는 살 수 없다고. 공주는 그의 깊은 사랑에 놀랐고 병사에게 말했지. 100일 밤낮을 발코니 밑에서 기다려준다면 당신의 사

랑을 받아들이겠다고. 병사는 당장 발코니로 내려갔어. 하루, 이틀, 열흘…… 공주는 매일 밤 내려다보았고, 병사는 기다렸지.

비가 오나 눈이 오나 바람이 불어도 기다렸고, 새가 머리 위에 둥지를 틀고 벌이 쏘아도 꼼짝하지 않았어. 그리고 90일이 지난 거야. 병사는 하얗게 눈에 덮여 갔지. 눈에서 눈물이 흘러내렸어. 그러나 눈물을 닦을 힘도 없었어. 공주는 지켜만 봤지. 그리고 마침내 99일이 되는 날 밤, 병사는 일어났어. 그러고는 가버린 거야.

토토 : 마지막 날에요?

알베르토 : 그래, 마지막 날에.

토토 : 도대체 왜 그랬을까요?

알베르토 : 그건 나도 잘 모른다. 네가 나중에 그 이유를 알게 되면 내게도 이야기해주렴.

이 이야기는 물론 하나의 알레고리다. 그러나 이야기 속의 병사와 공주, 토토와 엘레나의 관계 사이에는 차이가 존재한다. 공주는 냉정했고 병사는 스스로 떠났지만, 엘레나는 토토를 끝까지 잊지 못했으며 토토 또한 스스로 떠난 것이 아니기 때문이다. 엘레나와 헤어진 후, 군대에 다녀 온 토토는 옛이야기에 대해 이렇게 결론을 내린다. 병사가 마지막 날 밤 공주를 떠난 이유는 공주가 애초부터 약속을 지킬 생각이 없었기 때문이라고. 그리고 병사와 공주의 사랑 또한 처음부터 말이 되지 않는 것이었으며, 그들의 결별 또한 당연한 것이었다고 말이다. 이러한 결론은 자신과 엘레나의 관계로 확장된다.

그러나 토토의 생각은 과연 옳은 것이었을까? 물론 그렇지 않다. 토토의 해석은 어디까지나 엘레나에 대한 오해에 기반하고 있기 때문이다. 사실 둘 사이를 갈라놓은 결정적 인물은 알베르토다. 비록 엘레나 아버지와 어머니의 반대가 있었다 하더라도 그 당시는 둘의 열정만으로도 어떻게든 사랑을 이룰 수 있었을 것이다. 그러나 알베르토는 토토와 만날 수 있게 도와달라는 엘레나의 애원을 저버리며 결과적으로 둘 사이의 연결고리를 끊어버린다. 그리고 토토를 고향으로부터 멀리 떠나도록 만든 것이다.

알베르토의 선택

여기서 우리는 다시 처음의 질문으로 돌아가 볼 필요가 있다. 비록 삶이 남루해지더라도 아름다운 사람과 일생을 같이하는 것이 좋을까, 아니면 애틋한 사랑쯤은 가슴에 묻고 자기만의 세계를 만들어가면서 세속적 성공까지 이루는 것이 더 나은 것일까? 토토는 당연히 엘레나와의 삶을 택했을 것이다. 그러나 알베르토의 선택은 달랐다. 그는 둘의 사랑보다는 토토의 성공을 더 원했기 때문이다. 그렇다면 여기서 한 가지 물음을 더 던져보자. 알베르토의 생각은 옳은 것이었을까? 아니면 지나친 월권에 불과한 것이었을까?

선택은 언제나 치열한
떨림이어라

개인적으로는 전자 쪽에 서고 싶다. 물론 영화를 처음 보았을 때는 알베르토의 행동을 이해하기 힘들었다. 아무리 토토가 성공해 유명한 영화감독이 되었다 하더라도, 그의 삶은 개인적으로 너무 외롭고 불행하지 않았나 하는 생각이 들었기 때문이다. 극중에서 영화감독으로 출세한 토토는 수많은 미인들과 사귀면서도 그 누구와도 관계를 지속하지 못한다. 이는 곧 그가 그때까지도 오직 엘레나만을 가슴에 품은 채 누구도 사랑하지 못하며 살아왔다는 것을 의미한다. 소설가이자 철학자였던 알베르 카뮈가 돈 후안의 삶을 분석하면서 결론 내렸듯이, 누구나 사랑하는 사람은 기실 누구도 사랑하지 못하는 외로운 사람에 불과하다. 그리고 토토가 가진 우울의 가장 깊은 곳에는 엘레나가, 그리고 그녀에 대한 그의 기억이 자리 잡고 있다. 일생 동안 누군가를 그리워하면서도 만나지 못하는, 그래서 껍데기만으로 살아가는 삶, 그것이 세속적 출세와 성공으로 얼마나 채워질 수 있을 것인가?

하지만 알베르토의 관점에서 접근하면 이야기는 달라진다. 우선, 남루한 삶 속에서 사랑은 지속되기 어렵기 때문이다. 이는 〈조신의 꿈〉 설화[17]에도 잘 드러난다. 처음에는 사랑만으로 충분할 것 같았지만, 어느덧 사랑도 일상이 되어버리고 현실만이 누추하게 남는다. 더욱이 토토의 청년

---

17 태수 김흔의 딸을 사모한 신라 승려 조신이 꿈속에서 그녀와 결혼생활을 한 내용을 다룬 설화다. 조신은 꿈에서나마 자신의 소망을 이루기는 하지만, 결국에는 지독한 가난 때문에 그녀와 헤어지고 만다.

기에 이미 TV가 등장해 영화는 사양길로 접어들고 있었다. 그렇다면 토토와 같은 영사기사들 또한 시대의 뒤안길로 사라질 수밖에 없었을 것이다. 이 속에서 토토의 삶은 가난을 벗어날 길이 없다. 꿈에서 깬 사랑은 더 이상 계속될 수 없는 것이다.

다음으로, 오랫동안 만나지 못한다고 해서 사랑 자체가 사라지는 것은 아니기 때문이다. 첫사랑에 대한 기억을 간직하는 한 그 대상은 계속해서 살아 있다. 오히려 세월이 지나도 그 사랑은 늙지 않으며 안타까움 속에서 더욱 아름답게 채색된다. 영화의 끝부분에서 엘레나는 토토와의 재회를 처음에는 원치 않는데, 이는 늙은 자신의 모습을 보여주기 싫었기 때문이다. 역설적으로 그들은 헤어져 있었기에 사랑도 식지 않았다.

마지막으로, 토토의 고향은 시간이 지나도 별반 변하지 않을 것이기 때문이다. 이 또한 결코 바람직한 것만은 아니다. 어린 시절 토토에게 크게만 여겨졌던 광장과 아름답던 거리도, 세월이 지난 뒤엔 좁고 퇴락한 공간으로 남아 있을 뿐이다. 그처럼 초라해진 고향 마을은 그가 떠나지 않았더라면 필연적으로 가질 수밖에 없었던 토토 자신의 모습이었을지도 모른다. 토토는 영화에 대한 집착이 유별났을 뿐 아니라 그와 관련된 재능 또한 뛰어났다. 그런 그가 엘레나와 더불어 고향이나 아니면 다른 곳에 정착했더라면 결코 현재의 사회적 성취는 이루지 못했을 것이다. 그렇다면 엘레나 또한 토토의 발목을 잡는 한낱 족쇄로 전락해버릴 뿐이다. 이와 같은 결말은 누구도 원하지 않았을 것이다. 토토의 고향에 대한

선택은 언제나 치열한
떨림이어라

보다 풍요로운 추억과 사랑은 그의 성공을 바탕으로 했을 때만이 가능할 수 있었다.

사랑이 남긴 우울

알베르토는 장님이 된 이후 세상이 더 잘 보인다고 했다. 아마도 소란스러운 현실의 환영들로부터 벗어남으로써 세상의 본질을 더 잘 들여다볼 수 있었던 것이 아닐까? 물론 열정적 사랑 속에 세속적 성공이, 그리고 현실이 또아리를 틀고 있다는 것은 슬픈 일이다. 특히나 순결한 사랑에 대한 욕망이 크면 클수록 우울함 또한 이와 비례해서 커진다. 하지만 이는 가볍게 무시할 수도 없는 현실로 존재한다.

깊어가는 가을, 영화 속 엔니오 모리코네의 애잔한 선율은 토토의 사랑과 더불어 슬프고 아름답다. 시간이 지날수록 더해가는 먹먹함이란, 이런 것이 아닐까?

파이란

송해성 감독
최민식 · 장백지 주연
한국, 2001년

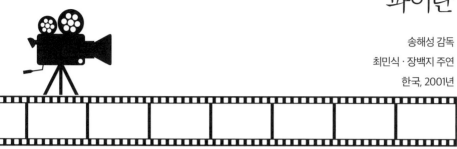

_ 강재의 선택

이십대 후반의 쓸쓸하던 어느 날, 극장에서 〈파이란〉을 본 뒤 느꼈던 먹먹함의 기억은 아직도 생생하다. 그 뒤로 한동안 잊고 지내던 이 작품을 대략 15년이 지나 다시 보게 되었다. 〈파이란〉은 그때만큼의 울림은 아닐지라도 여전히 저릿저릿한 감정을 안겨주기에 부족함이 없었다.

가만히 생각해보았다. 그때의 나와 지금의 나는 분명 많은 부분 달라졌을 텐데, 그러한 차이들을 넘어서는 여전한 아픔은 이 작품의 어디에서 비롯된 것일까? 강재와 파이란의 안타까운 사랑 때문이었을까? 아니면 우리 사는 세상의 비정함 때문이었을까? 곰곰이 생각해보니, 그러한 울림은 아마도 강재의 상처 가득한 얼굴과 그의 마지막 선택에서 비롯된 게 아니었나 싶다.

선택은 언제나 치열한
떨림이어라

사실 그때 나는 대체로 우울했다. 지금이야 시간 속에서 다소 무뎌진 감도 없지 않지만, 돌이켜보면 내 우울의 근원은 한창 풋풋했던 그때나 다소 곰삭은 지금이나 별반 달라진 게 없었다. 그러고 보니 강재의 상처 많은 얼굴을 들여다봄으로써 나는 내 속에 감춰진 우울의 깊은 곳을 다시 건드리고 만 셈이다. 숨긴다고 사라질 상처가 아니라면 차라리 조금 더 들여다보는 것도 나쁘지 않을 것 같다. 그래서 어쩌면 내 상처의 또 다른 얼굴일지도 모를 강재, 그리고 그의 선택을 좀 더 들여다보고자 한다.

강재, 나와 너의 다른 이름

강재는 이른바 삼류 양아치다. 그는 조직에 몸담은 지 오래되었으나 능력을 인정받지 못해 여전히 밑바닥 생활을 하고 있다. 후배들에게는 무시당하기 일쑤고 슈퍼에 돈 받으러 갔다가 오히려 주인 할머니에게 두들겨 맞기까지 한다. 오락실에서 동전 뺑을 뜯거나 먹다 남은 김밥을 주워 먹는 모습, 고등학생에게 포르노를 유통시키다 경찰에 잡혀가는 모습 등은 조폭으로서의 그의 삶이 사실상 실패했음을 보여준다. 유일한 안식처는 경수의 방이지만 그곳 또한 지저분하기 짝이 없다. 빈 술병과 음식 찌꺼기가 나뒹구는 그곳은, 황폐해진 그의 내면 풍경을 보여주는 것만 같다.

그러고 보면 그는 분명 이 바닥 체질이 아니다. 겁도 많고 마음도 여리기 때문이다. 그래서였을까? 그는 늘 고향을 그리워한다. 허름한 술집에 앉아 "아, 지금쯤 씨발, 우리 동네에선 오징어, 새우 땡겨 올리느라고 난리가 났겠어, 음. 씨발, 미치겠네"라는 말을 내뱉기도 하고, 사무실 근처 화랑에 걸린 그림을 유심히 들여다보기도 한다.

그림 속에는 바다와 한 척의 배가 그려져 있다. 그와 같은 풍경을 보며 그는 배와 함께 고향으로 가고 싶은 소망을 곱씹지 않았을까? 그런데 그때, 그가 그림을 들여다보는 장면을 앞뒤로 '처음처럼'이라는 글씨가 나타났다 사라진다. 이와 같은 장면들의 연속이 의미하는 바는 무엇이었을까? 아마도 그것은 현재 그의 삶이 잘못되어 있음을, 그래서 그가 다시 '처음으로' 돌아가야 함을 암시하는 것은 아니었을까?

이처럼 그는 고향을 그리워하지만 결코 그곳으로 갈 수 없었다. 자신의 모습이 못나고 초라해 보이는 만큼 고향도 저만치 멀리 있었기 때문이다. 이 때문이었을까? "6기통 디젤 배 앞에 딱 몰고 갈 거다, 이 새끼야"라며 큰소리치던 강재는 "한 100년쯤 걸리겠구만. 가라, 가. 얼굴 개깔창 나가지고 가면 되지"라던 경수의 말 앞에서 풀이 죽을 수밖에 없었다.

그런 그에게 어느 날, 용식은 자신의 살인죄를 덮어써달라는 부탁을 한다. 그러면 배 한 척 살 돈을 주겠다는 제안까지 하면서 말이다. 용식의 부탁은 사실 협박에 가까운 것이었지만, 부탁의 성격과는 별개로 강재는 어떤 선택을 해야만 했을까? 용식의 부탁을 받아들여야 했을까? 아니면 거부해야 했을까?

처음에 강재는 용식의 제안을 받아들이려 했다. 당연히 그의 선택에

선택은 언제나 치열한
떨림이어라

는 나름대로 현실적인 고려도 있었을 것이다. 그의 독백처럼 "배 한 척에 10년이면 괜찮은" 것인지도 몰랐으니까. 그만큼 그는 고향에 가고 싶었고 용식의 제안을 받아들이지 않는다면 현실적으로 배를 사서 고향으로 가기란 불가능에 가까웠으니 말이다. 그런 만큼 강재의 선택에는 납득가는 부분이 있었다.

그런데 여기서 불현듯 두 가지 의문이 떠올랐다. 하나는 그의 고향이 실제로도 그의 기억만큼 아름답고 풍요로웠을까 하는 의문이다. 물론 그 랬을 가능성도 배제할 수는 없다. 하지만 그의 고향이 아름다웠던 진정한 이유는 그가 그곳을 떠나왔기 때문은 아니었을까? 달리 말하자면, 가고 싶은 고향은 그의 왜곡된 기억 속에서만 존재했기에 아름다웠던 것이 아니었을까? 그의 고향이 실제로도 풍요롭고 아름다운 곳이었다면, 그가 떠나올 이유는 애초부터 없었을 테니 말이다. 만약 그렇다면 그의 실제 고향은 배 한 척 가지지 못한 이들은 도무지 견딜 수 없을 만큼 팍팍하고 고단한 삶의 터전이었다고 보아야 하지 않을까? 그렇기에 그는 낯설고도 두려운 서울로 떠나오지 않았을까?

바로 이 지점에서 나머지 하나의 의문이 뒤따른다. 배운 것도 가진 것도 없던 그는 낯선 서울에서 살아남기 위해 어떻게 해야 했을까? 더불어 조폭생활은 그에게 주어진 수많은 선택지 중 하나에 불과했던 것일까, 아니면 거의 유일한 선택지였을까?

가능한 답변 중 하나는, 적어도 그에게 조폭생활은 살아남기 위한 최선의 몸부림이었을지도 모른다는 점이다. 낯선 곳에서 밑바닥 인생인 그에게 주어질 기회는 그다지 많지 않았을 테니까. 하지만 안타깝게도 그가 들어간 조직은 오직 폭력의 질서로만 다스려지는 곳이었고, 성공하기 위해서는 용식이 그러했듯 잔인하고 그 이상으로 폭력적이어야만 했다.

강재의 불행은 바로 여기에 있었다. 그는 천성적으로 잔인하지도 폭력적이지도 못했기 때문이다. 이 때문에 그는 언제나 경쟁에서 뒤쳐질 수밖에 없었고 타인으로부터 무시당할 수밖에 없었다. 그러고 보면 강재의 실패는 그의 무능이나 나쁜 천성에서 비롯된 것이 아니었다. 그것은 그가 살아가는 세계가 모두 타락한 자본 또는 폭력이 지배하는 세계였기 때문이다.

그렇다면 여기서 질문을 하나 던져보자. 강재가 몸담았던 세계는 그에게만 주어진 대단히 예외적이고 특수한 세계에 불과했던 것일까?

그렇지는 않은 것 같다. 그렇다면 바로 이 지점에서 강재의 이름은 고유명사가 아니라 보통명사가 되지 않을까? 단지 더 나은 삶을 살기 위해 고향을 떠나왔다가 결과적으로는 냉혹한 현실 앞에서 좌절할 수밖에 없었던 수많은 이들의 다른 이름 말이다.

그처럼 타락한 세계 속에서 강재는 어느 순간 자신의 삶이 잘못되었음을, 그리고 정상적인 방법으로는 결코 그처럼 참혹한 초라함에서 벗어날 수 없음을 느끼게 되지 않았을까? 만약 그렇다면 고향에 돌아가고 싶은 욕망이 크면 클수록 그가 용식의 부당한 요구를 받아들일 가능성도

선택은 언제나 치열한
떨림이어라

더불어 커질 수밖에 없었을 것이다. 지저분하고 혼탁해진 거울을 들여다보며 내뱉던 "배 한 척에 10년이면 괜찮은" 거라던 그의 독백도 이러한 맥락에서 이해 가능하지 않을까?

하지만 여전히 의문스럽다. "배 한 척에 10년이면 괜찮은" 거라던 그의 판단은 정말 옳은 것이었을까? 나는 그의 생각에 동의할 수 없다. 세 가지 이유 때문이다.

먼저, 단지 배 한 척 살 돈을 구하기 위해 살인자가 되는 것은 자신의 삶에 대한 지독한 낭비이기 때문이다. 물론 한 척의 배가 그에게 주는 의미는 결코 작지 않다. 그것은 그가 고향을 떠나온 이유이자 그토록 그리워하면서도 고향에 갈 수 없었던 이유였으니 말이다. 따라서 배 한 척은 그동안의 구질구질했던 삶에 대한 근사한 보상이 될지도 모른다. 하지만 관점을 달리해보면, 그것은 한낱 허위에 지나지 않는다. 배는 행복으로 가는 여러 수단 중 하나일 뿐 그 자체가 결코 행복이나 삶의 목적이 될 수는 없기 때문이다. 지금의 소중한 시간과 인연들을 송두리째 지워버릴 배 한 척. 자존심을 지키기 위해 치러야 할 대가치고는 지나치게 컸다.

다음으로, 살인자가 되는 순간 그의 고향은 영원한 타향이 될 것이기 때문이다. 그가 살인자가 되려 한 이유는 분명하다. 6기통 배를 몰고 성공한 모습으로 고향에 가고 싶었기 때문이다. 하지만 따뜻한 고향은 사람들과의 따뜻한 관계 속에서만 존재할 수 있다. 그로서는 안타깝겠지만 오래전 고향을 떠났을 뿐만 아니라 살인까지 저지른 그를 반겨줄 사람은 그 어디에도 없다는 데 살인의 역설이 존재한다.

마지막으로, 그의 감옥행은 결과적으로 타락한 질서를 더욱 공고화시킬 것이기 때문이다. 따지고 보면 그가 살인범이 되려 한 본질적인 이유는 사회적 약자였기 때문이다. 정상적인 방법으로는 결코 남들처럼 살 수 없는 모순된 구조, 오직 폭력과 타인에 대한 갈취를 통해서만 남들 위에 설 수 있는 타락한 구조의 희생양이 그였기 때문이다. 그럼에도 불구하고 그가 용식의 부탁을 받아들이게 된다면, 잘못된 질서는 그의 희생 위에서 더욱더 견고해지게 된다. 이 경우 그는 앞으로도 영원히 약자의 그늘에서 벗어날 수 없게 될 것이다.

파이란의 유산

하지만 강재 스스로는 용식의 부탁을 거부할 힘이 없다는 데 문제가 있었다. 오랜 세월, 그는 잘못된 질서에 익숙해졌고 그 과정에서 스스로에게 행한 끝없는 모멸 때문에 그의 자존감은 이미 저 아래 바닥으로 떨어졌기 때문이다. 이로써 그는 자신의 모습을 있는 그대로 볼 수도 부당한 질서에 맞설 수도 없게 되었다. 그를 비추던 더러워진 거울은 이러한 상황을 반영한다.

그런 그에게 전해진 파이란의 부고와 편지. 그것들의 의미는 무엇이었을까? 그것은 아마도 강재가 숱한 상처와 허위의 질곡 속에 가려져 있던

선택은 언제나 치열한
떨림이어라

자신의 참모습을 발견하게 되는 계기가 아니었을까 싶다. 그녀는 죽기 전 다음과 같은 편지를 남겼다.

"강재 씨에게. 이 편지를 강재 씨가 보시리란 확신이 없어 부치지 않습니다. 이 편지를 보신다면, 저를 봐주러 오셨군요. 감사합니다. 하지만 나는 죽습니다. 너무나 잠시였지만, 강재 씨의 친절, 고맙습니다. 강재 씨에 관하여 잘 알고 있습니다. 잊어버리지 않도록 보고 있는 사이에 강재 씨 좋아하게 되었습니다. 좋아하게 되자 힘들게 되었습니다. 혼자라는 게 너무나 힘들게 됐습니다. 죄송합니다.

당신은 항상 웃고 있습니다. 여기 사람도 모두 친절하지만 강재 씨가 가장 친절합니다. 저랑 결혼해주셨으니까요. 강재 씨, 내가 죽으면 만나려 와주실래요? 만약 만난다면 부탁이 하나 있습니다. 당신의 아내로 죽는다는 것, 괜찮습니까? 응석 부려 죄송합니다. 제 부탁은 이것뿐입니다. 강재 씨, 당신에게 줄 수 있는 것 아무 것도 없어 죄송합니다. 세상 어느 누구보다 사랑하는 강재 씨, 안녕."

강재는 까마득히 몰랐지만, 그녀의 편지 속에서 그는 친절하고 고마운 사람이었으며 끝없는 연모의 대상이었던 것이다. 방파제 위에서 파이란의 편지를 읽은 강재는 그것을 품 안에 넣었다가, 울음을 참다가, 담배를 피워 물다가, 끝내 오열하고 만다. 아마도 자신의 지난 삶이 너무나 후회스러웠기 때문이 아니었을까? 파이란은 강재에게 아무것도 줄 것이 없어 죄송하다 했지만 따지고 보면 파이란은 강재에게 가장 큰 것을 준 셈이다. 강재는 파이란으로 인해 자신이 좋은 사람, 친절하고 가치있는 사람이라는 것을 알게 되었으니 말이다. 그리고 자신도 다른 누군가에게 소중한 존재, 사랑받는 존재일 수 있다는 것을 깨닫게 되었으니 말이다. 그녀의 사랑으로 인해 강재는 비로소 길고 길었던 모멸과 자학의 시간에서 벗어나게 된다.

자존감을 되찾은 강재는 이제 더 이상 용식에게 높임말을 쓰지 않는다. 나아가 살인죄를 덮어쓰는 일도 거부한다. 그는 그냥 고향으로 가려는 것이다. 사실 쉽지 않은 결정이었을 것이다. 용식의 태도는 강재의 희생을 전제했을 때에만 부드러웠고 강재로서는 배 한 척 살 돈을 받는 것도 중요했으니까.

하지만 자신의 가치를 깨닫게 된 강재는 더 이상 지난날과 같은 방식으로 삶을 낭비할 수 없었다. 그것이야말로 파이란의 사랑에 보답하는 유일한 길이었을 테니까. 비록 그 길이 죽음으로 가는 길일지라도 나는 그의 선택을 응원하고 싶었다.

소중한 것들을 위하여

강재의 선택을 보며 나는 스스로에게 되물어보았다. 강재의 선택이 왜 그처럼 훌륭하게 느껴졌을까? 그리고 그것은 왜 그토록 내 마음속 깊이 남게 된 것일까? 이유는 명백했다. 뒤늦게 고백하자면, 온통 상처투성이

선택은 언제나 치열한
떨림이어라

로 일그러진 그의 얼굴에서 나는 무척 낯익은 얼굴들을 보았기 때문이다. 못나 보이는 스스로의 모습 때문에 차마 사랑하는 사람에게 돌아가지 못했던, 그리고 기꺼이 다가서지도 못했던 얼굴들. 늘 서로 일정한 거리를 유지한 채 슬픔을 감추고 있던 얼굴들. 그 얼굴들이 사실은 나와 내 사랑하는 아버지의 얼굴이었기 때문이다.

강재의 선택을 보면서 비로소 깨닫게 되었다. 우리가 그것을 지키기 위해 남들 모르게 숱한 환멸과 괴로움의 시간을 견뎌야 할 만큼 중요하게 생각했던 자존심이라는 것도 사실은 다 헛것에 불과할 수 있다는 것을. 그리고 자존심보다 더 중요한 것은 소중한 사람과 함께 보내는 지금 이 시간일 수 있다는 것을. 어쩌면 우리는 '더 나은 미래를 위해'라는 평계를 대면서 정작 지켜야 할 많은 것들을 잃어버리며 사는 것은 아니었을까? 그러한 생각들 속에서 나는 나와 내 아버지의 상처 많은 얼굴들에게 말하고 싶었다.

우리들의 불화는 단지 우리들의 이유 때문만은 아니었다고. 우리가 살아가는 이 고단한 세상에도 일정 부분 책임은 있었다고. 우리들의 문제는 어쩌면 벗어날 통로를 제대로 찾지 못했기 때문인지도 몰랐다고. 그러니 너무 마음 아파할 이유는 없었다고.

아직 우리는 서로에게 돌아가지 못했고, 나의 이 말이 언제 어떤 방식으로 전해질지도 아직은 모르겠다. 그러나 말할 것이다. 너무 늦지 않게. 그렇지 않으면 앞으로도 우리는 너무나 쓸쓸할 테니까.

미드나잇 인 파리

우디 앨런 감독

오웬 윌슨 · 레이첼 맥아담스 · 레아 세이두 주연

미국 외, 2011년

_ 삶과 글쓰기를 위하여

어느 순간, 삶의 중요한 갈림길에 설 때가 있다. 이미 예감했건 그렇지 못했건 둘 중 하나만 선택해야 하는 상황은 종종 곤혹스럽다. 더구나 두 길 모두 매력적으로 보일 때 곤혹스러움은 배가 된다. 어느 길이든 제대로 가려면 다른 선택지는 버릴 수밖에 없거나 뒷날 어느 시점에 문득 후회하며 되돌리고 싶어도 다른 세계로 향하던 길은 이미 사라지고 없을 때가 많기 때문이다. 가수가 되고 싶었던 의사, 소설가를 꿈꾸던 회사원. 이들은 모두 우리 삶의 매력적인 선택지가 사실은 복수였음을 증명한다.

이처럼 고민스러운 상황 앞에서 우리는 어떤 선택을 해야 하는 것일까? 예컨대 꿈꾸던 삶은 아니었지만 어느 정도 보장된 미래를 선택해야 할까? 아니면 비록 불확실할지라도 꿈꾸던 삶을 향해 나아가야 할까?

선택은 언제나 치열한
떨림이어라

환상과 상처

〈미드나잇 인 파리〉는 할리우드 상업영화 작가였던 길 펜더가 파리의 소설가가 되기까지의 과정을 그리고 있다. 이네즈와의 결혼을 앞두고 여행차 파리에 들렀던 그는 자정의 종소리와 함께 시간여행을 떠난다. 바로이 지점에서 현실과 환상, 현재와 과거는 마치 삶의 표면과 이면처럼 긴밀하게 연결된다.

그런데 여기서 한 가지 짚어야 할 점이 있다. 그것은 바로 환상과 상처의 관계에 관한 것이다. 그가 소망하던 1920년대 파리로의 여행은 분명 멋진 경험이다. 하지만 그 속에는 이미 쓰라린 상처가 스며있음도 놓쳐서는 안 된다. 그에게 나타난 과거로의 시간여행은 그의 우울한 내면이 만들어낸 환상이기 때문이다.

나병철 교수에 따르면, 환상은 우리가 합리적 현실에서 모종의 균열을 경험할 때 나타난다.[18] 실재계 차원에서 보면 현실은 파편화되어 있으며 상처로 얼룩져 있다. 하지만 그러한 상처는 현실 권력이 채워놓은 가짜 낙원의 이미지들 때문에 쉽게 알아차릴 수 없다. 우리가 수많은 상처와 존재의 공허함에 시달리면서도 도무지 그 원인을 찾을 수 없는 이유도 여기에 기인한다.

이때 예술적 환상은 현실 권력이 쳐놓은 거짓 낙원의 그물망을 빠져나

---

18 나병철, 『환상과 리얼리티』, 문예출판사, 2010.

갈 수 있는 통로가 된다. 더불어 그 속에는 더 나은 삶에 대한 소망과 함께 타락한 현실을 뒤집고자 하는 욕망도 숨어 있음을 지적해야겠다. 환상은 불만스러운 현실을 바탕으로 더욱 치열하게 피어오르기 때문이다.

따라서 길 펜더가 만나는 환상은 단지 헛것에 불과한 것이 아니었다. 그 속에는 상처받은 그의 욕망이 담겨 있기 때문이다. 그렇다면 그의 상처는 무엇이었을까? 요컨대 그의 우울한 삶 한가운데에는 구체적으로 무엇이 웅크리고 있었던 것일까? 길의 내면여행을 따라가 확인해보자.

균열

길이 꿈꾸는 삶은 바게트를 낀 채 센 강변을 걷고 카페 드 플로르에서 글을 쓰는 것이다. 그에게 파리는 수많은 예술가와 작가들의 정신적 고향이었다. 그리고 두터운 세월만큼이나 그 흔적이 켜켜이 쌓여있는 곳이었다. 비라도 내리면 그곳의 풍경은 무척이나 시적으로 변한다. 그래서 그는 결혼 후 천장에 창이 있는 파리의 다락방에 살고 싶었다.

하지만 이네즈는 미국을 떠나 살 수 없다. 그녀에게는 베벌리힐스의 집과 수영장이 필요하기 때문이다. 더구나 신혼은 말리부에서 보내야만 한다. 따라서 그녀에게 파리는 스쳐가는 곳일 뿐 더 이상의 의미는 없는 곳이었다.

이 때문이었을까? 길은 소설을 쓰고 싶어 했지만 그녀는 계속해서 그

선택은 언제나 치열한
떨림이어라

에게 할리우드 시나리오 쓰기를 권한다. 이유는 명확하다. 시나리오가 소설보다 더 잘 팔리기 때문이다. 따지고 보면 이상할 것도 없다. 애초부터 그녀가 길과 결혼하려 했던 이유도 그가 상업적으로 성공한 작가였기 때문이니까.

그런 의미에서 이네즈는 길에게 현실적 삶의 균열이자 상처가 된다. 그녀는 아름답고 섹시하다. 하지만 그만큼 속물적 욕망에 충실하다. 그래서 길은 할리우드라는 세속적 욕망의 공간을 벗어나 파리에서 삶의 본질을 찾고 싶었지만 이네즈는 그럴 수 없었던 것이다. 그녀는 물질이 주는 도취가 없다면 결코 견딜 수 없었으니까. 더구나 그녀에게 사랑은 소비되고 거래되는 상품에 불과했으니까. 따라서 길도 할리우드 작가일 때에만 그녀에게 매력적일 수 있었다. 결국 그녀의 사랑은 물질적 욕망일 뿐이었고, 바로 이 때문에 이네즈는 길을 탈주체화시키는 존재, 그가 영원히 자본의 욕망 속에 살도록 구속하는 존재가 될 수밖에 없었다. 그리고 그만큼 길과 이네즈의 관계도, 그와 그녀가 서로에게 가진 욕망들도, 각자가 꿈꾸는 삶의 거리만큼이나 어긋나 있을 수밖에 없었다.

길의 가장 큰 상처는 단연 이네즈였겠지만, 이 외에도 현실의 상처와 균열들은 곳곳에 널려 있었다. 대표적인 예를 한 가지 더 들자면, 폴의 성공이 될 것이다. 폴은 현학적인 속물이다. 재미있게도 감독의 유머감각은 그가 등장할 때 빛난다. 그는 늘 "이건 내가 좀 아는데…"라는 말로 자신의 지식 자랑을 시작한다. 하지만 막상 보면 그의 지식은 잡다하다.

모네의 작품에 대해 이야기할 때도 작품의 본질보다는 완성하는 데 걸린 시간, 작업장소 등 껍데기에 대해서만 언급한다. 심지어 그의 지식은 로댕의 아내가 까미유라고 우기는 데서 드러나듯 부정확하기까지 하다.

그럼에도 불구하고 그의 지적 허영은 현실세계에서 훌륭하게 받아들여진다. 이네즈도 캐롤도 심지어 소르본 대학조차도 그를 인정하니 말이다. 그렇다면 그의 성공은 우리가 사는 세상에 무언가 문제가 있음을 증명하는 것은 아닐까?

이와 같은 측면들을 고려해볼 때, 길이 살아가는 현재는 분명 잘못 재현된 세계다. 그는 그 속에서 제대로 적응하지 못한 채 혼란과 삶의 공허를 느끼고 있다. 그가 직접 쓴 소설을 아무에게도 보여주지 않는 이유도 타락한 세계에서는 자신의 글을 제대로 읽어줄 사람이 없었기 때문이다.

하지만 그의 방황은 얼마나 지속되어야 하는 것일까? 그가 상처에서 벗어나려면 비록 고통스럽더라도 자신의 혼란스러운 내면을 제대로 들여다보아야 하지 않을까? 그런 측면에서 길이 보는 환상은 긍정적이다. 그것은 그의 숨겨진 내면과 욕망의 다른 이름이기 때문이다. 나아가 그것은 자기 이해의 출발점이자 잘못 재현된 세계의 질서를 뒤집고자 하는 욕망의 드러남이 되기 때문이다.

길의 시간여행은 그가 방향을 잃고 낯선 곳을 헤매는 데서 시작된다. 그러고 보면 그가 길을 잃었다는 설정은 다분히 상징적이다. 그것의 실세 의미는 그가 삶의 어느 모퉁이에서 길을 잃었음과 동시에 지금까지의 삶에 대해 회의를 느끼게 되었음을 뜻하기 때문이다.

그는 이제껏 '많은 미국 영화가 그러하듯, 정말 웃기지만 나오는 인물들은 기억나지 않는, 바보 같고 유치하고 말이 안 되는데도 무작정 웃기는', 한마디로 낭비로서의 이야기들만 만들며 살아왔다. 그 속에서 그는 뭔가 소중한 것들을 잃어버렸다는 공허함을 느끼지 않았을까? 동시에 이제 그러한 삶에서 벗어나야 한다는 생각을 하게 되지 않았을까?

하지만 시간여행을 떠나기 전까지 그는 자신의 공허함이 어디에서 비롯되었는지 정확히 알 수 없었다. 그렇기에 텅 빈 느낌에서 벗어나기 위해 무엇을 어떻게 해야 하는지에 대해서도 확신할 수 없었다. 그가 이네즈와의 관계도, 할리우드 상업영화 시나리오 쓰기도 쉽게 그만둘 수 없었던 것은 이 때문이다.

그러다가 푸조 자동차를 타고 1920년대의 파리로 간 길은 스콧 피츠제럴드와 헤밍웨이, 거트루드 스타인 등을 만난다. 그리고 헤밍웨이에게 자기 소설의 소재가 정말로 형편없는 것인지도 묻는다. 헤밍웨이는 답했다. 내용만 진실되다면 영 아닌 소재는 없다고. 나아가 좋은 책이란 정직한 책이며 진실되고 역경 속에서도 용기와 품위를 잃지 않는 책이라고.

문제는 그런 책을 쓰려면 작가의 삶도 그와 같아야 한다는 점이다.

길의 환상이 그의 내면에서 비롯된 것임을 감안할 때, 헤밍웨이의 목소리는 아마도 길의 마음속에 숨어 있던 목소리였을 것이다. 그런데 그 목소리는 왜 여태껏 표면화되지 못했던 것일까? 혹시라도 그가 가지고 있던 죽음에 대한 두려움 때문은 아니었을까? 만약 그렇다면 사랑과 죽음에 대해 길과 헤밍웨이가 나눈 대화는 길이 더 이상 선택을 미룰 수 없는 상황에 처했음을 드러낸다.

> **헤밍웨이** : 정말 멋진 여자와 사랑해봤소?
>
> **길 펜더** : 사실 약혼녀가 엄청 섹시해요.
>
> **헤밍웨이** : 그녀와 사랑을 나눌 땐 아름답고 순수한 열정을 느끼며, 그 순간만큼
> 은 죽음이 두렵지 않소?
>
> **길 펜더** : 아뇨, 그렇진 않아요.
>
> **헤밍웨이** : 진정한 사랑은 죽음마저 잊게 만든다오.

짧지만 이들의 대화에서 분명해진 사실이 하나 있다. 그것은 길과 이네즈의 사랑이 가짜에 불과했다는 점이다. 자신의 사랑은 애초부터 잘못된 선택이었음을, 그래서 결국에는 파국에 이를 수밖에 없었음을 길은 잘 알고 있었다. 하지만 그는 그러한 사실을 선뜻 인정할 수 없었다. 부정하고 싶었기 때문이다. 그녀는 곧 결혼할 여자였으며, 선택을 되돌리기

선택은 언제나 치열한
떨림이어라

엔 너무 늦은 것처럼 보였으니까. 하지만 '부정^{否定}'이 곧 '치유^{治癒}'가 될 수는 없다. 길이 이네즈와 약혼한 뒤 겪게 된 공황발작과 "젠장, 결혼할 텐데 사랑해야지"라며 내뱉은 그의 말이 신경질적이었던 것은, 그가 그만큼 자신의 선택에 후회가 깊었음을 드러낸다.

더불어 생각해보자. 헤밍웨이가 말했던 진정한 사랑이란 무엇이었을까? 단지 여인과의 만남만을 뜻하는 것이었을까? 아닐 것이다. 아마도 그것의 상징적 의미는 '모든 것을 바쳐서라도 얻고 싶은 무언가'에 대한 사랑은 아니었을까? 만약 그렇다면 그 사랑은 허위에서 벗어난 솔직함이거나 진실된 글쓰기에 대한 갈망일 수도, 또는 마음속 깊이 원하던 삶에 대한 소망일 수도 있을 것이다.

그렇다면 이때의 죽음 또한 속물적인 자아의 죽음이나 사회적인 의미의 죽음으로 보아야 하지 않을까? 예컨대 부유하고 매력적인 약혼녀, 상업영화 작가로서 미래가 보장된 삶 등 지금까지 그가 만들어온 세계와의 결별 말이다.

그와 같은 세계는 그가 꿈꾸는 삶의 실현을 가로막는 것들이다. 하지만 막상 그런 것들과의 결별은 쉽지 않다. 헤어짐을 위해서는 죽음을 불사하는 용기가 필요하기 때문이다.

그러나 죽음이 두려워 지금까지의 삶에서 벗어나지 못한다면, 헤밍웨이의 말처럼 정말 멋진 사랑도 꿈꾸던 삶도 언제나 허구에 그칠 뿐이다. 그런 면에서 "좋은 글도 죽음을 두려워하지 않는 자세에서 나온다"는 헤밍웨이의 말은 허투루 넘길 말이 아니다. 좋은 글은 좋은 삶에서 나오고, 그런 만큼 글과 삶은 다르지 않으니까 말이다. 나아가 진정 원하는 삶을 살기 위해서는 그만큼의 치열한 대가를 치러야 하니까 말이다.

아웃사이더를 응원하며

삶과 글쓰기의 갈림길에서 숱한 번민을 지속했던 길 펜더. 그는 자정의 종소리를 따라 내면여행을 다녀온 뒤 새로운 눈으로 세계를 바라보게 된다. 그리고 쉽지 않은 선택을 한다. 지금껏 자신이 쌓아왔던 모든 것들과 결별하면서까지 파리의 소설가로 남기로 한 것이다. 따라서 그는 아웃사이더다.

현명한 선택인지 확신할 순 없었지만 나는 그의 선택을 응원하고 싶었다. 어쩌면 그는 숨겨왔던 내 속의 또 다른 내 모습인지도 몰랐으니까.

생각해보면 나는 살면서 얼마나 많은 타협을 해왔던가? 이미 늦었다는 이유로 뒤돌아보지 않고, 다들 그렇게 산다는 이유로 대충 넘어간 적은 또 얼마나 많았던가? 결국 나는 내 속에서 울려 나오는 소리에 제대로 귀 기울이지도 마땅히 보아야 할 것들을 똑바로 보지도 않고 살아온 셈이다. 이네즈와의 약혼이 잘못된 결정임을 알면서도 억지로 외면하던 길 펜더처럼. 그 속에서 떠나보낼 수밖에 없었던 소중한 것들은 또 얼마나 많았던 것일까?

선택은 언제나 치열한
떨림이어라

돌이켜보면 비겁했다. 도대체 무엇이 두려웠던 것일까? 남과 다른 길을 가야 할지도 모른다는 사실이? 아니면 뒤처지거나 혼자 남겨질지도 모른다는 사실이?

그러고 보면 까닭 없는 두려움도 사실은 내가 만든 허구에 불과한 것처럼 내 상처 또한 결국 내가 키워온 허구는 아니었을까?

어쨌든 수많은 상처를 딛고 길은 헤밍웨이의 말을 실천한다. 이는 좋은 글쓰기에 대한 그의 욕망이 그만큼 컸기 때문인지도 모르겠다. 좋은 글을 쓰려면 진실해야 하고 그러기 위해서는 불면과 허위의 삶도 벗어던져야만 하니 말이다.

문득 이런 생각이 들었다. 글쓰기도 구원을 향해 가는 길이 될 수 있을까? 만약 그렇다면 나도 바랄 수 있는 것일까? 나의 글쓰기가 나를 구원하기를. 혹시라도 가능하다면 한 번 진지하게 가볼 일이다. 비록 오랜 시간이 지난 후 그 또한 헛된 일이었음을 깨닫게 될지라도 말이다.

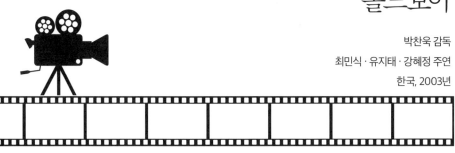

올드보이

박찬욱 감독
최민식 · 유지태 · 강혜정 주연
한국, 2003년

_ 미도, 함정과 구원 사이

〈올드보이〉는 그 자체로 정교하게 다듬어진 시뮬라크르^{Simulacre}[19]의 복합체 같다. 인물들의 말과 행동은 교묘하게 조직되어 있으며 진실과 허구는 그 속에서 끊임없이 숨바꼭질을 한다. 이와 함께 작품 속에서는 미도를 중심으로 두 개의 욕망이 치열하게 충돌하는 양상을 보인다. 그 욕망 중 하나는 감추고자 하는 이우진의 욕망이며, 다른 하나는 진실을 밝히고자 하는 오대수의 욕망이다.

---

19 존재하지 않는 대상을 존재하는 것처럼 만들어놓은 인공물, 일종의 가짜를 가리킨다. 이는 플라톤 이래 많은 철학자들이 다뤄온 개념이지만 여기서는 프랑스의 철학자 장 보드리야르(Jean Baudrillard)가 『시뮬라시옹』에서 제시한 개념을 사용했다. 그가 말하는 시뮬라크르는 '원본 없는 이미지'다. 하지만 그 자체로서 현실을 대체하고 현실은 이 이미지에 의해 지배를 받게 되므로 오히려 현실보다 더 현실적이다. 가짜이지만 단순한 가짜의 차원을 넘어 현실을 지배하게 된 가짜, 그래서 진실을 쫓아내고 진실 이상의 힘을 발휘하는 가짜를 '시뮬라크르'라 한다.

선택은 언제나 치열한
떨림이어라

이러한 욕망들의 부딪힘은 이우진이 제시한 게임의 형태로 구체화된다. 그리고 게임의 정점에는 미도의 존재가 놓여 있다. 따라서 이 글에서는 미도의 존재성을 통해 이우진이 제안한 게임 속으로 들어가 보고자 한다. 그 과정에서 이우진의 게임 속에 감춰진 숨은 그림이 드러날 수도 있을 것이다.

이우진의 수수께끼

사실 〈올드보이〉를 보고 나서 한동안 궁금했다. 과연 미도는 오대수의 딸이었을까? 아니었을까? 그녀가 만약 오대수의 딸이었다면 혹은 아니었다면, 그러한 사실 자체가 인물들의 삶을 다른 방향으로 돌려놓았을까? 아니면 그녀의 정체와는 무관하게 인물들은 각자의 길을 걸어갔을까? 의문을 풀기 위해서는 먼저 이우진이 오대수에게 제시한 수수께끼 몇 가지를 살펴봐야 할 것 같다.

첫 번째 수수께끼는 "왜냐?"에 대한 답을 찾는 것이다. 미도의 집 옆 맨션에서 이우진은 말했다. "'넌 누구냐?' 이럴려고 그러지요. 안돼요. 스스로 알아내야지. 아, 게임인데. 먼저 '누구냐, 그리고 그 다음에 왜냐?' 문제 풀면 언제든지 찾아와요. 채점해줄 테니까."

"왜냐?" 속에 생략된 질문은 무엇이었을까? 오대수는 그것을 '자신을 15년간 가둔 이유'라고 생각했던 것 같다. 그가 견딜 수 없도록 궁금했던 것은 도대체 누가, 왜 자신을 15년 동안이나 가두었는지에 대한 대답이었고, 그 비밀을 풀기 위해 오랫동안 '악행의 자서전'을 쓰기에 이르렀으니 말이다.

그러나 이우진은 며칠 뒤 '왜냐?'에 대한 다른 해석을 제시한다. "당신의 진짜 실수는 대답을 못 찾은 게 아냐. 자꾸, 틀린 질문만 하니까 맞는 대답이 나올 리가 없잖아. '왜 이우진은 오대수를 가뒀을까?'가 아니라 '왜 풀어줬을까?'란 말이야. 자, 다시. 왜 이우진은 오대수를 딱 15년 만에 풀어줬을까, 요?"

이어 이우진은 레이저 빔으로 상자 하나를 가리키며 몹시 흥분한 듯 기괴한 행동을 한다. 오대수가 상자를 열어 보자 그 속에는 앨범 하나가 들어 있었다. 오대수와 아내, 그리고 어린 딸의 사진이 담긴 앨범으로, 딸의 성장 과정과 현재 모습, 나아가 지금의 오대수와 함께 웃고 있는 그녀의 모습도 보였다. 그녀는 미도였다.

여기서 두 번째 수수께끼가 등장한다. 과연 상자는 진실을 담고 있었던 것일까? 정말 미도는 오대수의 딸이었을까? 그러나 미도가 오대수의 딸이라 단정 짓기에는 몇 가지 석연찮은 점이 존재한다.

첫째, 미도가 자신을 기자라고 속인 뒤 시계방에서 오대수 딸의 행방을 찾았을 때 시계방 주인은 오대수의 딸이 스웨덴으로 입양되었다고 밝혔기 때문이다. 입양된 그녀의 이름은 EVA였고, 그녀는 5~6년 전 오대수를 찾았던 적이 있었다. 그리고 지금은 한국말마저 서툴게 되었다고

선택은 언제나 치열한
떨림이어라

한다. 시계방 주인의 말이 진실이라면 미도는 오대수의 딸일 가능성이 낮다고 보아야 한다.

여기서 시계방 주인의 말을 쉽게 무시할 수 없는 이유는, 장소가 가진 상징성 때문이다. 앙리 베르그송에 따르면, 시간은 그냥 흘러가 버리는 것이 아니라 잠재된 형태로 쌓이는 것이다. 그렇다면 저마다의 시계들로 가득한 시계방은 오래된 세월만큼이나 수많은 시간들이 쌓여있는 공간으로 보아야 하지 않을까? 바로 이 지점에서 시계방은 평범한 공간에서 기억의 공간이자 진실의 저장고로 변모할 수도 있다. 이와 같은 측면을 고려해본다면, 시계방은 이우진의 함정을 벗어날 수 있는 반격의 거점이 될 수도 있지 않을까?

둘째, 이우진은 단 한 번도 미도가 오대수의 딸이라 말한 적이 없기 때문이다. 다만 앨범 한 권만 보여줬을 뿐이다. 그리고 그 속에 어린 딸과 미도의 사진이 뒤섞여 있었을 뿐이다. 사진들 사이에는 상당한 시간적 간격이 존재했고, 따라서 그 사이의 인과관계는 얼마든지 조작이 가능하다. 다시 말해 사진 배열의 출발은 오대수의 딸이었으나 성장 과정에서는 오대수의 딸과 비슷한 이미지를 가진 다른 소녀의 사진으로 앨범이 채워졌을 수도 있는 것이다.

그러나 오대수는 앨범 속 사진들의 연속을 통해 미도가 자신의 딸이 틀림없다고 믿어버린다. 이 때문에 같은 시간, 미도 앞에 제시된 상자를 미도가 결코 열어보지 못하게 하는 것이다. 궁금하다. 그 상자 속에는 과연 무엇이 들어 있었을까? 오대수가 보았던 앨범과 같은 앨범이었을까? 아니면 다른 무엇이었을까?

상자 속에 담긴 것이 무엇이었는지는 알 수 없다. 하지만 오대수는 그것이 자신이 본 것과 같은 앨범이라고 생각했던 것 같다. 그래서 그는 이우진 앞에 무릎을 꿇고 오열하며 사정한다. 미도만은 제발 가만히 내버려 둬달라고. 이어 이우진의 구두를 핥았다가 끝내는 모든 비극의 출발이 되었던 자신의 혀를 자르기에 이른다.

이우진은 그런 오대수를 떠나며 마지막 말을 남긴다. "누나하고 난, 다 알면서도 사랑했어요. 너희도 그럴 수 있을까?" 이 말은 아마도 이우진이 남긴 세 번째 수수께끼였을 것이다. "너희도 그럴 수 있을까?"라는 말은 다분히 오해를 불러일으킬 소지가 있기 때문이다. 사실 그 자체는 오대수와 미도가 부녀 사이임을 직접적으로 증명하는 것은 아니다. "다 알면서도 사랑했다"와 "너희도 그럴 수 있을까?"는 마치 "까마귀가 날았다"와 "배가 떨어졌다"처럼 얼마든지 별개의 사건일 수도 있는 것이니까.

따라서 미도는 오대수의 딸일 수도 있다. 그러나 아닐 수도 있다. 이 지점에서 한 가지 짚어야 할 것은, 이우진은 오대수에게 하나의 게임을 제안했다는 것이다. 만약 이우진이 제안한 게임에 최소한의 진정성이 있으려면, 그가 친 그물망 속에는 반드시 탈출구가 있어야 하지 않을까?

선택은 언제나 치열한
떨림이어라

석방, 그리고 양쪽으로 열린 문

언젠가 이우진은 오대수에게 다음과 같이 말했다. "부디 기억하세요. '노루가 사냥꾼의 손에서 빗어나는 것같이 새가 그물 치는 자의 손에서 벗어나는 것같이, 스스로 구원하라.'" 이 말은 이우진이 파놓은 함정으로부터 벗어날 수 있는 방법의 암시였을 것이다. 스스로를 구원할 수 없다면 결코 덫에서 벗어날 수 없다는 이 말은, 이우진이 한 말과 행동 속에 수많은 함정과 동시에 탈출구가 존재함을 의미하는 게 아닐까?

실제로 이우진은 사실들을 뒤섞어 오대수가 오해에 빠져들도록 만들기는 했으나 단 한 번도 거짓을 말한 적은 없다. 그리고 되짚어보면 그의 누나를 죽음으로 몰고 간 것은 오대수의 목격담과 이로 인한 무성한 소문이었지 결코 악의에 찬 오대수의 거짓말은 아니었다. 뿐만 아니라 이우진은 자신이 고통받은 방식 그대로 오대수가 고통받아야 한다고 생각한다. 그렇다면 이우진의 관점에서 자신의 복수가 의미 있으려면 명백한 거짓말이나 일방적 폭력보다는 탈출구가 있는, 하지만 결코 벗어날 수 없는 게임의 형태로 오대수를 괴롭혀야 한다고 생각하지 않았을까?

바로 이 지점에서 두 가지 질문을 더 던져보자. 이우진은 왜 오대수와 미도가 부녀관계일 수도 있음을 암시했을까? 그리고 왜 오대수를 15년 동안 감금한 뒤 풀어주었을까?

먼저, 오대수와 미도가 부녀관계일 수도 있다는 암시는 아마도 이우진의 복수였을 것이다. 이우진은 누나를 잃은 후 심각한 우울증을 앓았다. 그런 그가 지금껏 살아있었던 이유는 오직 한 가지, 복수를 위해서였다. 복수는 그의 삶을 지탱하는 유일한 힘이었으니까. 그렇다면 그의 복수는 어떤 형태여야만 했을까? 이 질문에 대한 대답은 그가 겪은 고통을 살펴볼 때 가능해진다.

이우진에게 있어 이수아는 누나이면서 동시에 유일한 사랑의 대상이었으며 삶의 전부였다. 그처럼 소중한 누나는 오대수가 퍼뜨린 소문 때문에 상상임신을 한 채 자살했다. 그녀는 동생의 아이를 임신했다는 죄의식과 더불어 '걸레'라는 낙인 속에서 괴로워하다가 삶을 마감한 것이다. 이우진의 시계는 누나가 자살한 순간에서 멈춰버렸고, 따라서 그의 고통도 늘 현재형이었다.

그렇다면 그의 복수도 오대수에게 유사한 고통을 주는 방식으로 진행되어야 하지 않을까? 실제로 이우진은 오대수를 15년간 감금한 뒤 그가 가진 모든 것을 빼앗는다. 나아가 오대수에게 아내를 살해한 혐의를 뒤집어씌웠으며 결과적으로는 그가 딸과 근친상간했다는 죄의식을 갖게 만든다. 여기서 오대수와 미도가 부녀관계일 수도 있다는 암시는 복수의 정점을 이룬다. 오대수는 근친상간을 혐오했으며 동시에 미도는 그가 감금방에서 보낸 세월을 고맙게 여길 만큼 아름답고 사랑스러운 존재가 되어 있었으니까. 그런 미도와 근친상간을 했다는 사실은 오대수에게 벗어날 길 없는 원죄의식과 괴로움을 안겨주기에 부족함이 없다.

여기서 두 번째 질문을 떠올려보자. 그렇다면 도대체 왜 이우진은 오

선택은 언제나 치열한
떨림이어라

대수를 15년 동안 감금한 뒤 풀어주었을까? 먼저 짚어야 할 것은, 이우진은 애초부터 오대수를 풀어줄 생각이 없었다는 점이다. 또한 이우진은 오대수를 감금방에서 내보낸 뒤 현실세계 자체를 더 넓은 감옥이라고 표현했다. 그렇다면 오대수를 풀어준 것은 복수를 마치겠다는 신호가 될 수 없다. 오히려 복수의 장소가 바뀌었다는 것이며, 이제부터 진짜 복수가 시작되었음을 의미한다고 보아야 한다. 다시 말해 이우진의 진짜 복수는 오대수를 감금하는 것이 아니라 풀어주는 데서 시작되는 것이다. 이때 15년 동안의 감금은 복수를 위한 사전 작업에 불과한 것이다. 그렇다면 이우진은 도대체 왜, 오대수를 15년간 감금한 뒤 풀어주었을까?

가능한 추측 한 가지는 15년이라는 세월이 주는 모호함에서 출발한다. 사실 15년은 충분히 긴 시간이다. 오대수로서는 미도가 자신의 친딸인지 아닌지 도무지 분간할 수 없을 만큼. 그러나 15년이라는 시간에 '도무지 분간할 수 없음'에만 방점이 놓이면 곤란할 것 같다. 미도가 자신의 딸인지 아닌지 결코 확신할 수 없도록 하는 데만 초점을 두었다면, 15년보다는 20년, 20년보다는 30년이 더 유리했을 테니까.

그렇다면 다시 앞선 질문으로 돌아가보자. 왜 15년이었을까? 20년도, 30년도 아닌, 왜 15년 만에 이우진은 오대수를 풀어주었던 것일까?

아마도 15년이 가진 아슬아슬함 때문이 아니었을까 싶다. 오대수의 가장 큰 괴로움은 친딸과 근친상간을 했다는 사실에서 비롯된다. 충격이 컸기 때문일까? 오대수는 앨범을 본 순간 미도가 자신의 친딸이 아닐 수도 있음은 전혀 생각하지 못했다. 그런데 충분한 시간적 여유가 있었다면 미도가 자신의 딸이 아님을 밝힐 수 있었을까? 아마도 불가능했을 것 같다. 그러기엔 15년은 너무 길었고 그의 딸은 너무 어렸다. 나아가 진실을 밝혀줄 수 있는 유일한 사람인 이우진은 나중에 자살해버린다. 이로써 오대수는 영원한 원죄의식의 감옥 속에 감금될 충분한 조건을 갖추었다.

하지만 오대수가 감금된 시간이 15년을 훌쩍 넘긴 30년이 되었다면 어떤 결과가 나타났을까? 오대수는 과연 시뮬라크르의 감옥에 빠져들었을까? 그렇지 않았을 것 같다. 그 이유는 첫째, 오대수가 미도와 사랑에 빠지기에는 그의 나이가 너무 많기 때문이고 둘째, 미도는 20대 초반의 빛나는 아름다움을 잃고 비루한 현실에 찌들었을 가능성이 높기 때문이며, 따라서 셋째, 이들이 앞에서의 이유로 깊은 사랑에 빠지지 못한다면 미도가 그의 딸이라는 사실로 그에게 근친상간의 고통을 안겨주기는 어렵기 때문이다. 이 경우 오대수에게 친딸과 근친상간했다는 죄의식을 갖게 만들어 자신의 복수를 완성하려는 이우진의 계획은 시작부터 틀어질 수밖에 없다. 이와 같은 측면을 고려해볼 때, 오대수를 가둔 15년은 이우진에게는 완벽한 복수를 위한 최적의 시간이었다고 보아야 하지 않을까?

지금까지 이런저런 추측들을 동원해보았지만 그럼에도 불구하고 그녀가 오대수의 딸인지의 여부는 여전히 불투명하다. 이우진이 자신의 죽음과 함께 비밀을 영원한 미궁 속에 가둬버렸기 때문이다. 그렇다면 이제

선택은 언제나 치열한
떨림이어라

미도만이 남은 셈이다. 그녀는 어떤 존재일까? 이우진이 파놓은 덫일까? 아니면 그의 집요한 그물망에서 벗어나는 구원일까?

그러고 보면 그녀의 존재 자체와는 무관하게 가능성은 양쪽으로 열린 셈이다. 다시 말해 미도의 존재는 하나이지만 그녀를 통해 갈 수 있는 두 개의 문이 열린 것이다. 그중 하나는 끝없는 고통과 원죄의식의 문이며, 다른 하나는 구원의 문이다. 선택은 온전히 오대수의 몫으로 남았다. 그의 선택은 어떠해야 할까?

희망으로 가는 길

감독은 〈올드보이〉를 내내 절망의 빛깔로 칠했지만 최소한의 희망마저 지워버린 것은 아닌 것 같다. 새하얀 설원에서 이를 악물면서도 미도를 끌어안은 오대수의 모습과 산 정상에 둘이 나란히 앉아 바라보는 여명은 이들이 가야 할 길의 험난함과 희망을 동시에 상징하기 때문이다.

앞으로도 이들이 걸어가야 할 길은 당연히 거칠고 험할 것이다. 그러나 그 길이 비록 괴로울지라도 그들을 이은 사랑과 진심의 끈은 그보다 결코 약하지 않기를 빈다.

★★★★★★★★★

선택, 욕망의 두 갈래 길

흔히 말한다. 삶은 선택의 연속이라고. 이는 우리의 삶이 무수한 갈림길들로 구성되어 있음을 보여주는 말이다. 그래서일까? 우리는 모든 선택의 순간마다 깊은 고민의 시간을 보내지는 않는다. 대개의 경우 선택은 소소한 일상 중 하나에 불과하다.

하지만 누구나 한 번쯤은 삶의 방향 자체를 뒤바꿀 만한 갈림길 앞에 서게 된다. 곤혹스러운 경우는, 두 길 모두 나름의 타당성과 거부할 수 없는 매혹을 동시에 가졌을 때다. 예컨대 둘 중 하나가 사회적 성취를 지향하는 길이라면 다른 하나는 내적 충만을 지향하는 길인 경우를 생각해보자. 이때 서로 다른 두 갈래 길은 각기 다른 두 가지 욕망을 의미한다. 그러한 욕망들 앞에서 우리는 혼란스럽다. 나라면 혹은 당신이라면 어떤 길을 선택하게 될까?

따지고 보면 어느 하나의 길이 언제나 최선인 경우는 없다. 삶은 저마다 다양하고 그 삶을 이루는 순간만큼이나 판단의 조건도 다양할 수밖에 없기 때문이다. 그럼에도 불구하고 숱한 선택의 갈림길에 섰을 때 보편적으로 적용 가능한 판단기준 하나쯤은 있었으면 좋겠다는 생각을 종종 하게 된다. 그래서 여기서는 그러한 판단기준을 찾아보는 작업을 하려 한다. 이를 위해 두 영화 주인공의 선택을 먼저 살펴보도록 하자.

선택은 언제나 치열한
떨림이어라

내 것이 아닌 욕망

첫 번째 주인공은 〈파이란〉의 강재다. 실패한 조폭인 그는 늘 떠나온 고향을 그리워한다. 하지만 돌아갈 수는 없었다. 자신의 모습이 너무 초라해 보였기 때문이다. 그래서 그는 고깃배 한 척 갖기를 소망했다. 그것은 망가진 자신의 삶에 대한 보상이자 고향으로 갈 수 있는 이유가 되었기 때문이다. 그런 그에게 어느 날 갈림길이 찾아온다. 살인 누명을 쓰는 대신 배한 척 얻는 길과 모든 것을 접고 고향으로 내려가는 길. 강재는 어떤 길을 선택해야 할까?

두 번째 주인공은 〈미드나잇 인 파리〉의 길 펜더다. 그는 이네즈와의 결혼을 앞두고 여행차 파리에 들렀다. 이네즈가 물질적 풍요의 은유였음을 고려해본다면, 그는 지금껏 세속적 욕망에 충실한 삶을 살아온 셈이다. 그러다 문득 삶에 허무를 느끼고 선택의 기로에 서게 된다. 파리에 살면서 소설을 쓰는 삶과 성공한 할리우드 시나리오 작가로서의 삶, 두 갈래 길 중 그는 어떤 길을 선택해야 할까?

여기서 잠깐, 몇 가지 질문을 더 던져보자. 이들에게는 공통점이 있다. 그것은 바로 타인의 욕망을 자신의 욕망으로 착각하고 있었다는 점이다. 그렇다면 욕망은 한 개인의 고유한 것일까? 아니면 타인과 관련된(또는 타인으로부터 빌려온) 것일까?

언뜻 보기에 욕망은 한 개인의 것으로 여겨지기 쉽다. 하지만 엄밀히 따지면 욕망은 다른 사람들과의 관계 속에서 생겨난다. 예컨대, 이미 여러 개의 가방을 가지고 있음에도 불구하고 더 많은 명품가방 갖기를 소망하는 여성이 있다고 가정해보자. 그녀의 욕망은 그 자신만의 고유한 것일까? 아니다. 그 욕망은 타자 때문에 생겨난 것이라 보아야 한다. 그녀는 가방에 대한 '필요'보다는 그것을 바라보는 사람들의 '시선'과 사람들이 명품

가방 부여한 '가치' 때문에 그것을 소유하려 한 측면이 있을 테니 말이다. 이는 우리의 욕망이 본질적으로 타자 지향적임을 잘 보여준다.

"인간의 욕망은 타자의 욕망"이라던 자크 라캉의 말도 이와 관련지어 생각해볼 수 있다. 라캉의 말은, 우리의 욕망이란 것도 따지고 보면 다른 사람의 욕망을 욕망한 것에 다름 아님을 지적한 것이다. 그렇다면 인간은 어떻게 타인의 욕망을 자신의 욕망으로 여기게 되는 것일까? 자신이 사랑하는 사람, 바로 그 사람에게서 가장 사랑받는 대상이 되고 싶다는 욕망 때문이다.

강재의 이야기로 돌아가보자. 그의 욕망은 무엇이었나? 6기통 배를 타고 고향으로 돌아가는 것이었다. 그렇다면 그는 왜 그와 같은 욕망을 가지게 되었을까? 짐작건대, 배를 향한 가족들의 욕망 때문이었을 것이다. 그의 가족은 지독했던 가난만큼 배 갖기를 간절히 바랐을 테니까. 그러한 소망은 어느 순간 강재의 욕망으로 나타나지 않았을까? 나아가 강재는 가족의 욕망을 자신이 성취해냄으로써 그들에게 가장 사랑받는 존재가 되고 싶었던 게 아니었을까?

물론 결과적으로는 모든 면에서 실패였다. 앞의 추측이 타당한 것이었다면, 그는 가족의 욕망을 자신의 욕망으로 착각했을 뿐만 아니라 어느 시점부터는 욕망 자체에만 집착하게 되었으니까 말이다. 살인죄를 뒤집어쓰고 10년의 세월을 감방에서 보내면서까지 배 살 돈을 마련하려 한 것은 이를 증명한다. 이로써 그는 가족과의 행복한 삶이라는, 결코 잃어서는 안 될 삶의 본질마저 잃어버렸다. 나 아닌 타자의 시선과 욕망에 지나치게 집착한 결과다.

그에 반해 길 펜더는 좀 더 적극적으로 자신의 내면을 들여다본다. 그는 지금껏 "정말 웃기지만 나오는 인물은 기억나지 않는, 바보 같고 유치

191

선택은 언제나 치열한
떨림이어라

하고 말이 안 되는데도 무작정 웃기는" 시나리오만을 쓰며 살아왔다. 많은 사람들이 그에게서 대책 없이 웃기는 이야기만을 원했기 때문이다. 그렇게 타인들의 요구에 부응함으로써 그는 이네즈와 만날 수 있었고 물질적 부도 얻을 수 있었다.

하지만 어느 순간, 길은 무언가 잘못되었음을 느끼게 된다. 그는 타인의 시선에 지배되는 삶, 이른바 껍데기로서의 삶에 허무를 느낀 것이다. 이 때문에 더 늦기 전에 본래 자신의 꿈과 모습을 되찾으려 했다.

바로 이 지점에서 우리가 선택의 갈림길에서 꼭 짚어봐야 할 하나의 판단기준이 모습을 드러낸다. 그것은 바로 '욕망의 비롯됨'이다. 다시 말해 우리가 가려는 길의 선택이 타인의 시선에 대한 집착에서 비롯된 것인지 아니면 보다 근원적인 자기 내면의 목소리에서 비롯된 것인지를 살펴보아야 한다는 것이다.

강재는 배를 마련하지 못해 고향으로 가지 못했다. 이는 그가 그때까지도 타인의 시선에 집착하고 있었음을 뜻한다. 그가 내면의 진솔한 목소리에 귀를 기울였다면 그냥 고향으로 가야 했다. 배는 가족과의 행복한 삶을 위한 수단일 뿐 결코 그 자체가 목적일 수는 없었기 때문이다. 그럼에도 불구하고 그가 고향으로 쉽게 내려가지 못했던 이유는 '쪽팔렸기' 때문이고, 이는 지금껏 그를 지배한 것이 타인의 시선, 이른바 허위였음을 의미한다.

그에 비해 길 펜더는 이네즈와 헤어진 뒤 가브리엘을 만난다. 타인의 시선보다는 자기 내면의 목소리를 따랐기 때문이다. 이로써 그는 숱한 허위와 가짜 욕망들에게서 벗어나게 된다.

욕망의 두 갈래 길

생각해보면 욕망 자체는 나쁜 게 아니다. 오히려 그것은 우리 삶을 이끄는 근원적인 힘이다. 욕망이 있어 우리는 꿈을 꾸고 삶을 이어간다. 짚어봐야 할 점은, 각기 다른 성격의 욕망들이 존재한다는 점이다. 어떤 욕망은 우리 삶을 건강하게 만든다. 그것은 우리를 자유나 참된 아름다움의 길로 이끈다. 하지만 어떤 욕망은 우리 삶을 피폐하게 만든다. 그것이 가진 지나친 집착과 허위 때문이다. 그렇다면 중요한 것은 건강한 욕망에 대한 선택과 절제가 아닐까?

더불어 한 가지 분명히 해야 할 게 있다. '내면의 진솔한 목소리에 귀 기울이는 것'은 언제나 바람직한 일이겠지만, 그렇다고 해서 '사회적 성취를 중시하는 것'이 덧없거나 어리석은 일이 되는 것도 아니라는 점이다. 엄밀히 따지면 둘은 다르다. 실제로 〈시네마 천국〉에서 토토는 엘레나를 떠남으로써 성공한 영화감독이 될 수 있었다. 그리고 바로 이 때문에 그는 자신의 과거를 소중하게 추억할 수도, 엘레나와 다시 만날 수도 있었다.

다만 어떤 선택을 하더라도 자신의 욕망이 어디에서 비롯되었는지 아는 것은 중요하다. 또한 자기 마음속에서 우러나오는 목소리에 진지하게 귀 기울여야 한다는 사실도 여전히 유효하다. 때로 그 목소리는 무척 작고, 잘 들리지 않기 때문이다.

지금도 우리 앞에는 두 가지 매혹적인 욕망의 길이 펼쳐져 있을지 모른다. 그리고 그 각각은 우리가 가지고 싶었던 욕망의 다른 이름일지도 모른다. 그 욕망이 이끄는 길을 걸어감에 따라 우리 삶의 모습은 무척 달라질 것이다. 그렇다면 어느 길로 갈 것인가? 예컨대 사회적 성취를 지향하는 길인가, 아니면 내적 충만을 지향하는 길인가? 선택은 각자의 몫이다.

선택은 언제나 치열한
떨림이어라

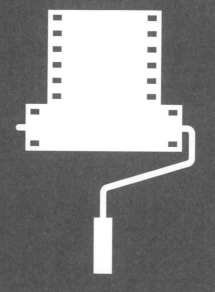

그토록 서늘했던 폭력의 기억

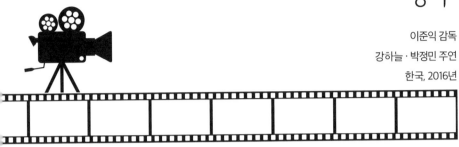

동주

이준익 감독
강하늘 · 박정민 주연
한국, 2016년

_뜨거움과 부끄러움, 악에 맞서는 두 가지 방식

한 번씩 이런 생각을 할 때가 있다. 우리 역사상 가장 참혹한 시기에 태어났더라면 나는 어떻게 살았을까? 예를 들어, 일제강점기나 한국전쟁 당시에 태어났더라면 나는 과연 스스로에게 부끄럽지 않게 살 수 있었을까? 솔직히 그렇다고 말할 자신이 없다. 그렇다면 그처럼 비극적인 시대에 태어나지 않은 것에 대해 나는 모종의 감사와 안도를 느끼면 되는 것일까? 하지만 그것도 바람직하지는 않은 것 같다. 타인의 고통에 기대어 행복을 느끼는 것은 아무래도 너무 가벼운 일일 테니까.

윤동주 시인을 생각할 때면 내 머릿속엔 늘 밤하늘의 별이 떠오르곤 한다. 하지만 그러한 환상도 따지고 보면 안타까운 일이다. 별이 빛나기 위해서는 그만큼의 어둠과 고통이 전제되어야만 하고 시인의 삶도 그만큼 시련에 차야 했을 테니까.

실제로 극중 동주와 몽규가 살던 시대는 폭력과 부조리의 시대였다. 한 국가가 다른 국가를 억압해서는 안 된다는 지극히 정당한 논리가 반역이 되고, 시인이 되고 싶다는 소망이 견딜 수 없는 부끄러움이 되어야만 하던 시대였다. 이처럼 터무니없는 시대적 논리 앞에서 젊은이들은 과연 어떤 방식으로 절망을 극복해야만 했을까?

〈동주〉는 이준익 감독의 영화적 상상력을 통해 윤동주와 송몽규, 그리고 이들의 불우한 시대를 만날 수 있는 흔치 않은 기회를 제공해준다. 절망을 넘어서기 위해 치열하게 아팠던 그들의 삶을 찾아 흑백의 선율 속으로 들어가보자.

악의 시대

동주와 몽규가 살던 시대는 서슬 퍼런 악惡의 시대였다. 그리고 그 정점에는 일본 군국주의가 있었다. 군국주의는 우리의 언어와 생각의 자유마저 빼앗았을 뿐만 아니라 불의에 맞서는 청년들을 생체실험 대상으로 삼는 등 거침없는 악행을 저질렀다.

이러한 군국주의의 폭력성과 관련지어 가장 내 눈을 끌었던 인물은

그토록 서늘했던
폭력의 기억

동주와 몽규를 취조하던 일본 형사다. 나는 그의 얼굴에서 아돌프 아이히만Adolf Eichmann을 보았다. 아이히만은 독일 나치스 친위대 중령으로서 수많은 유대인들을 학살했던 인물이다. 당시 많은 사람들은 그가 저지른 반인륜적 범죄가 그의 타고난 폭력성 때문이라 여겼다. 하지만 믿기 어렵게도 그는 다정한 가장이었으며 모범적인 시민이었다고 한다. 그럼에도 불구하고 그가 참혹한 학살을 자행한 이유는 무엇 때문이었을까?

정치이론가이자 철학자였던 한나 아렌트Hannah Arendt는 그 이유를 '악의 평범성'과 '판단의 무능성'에서 찾았다. 아렌트에 따르면, 그는 자기가 무슨 일을 하고 있는지 전혀 깨닫지 못했을 뿐만 아니라 타인의 관점에서 생각할 능력마저 없는 자였다고 한다. 그가 수많은 유대인들을 살해한 이유는 단지 그것이 자신의 임무였고 그는 그러한 임무에 충실해야 했기 때문이었다.

그런 측면에서 일본 형사는 마치 아이히만처럼 군국주의 논리를 자신의 몸속에 체화시킨 인물이다. 그는 동주의 손을 잡고 "내가 왜 니들을 붙잡고 이 고생인데. 아시아 해방을 위한 전쟁에서 개인의 희생은 당연한 것"이라며 마치 호소하듯 말했다. 이에 대해 동주가 전쟁 때문에 수십만 명이 희생되고 있는데 아시아 해방이란 게 도대체 무슨 의미가 있는 것이냐고 묻자 그는 감정을 주체하지 못한다. 그러고는 "지금 독일 아우슈비츠에서 몇만 명의 목숨이 사라졌는지 아나? 인류 발전을 막는 너희같이 나약한 것들이, 전쟁의 의미도 모르고 승리의 열망도 없기 때문에 아시아는! 아시아는!! 아시아는!!! 서구 열강의 2등 국가로 전락할 수밖에 없는 것이다"라고 외친다.

이러한 그의 얼굴에서는 서구에 대한 열등감과 패전의 두려움에 사로잡힌 일본 군국주의의 추악함이 묻어난다. 그래서였을까? 죽음에 대한 명분을 만들기 위해 수사를 조작하던 그에게, 총부리를 들이대고 서명하게 하거나 "손가락을 잘라 지장을 찍으면 되지 않느냐"고 동주가 묻자 그는 다음과 같이 답했다. "(우리는 문명국이기 때문에) 너희 같은 자들에게도 합법적인 절차를 거쳐 그 죄를 묻는다." 아마도 이러한 자가당착은 동주나 몽규의 말처럼 서구 사회에 대한 그들의 열등감이나 비열한 욕망을 숨길 자신이 없어서였을 것이다.

어떻게 보면 그는 마치 아이히만처럼 그에게 주어진 이념과 임무에 충실했을 뿐인지도 모른다. 하지만 결과는 참담했다. 그 자신은 전쟁미치광이가 되었고 수많은 사람들을 고통 속에서 죽였으니 말이다. 악은 문명의 탈을 쓴 채 지극히 평범한 모습으로 도처에 널려 있었다.

하지만 따지고 보면 군국주의만이 문제는 아니었다. 일제에 저항한다는 미명하에 파벌주의자와 변절자, 편협한 이상주의자들이 만들어낸 우울한 현실도 간과할 수 없다.

예컨대, 명희조 선생의 영향을 받은 몽규는 '바쿠닌[20] 만세'를 외치며

---

20   미하일 바쿠닌(Mikhail Bakunin,1814-1876)은 러시아의 혁명가로 무정부주의 주창자 중 한 사람이다.

중국으로 떠났다. 하지만 그는 곧 실망하며 돌아온다. 임시정부는 파벌 싸움으로 분열되어 있었고 한가닥 희망으로 여겨졌던 이웅은 일본에게 중요 기밀을 팔아넘기는 스파이였으며, 일본군이 만주를 헤집고 다녀도 장개석은 홍군과 싸우느라 정신이 없었기 때문이다. 더구나 공산당은 자신의 고향 명동촌에서 민가에 불을 지르고 선량한 교사들을 죽창으로 찔러 죽이는 등 폭력을 일삼기까지 했다. "일본군 한두 놈 죽이는 거이는 중요한 것도 아니고, 길타고 군관학교를 나와봤자 장개석 군대 총알받이 하기 십상"인 시대, 보이는 모든 것이 암담한 시대였다.

몽규와 동주, 다른 듯 서로 닮은

이러한 악의 시대에 그들은 과연 어떤 선택을 해야 했을까? 군국주의에 맞서기 위해 그들이 보여준 뜨거움과 부끄러움은 아마도 시대의 절망을 이겨내려는 각기 다른 몸부림이었을 것이다.

먼저 몽규의 뜨거움에 대해 살펴보자. 그는 타고난 혁명가였다. 이여 진이 말했듯, 그는 동주가 시를 사랑하는 만큼 세상을 사랑했고 이 때문에 "기둥뿌리까지 뽑아줄 테니까 열심히 공부하라"던 아버지의 말씀도 뒤로 하고 혁명에 자신의 삶을 걸 수밖에 없었던 인물이다.

그의 생각은 일본 유학생들을 모아놓고 하던 연설에서 잘 드러난다. 그는 말했다. "조선을 깨우기 위해 우리에게 필요한 것은 혁명이다. 혁명만이 일본을 쫓아낼 유일한 방법이고, 그 혁명을 위해서 우리가 할 일은 깨어있는 민중 하나하나가 폭탄이 되어 불합리한 체제를 타도하고, 인류가 인류를 억압하지 못하고, 국가가 또 다른 국가를 수탈하지 못하게 몸을 날리는 것이다."

그래서였을까? 문학에 대한 견해도 동주와 달랐다. 그는 문학 자체보다는 문학을 통한 사회 변혁에 관심이 더 많았다. "세상을 변화시키지 못하면, 문학이 거, 무슨 소용 있니?"라는 그의 말에서 드러나듯 그는 문학을 '혁명을 위한 도구'로 생각했던 것이다.

하지만 동주는 이념을 위해 문학과 예술을 팔아서는 결코 세상을 변화시킬 수 없다고 보았다. 그렇다면 그는 변혁을 꿈꾸지 않았던 것일까? 그렇지는 않다. 그에게 혁명은 "사람들 마음속에 있는 살아있는 진실을 드러낼 때 문학은 온전하게 힘을 얻는 거고, 그 힘이 하나하나 모여서" 나타나는 것이었으니 말이다. 그렇다면 동주에게 문학이란, 사람들의 내면에 숨어 있는 진실과 아름다움의 연대를 이끌어내는 힘이었고, 혁명은 이러한 연대 속에서만 가능한 것이 아니었을까? 다카마쓰 교수와 쿠미, 그리고 그의 시를 사랑하던 익명의 사람들은 이와 같은 동주의 생각을 뒷받침하는 존재들이었을 것이다.

그러한 차이 때문인지 마지막 취조에서 몽규와 동주는 각기 다른 선택을 했다. 일본 형사는 '유학생들을 규합해 사상교육을 시키고 비밀리에 조선어 문학과 서적을 유통시켰으며, 징집령을 이용하여 조선인 반군조

그토록 서늘했던
폭력의 기억

직을 결성했다'는 거짓 진술서를 내밀고는 서명하라고 했다. 이에 몽규는 정작 자신이 그처럼 하지 못했다는 사실이 너무나 괴롭다며 서명을 하고 만다. 하지만 동주는 서명을 하지 않았다.

> 저는 서명하지 않겠습니다. 당신, … 당신 말을 들으니까 정말로 부끄러운 생각이 들어서 못하겠습니다. 이런 세상에 태어나서 시를 쓰기를 바라고, 시인이 되기를 원했던 게 너무 부끄럽고, 앞장서지 못하고, 그림자처럼 따라 다니기만 한 게 부끄러워서 서명을 못하겠습니다.

그는 눈물을 흘리며 떨리는 손으로 천천히 서류를 찢었다. 문득 궁금해졌다. 동주는 정말로 잘못했던 것일까? 그의 말대로 야만과 불모의 시대에 태어나 시인이 되기를 원했던 게 잘못이었던 것일까?

나는 그의 생각에 동의할 수 없다. 참혹한 시대에 태어난 것은 그의 잘못이 아니었으니까. 그리고 그 어떤 시대든 시인이 되기를 소망한 것 자체가 잘못일 수는 없으니까. 시인이란 타인과 시대의 아픔에 공감하는 자이다. 그리고 '있어야 할 세계'와 '있는 세계' 사이의 괴리 속에서 참된 가치를 찾는 자이다. 나아가 시를 쓴다는 것은 삶의 진실과 아름다움을 찾는 행위이며, 폭력의 시대에 무사한 일상을 살아가는 데 대해 견딜 수 없는 부끄러움을 느끼는 것이다.

부조리에 대한 저항이 반드시 거칠거나 선 굵은 언어로만 표현되어야 하는 것은 아니다. 그는 폭력의 질서 속에서 시인이 되고자 한 자신이 부끄럽다고 말했지만, 역설적으로 악에 대한 저항은 그의 시적 감수성과 명료한 현실인식 때문에 가능할 수 있었다. 이 때문일까? 떨리는 손으로 천천히 서류를 찢는 그의 모습 속에서 나는 그의 진실과 용기를 느낄 수 있었다. 몽규에 대한 열등감과 앞장서지 못했던 자괴감이 진실된 힘으로 바뀌는 순간이었다. 따라서 사람들의 내면에 숨어 있는 진실과 아름다움의 연대를 통해 혁명을 꿈꾸었던 그의 시도도 여전히 유효하다.

그러고 보면 몽규와 동주는 다른 듯 무척 닮았다. 몽규는 뜨거움에, 동주는 부끄러움과 시의 힘에 기대어 변혁을 꿈꾸던 혁명가였으니 말이다.

이어지는 아픔들

1945년 2월과 3월, 동주와 몽규는 후쿠오카 형무소에서 짧은 생을 마감했다. 그들의 죽음과 관련지어서는 두 가지 장면이 기억에 남는다. 하나는 몽규의 마지막 말이다.

그의 아버지가 면회를 가자 피부가 다 상해버린 몽규가 나온다. "몽규야, 너 도대체 얼굴이 이게 뭐니? 어떻게 된 기야?"라는 부친의 물음에 그는 말이 없었다. 그리고 동주의 사망 소식을 전한다. "동주는 죽었습니다. 그리고 저도 오래 살지는 못합니다. 이 주사를 맞고 죽으면 시체를 대학 실험실로 옮겨가는데, 그 전에 제 뼛조각 하나 이 땅에 남지 않도록

그토록 서늘했던
폭력의 기억

해주십시오. 부탁입니다."

다른 하나는 동주의 마지막 모습이었다. 배우 강하늘의 목소리로 〈서시〉가 낭송되고, 죽음 직전 그의 모습이 보인다. 동주는 피를 토하며 기침을 하다가 어디론가 끌려갔다. 그의 시처럼 창살 밖 밤하늘엔 별이 가득했다.

따지고 보면 그들은 채 피지도 못하고 져버린 꽃이었다. 그들이 가졌던 뜨거움이나 부끄러움의 가치와는 무관하게 동주는 시인으로 등단조차 못했고, 몽규는 가슴에 품었던 뜻을 제대로 펼쳐보지도 못했으니 말이다.

하지만 역설적으로 바로 이 지점에서 그들의 아픔은 보편성을 얻는 게 아닐까? 윤동주의 시가 뒤늦게 주목받은 사실을 제외한다면 그들의 삶은 고통스러운 시대를 살다간 당대 수많은 젊은이들의 삶과 크게 다를 바 없었기 때문이다. 특히 남들 앞에 당당하게 나서지도 못했고 그토록 원하던 신춘문예 당선도 교토제국대학 입학도 언제나 그의 것이 아니었던 동주는, 어쩌면 수많은 열등감 속에서 살아가는 우리들의 모습과도 참 많이 닮지 않았나?

언젠가 감독은 〈동주〉를 만든 이유 두 가지를 밝힌 적이 있다. 그 첫 번째는 한국인이 가장 사랑하는 시인이라면서 정작 TV나 영화에서는 그의 삶을 찾아 볼 수 없다는 현실적 괴리 때문이었고, 두 번째는 이들이 겪은 고통의 보편성 때문이었다. 그는 말했다. "어느 시대나 청춘은 있었고, 청춘은 언제나 시대 때문에 아파왔다. 지금의 세대도 다르지 않을 것이다."

그러고 보면 윤동주와 송몽규의 시대가 아팠듯 오늘날 젊은 세대들이 살아가는 시대도 또 다른 방식의 폭력과 부조리 때문에 아프다. 바로 여기서 오늘날과 과거 사이에 하나의 연결고리가 생긴다. 그리고 이때 동주와 몽규라는 이름은 하나의 고유명사이면서 동시에 보통명사가 된다. 그들의 아픔은 동시대와 그들의 시대를 넘어선 오늘날까지 모습을 바꾼 채 여전히 반복되고 있으니 말이다. 그렇다면 그들의 삶은 오늘날 우리에게도 하나의 지침이 될 수 있지 않을까?

영화 〈동주〉는 절망을 보여주면서도 무척 서정적이다. 그래서인지 이 작품은 기타 소리와 흑백 화면, 별이 가득한 밤하늘이 무척이나 잘 어울린다. 더불어 동주와 몽규의 안타깝고 짧은 삶에 마음이 무거워진다.

그토록 서늘했던
폭력의 기억

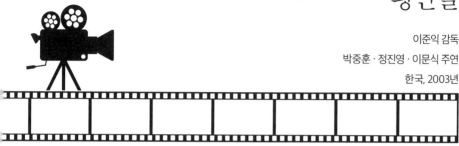

황산벌

이준익 감독

박중훈 · 정진영 · 이문식 주연

한국, 2003년

_ 권위적 기억과 해석에 대한 도전

영화 〈황산벌〉은 불온하다. 이 작품은 기존에 우리가 지니고 있던 보편적 역사 인식을 조롱한다. 뿐만 아니라 특수한 역사적 상황과 그 속에서 인물이 가지고 있던 권위 또한 해체시켜 버린다. 더불어 다음과 같은 물음을 떠올리게 한다.

전쟁은 누가, 왜 일으키는 것인가? 그 속에 최소한의 정당성은 있는가? 아울러 외부의 침입이 있을 때 백성은 반드시 목숨을 걸고 싸워야만 하는가?

철학자이자 역사학자인 폴 리쾨르$^{Paul\ Ricoeur}$에 따르면, 역사는 본질적으로 과거사에 대한 기억이자 하나의 이야기다. 따라서 이야기 과정에서 다양한 판본을 만들어낸다. 모든 줄거리를 포함하는 유일한 줄거리는 없으며, 불완전하고 이질적인 것들을 연결하는 과정에서 이야기 주체의 상상이 개입되기 때문이다. 이러한 과정을 통해 역사는 허구화되고 허구는 역사화 된다.

이와 같은 측면을 고려해본다면, '가장 많이 알려진 이야기'와 '가장 타당한 이야기'는 동의어가 될 수 없다. 공식적인 역사라는 것도 당대 지배권력이 권위를 부여한 것일 뿐 사실은 수많은 판본 중 하나에 불과하다. 따라서 과거에 대한 이야기는 하나만 존재할 수도 없고 존재해서도 안 된다. 과거에 대한 독점은 우리의 기억과 해석에 대한 독점이며 이는 현실세계에서 수많은 구속과 차별, 억압을 낳을 것이기 때문이다. 이런 측면에서 〈황산벌〉은, 과거 황산벌 싸움을 둘러싼 권위적 기억과 해석에 대한 도전이며 새로운 담론의 출발이라는 점에서 일정한 의미를 가진다.

명분 속에 감춘 욕망, 그리고 폭력

〈황산벌〉은 신라, 고구려, 백제, 당 4개국의 지배자들이 모여 천하의 질서와 정통성에 대한 논쟁을 벌이는 데서 이야기를 시작한다. 당 고종은 현재의 동북아 긴장이 자신이 정한 국제질서를 변방의 약소국인 고구려와 백제가 따르지 않았기 때문에 나타났다고 주장한다. 나아가 이 두 나라를 '악의 축'으로 선포하기에 이른다. 이 와중에 전쟁과 관련지어 각국의 지배

그토록 서늘했던
폭력의 기억

자들이 나누는 질펀한 사투리와 대화 내용은 의미심장하다.

> **연개소문** : 여기, 정통성 있는 놈이래 누구래 있어, 야. 전쟁은 성동싱 없는 놈들이
> 정통성 세울려고 하는기야, 야.
>
> **의자왕** : 아, 고것이 정치적 경륜이제.
>
> **김춘추** : (의자왕을 노려보며) 하루가 멀다 하고 쳐들어와 남의 백성 쳐 쥑이는 게 정
> 치적 경륜이가? 네 놈 왕 되고 지난 20년간 우리 신라는 하루도 편한 날이 없었
> 데이.
>
> **의자왕** : 즉위 초기에 정권 장악하고 국론 통일할려면, 다들 하는 거 아니여?
>
> **김춘추** : 대야성에서 내 딸래미 쥑이삔 거 벌써 잊어삔나? … 니캉 내캉은 같은 하
> 늘 아래에서는 살 수 없는 존재데이.

여기서 다시 질문해보자. 전쟁은 누가, 왜 일으키는 것일까? 이들의
대화에서 전쟁이 일어나는 이유를 찾아보면 세 가지 정도로 압축될 수
있다. 첫째, 정통성 없는 자들이 정통성을 세우기 위함이며 둘째, 권력을
장악하기 위함이고 셋째, 개인적 원한을 갚기 위함이다. 결국 전쟁이란,
지배권력들이 자신의 개인적 권력욕을 채우거나 원한을 갚기 위한 수단
으로 일으키는 것에 불과했던 것이다. 대의명분은 이러한 수단의 저열함
을 감추기 위한 장치일 뿐이었다. 이 속에 고달픈 삶을 살아가는 백성에
대한 진정한 배려는 어디에도 없다.

전쟁의 몇 가지 속성

김유신이 백제군에 대한 적개심을 돋우기 위해 계속해서 화랑들을 죽음으로 내몰 때 김흠순은 묻는다. "행님, 니 미칫나?" 그러자 김유신은 "그래, 미칫다. 자슥 죽어라고 내보낸 니는 안 미칫나? 제 식구들 쳐 죽이고 나온 계백이는 제 정신가? 다 미친기야, 미치야 하는 기야, 전쟁은 미친 놈들 짓인기야"라며 외친다. 바로 이 지점에서 전쟁의 몇 가지 속성이 드러난다.

첫째, 전쟁은 윤리의식을 마비시킨다. 황산벌 싸움 초반의 탐색전과 신경전은 원색적인 욕설들 때문에 많은 웃음을 자아낼 뿐만 아니라 전쟁을 마치 스포츠 경기의 응원전처럼 보이게 한다. 하지만 이들의 행위가 스포츠와 다른 점은, 이들의 싸움은 그 승패가 반드시 삶과 죽음으로 나뉜다는 데 있다. 하지만 아무도 그 심각성을 깨닫지 못한다. 예컨대 장수들은 마치 게임 속 인물들처럼 전쟁에 임하고 승리와 더불어 병사들은 열광하지만, 그 속에서 하나의 생명이 사라지는 것이 얼마나 크고 심각한 일인지 느끼지 못하는 것이다. 이는 전쟁이 사람들 스스로 생명의 존엄성을 망각할 수밖에 없도록 윤리의식을 마비시켰기 때문이다.

둘째, 전쟁은 인간을 수단으로 만든다. 김유신과 계백 사이에 이루어진 '인간 장기'는 전쟁의 비정함을 단적으로 보여주는 사례가 된다. 여기서 사람은 하나의 수단에 불과하다. 일단 말이 되면 장기를 두는 권력자의 손에 따라 정해진 대로 움직일 수밖에 없다. 자신의 의지와는 무관하

그토록 서늘했던
폭력의 기억

게 상대를 죽이거나 상대에게 죽임을 당해야 하는 것이다.

셋째, 전쟁은 여론조작을 통해 상대에 대한 적개심을 부추기며 살인과 파괴를 정당화한다. 일례로 김유신은 여론 조작을 위해 뻐꾸기들을 활용한다. 뻐꾸기들은 2인 1조로 다니면서 끊임없이 백제군에 대한 적개심을 만들어낸다. 그들의 이야기 속에서 백제군은 철천지원수이자 뿌리가 다른 존재가 된다. 백제군은 자신들을 죽음의 전쟁터로 오게 만든 존재이고, 응큼하고 속을 알 수 없는 존재, 확실하게 밟아야 하는 존재로 변하는 것이다. 냉정하게 보면 이들의 적개심은 조작된 것이기에 실체가 없다. 하지만 허구는 반복됨으로써 허구에만 머물지 않는다. 그것은 진실과 허구의 경계를 허물고 결국에는 진실을 내쫓아버린다. 그리고 진실이 추방된 바로 그 자리에서 진실보다 더 강한 힘을 행사한다.

이 때문이었을까? 가벼웠던 탐색전, 신경전과는 달리 막바지에 이른 전쟁 장면은 무겁기 그지없다. 진군하는 병사들의 발소리는 섬뜩하고, 돌이나 화살에 맞아 죽거나 창에 찔려 죽는 사람들, 사다리를 타고 성벽을 오르다 떨어져 죽는 사람들, 성 안 차단벽에 갇혀 꼼짝 못하고 죽어가는 사람들의 모습은 참혹하다. 감춰졌던 전쟁의 잔인함이 드디어 본 모습을 드러내는 것이다. 죽이지 않으면 죽임을 당하는 상황 앞에서 사람들은 이성을 잃는다. 두려움이 큰 만큼 잔혹해지고 그래서 이미 죽은 적을 찌르고 또 찔러 죽이는 것이다. 피 흘리고 울부짖는 병사들의 모습은 지옥이 바로 여기임을 여실히 보여준다.

목숨을 걸어야 할 이유

문득 의문이 든다. 계백의 항전과 오천 결사대의 죽음에 과연 타당한 이유나 가치가 있었던 것일까? 언뜻 생각해보면, 계백의 전쟁은 자기가 몸담았던 삶의 터전과 소중한 가족 및 공동체를 지키려 했다는 점에서 의미 있는 것처럼 보이기도 한다. 하지만 그는 전쟁 전 가족을 죽임으로써 이미 지켜야 할 소중한 사람들을 잃어버리고 말았다. 나아가 삶의 터전 또한 반드시 백제라는 국가 체제 아래에서만 지킬 수 있는 것도 아니라는 점에서 그가 수행한 전쟁의 타당성에 대해 의문을 제기할 수밖에 없다.

전쟁의 결과 일어난 국가의 교체는, 물론 대단히 큰 사건이다. 하지만 백성의 입장에서만 보면 이는 단순한 지배계급의 교체에 불과할 수도 있다. 이 경우 백성들의 삶 자체에는 커다란 변화가 없다. 자신들의 나라가 백제든 신라든 국가 체제만 안정된다면 그들은 여전히 농사지을 것이고 가족과 오순도순 살아갈 것이기 때문이다. 오히려 새로 등장한 지배계급이 명분을 쌓기 위해 백성들에게 더 나은 정책을 펼친다면 백성들의 삶은 이전보다 못할 것도 없다.

그럼에도 불구하고 백성들은 목숨을 내놓으며 지배층의 나라를 지켜야만 하는 것일까? 〈황산벌〉은 굳이 그럴 필요가 없다고 말한다. 이는 "살아서 치욕을 당하느니 명예롭게 죽어야 한다"는 계백의 말을 아내가 단호하게 거부하는 장면에서 특히 잘 드러난다. 그녀는 묻는다.

그토록 서늘했던
폭력의 기억

아내 : 니가 뭣을 해준 게 있냐? 뭣을, 응? 전쟁을 하든가 말든가, 나라가 처 망해

　　　불든가 말든가, 그것이 뭣이건대 니가 내 새끼들을 죽여분다 살려분다 그래야?

　　　느그 애비 애미가 살았어도, 느그 애비 애미도. 이러고 죽여불라냐?

계백 : 호랭이는 죽어서 꺼죽을 냄기고 사람은 죽어서 이름을 냄긴다고 했다. 제발

　　　깨끗하게 가잖께.

아내 : 뭐가 어쩌고 어째? 아가리는 삐뚤어졌어도 말은 똑바로 씨부려야제. 호랭

　　　이는 가죽 땜시로 디지고 사람은 이름 땜시 뒤지는 거여, 이 인간아.

　아내가 비판한 것은 계백의 허위의식이었다. 계백은 나라를 위해 목숨 바치는 것이 가치있는 일이라 생각했다. 하지만 아내의 입장에서 보면 나라는 그녀나 자식들에게 해준 것이 없다. 따라서 나라를 위해 바칠 목숨도 없는 것이다.

　"전쟁을 하든가 말든가, 나라가 처 망해 불든가 말든가" 하는 계백 아내의 말이, 그 어떤 경우에도 나라를 위해 자신을 희생할 필요가 없다는 뜻은 물론 아니다. 그녀의 말은, 목숨 걸고 싸워야 할 때에는 그만큼의 타당성이 있어야 한다는 말로 이해될 수 있다. 그리고 그 타당성은 지켜야 할 공동체가 목숨을 걸만큼 가치있을 때 확보된다. 그러나 적어도 계백과 그의 아내가 몸담았던 공동체는 그러한 공동체와는 거리가 멀었다. 지배계급이 이기적이고 무능했기 때문이다. 더불어 오천 결사대가 황산벌을 지킬 때 전쟁을 일으켰던 지배계급들은 전후 협상을 진행하고 있었

기 때문이다. 결국 전쟁의 승패는 이미 정해져 있었고 한 개인의 힘으로 돌이킬 수 있는 상황이 아니었다. 게다가 〈황산벌〉에 나타난 나라의 주인 은 왕과 조정 중신들이었지 결코 백성이 아니었다. 따라서 계백의 항전과 오천 결사대의 죽음 속에서 타당한 이유와 가치를 찾기란 무척 어렵다.

인간 장기를 두던 김유신은 계백에게 다음과 같이 말했다. "인천 앞 바다에 당나라 배 떴을 때 이 전쟁은 이미 끝난 기라. 괜한 희생자만 는 다. 그만 길을 열거라." 하지만 계백은 물러설 줄 몰랐고, 인간 장기가 끝 난 뒤 김유신은 "계백아, 인간은 지가 아무리 날고 긴다 캐도 지 입으론 지 팔꿈치도 핥지 못하는 존재데이"라는 말을 남기며 떠난다.

김유신의 말은 인간 존재의 한계를 명확하게 보여주는 은유였다. 나 아가 아무리 뛰어난 영웅이라도 이미 굳어진 전세는 되돌릴 수 없으니 더 이상 헛된 희생을 만들어서는 안 된다는 진심어린 충고였다.

하지만 계백은 김유신의 말뜻을 끝내 깨닫지 못했던 것 같다. 그는 '팔꿈치 핥는 것'을 '화랑을 죽여 신라군의 결전 의지를 높이는 것'으로 해석했기 때문이다. "정치를 모르는 장군은 부하들을 개죽음하게 만든 다"는 김유신의 말처럼, 그는 어리석었다. 그 결과 자신의 부하 오천을 모 두 의미 없는 죽음으로 내몰았다.

물론 계백은 죽음 직전, "죽을 때 죽더라도 뭔가 하나 넘겨야 되지 않 겠는가?"라며 '거시기'를 탈출시키기는 한다. '거시기'는 이름 없는 병졸로 민중의 다른 이름이다. 동시에 고향에서 농사 지으며 가족과 오순도순 행

그토록 서늘했던
폭력의 기억

복하게 살고 싶은 욕망을 상징한다. 더불어 죽음의 순간, 계백은 아내를 떠올린다. 가족과의 행복한 삶을 꿈꾸었던 그의 욕망은 거시기를 탈출시킴으로써 드러나는 셋이나. 하지만 너무 늦은 감이 있다.

사실 그의 정체성은 전쟁터에서 형성되었기에 그가 삶과 전쟁에 대한 생각을 바꾸기란 거의 불가능에 가깝기는 했다. 그러나 그럼에도 불구하고, 그는 예정된 죽음보다는 삶을, 항전보다는 평화를 선택해야 하지 않았을까? 목숨은 그만큼 가치있는 공동체를 위해서만 걸어야 하니 말이다.

〈황산벌〉과 웃음

〈황산벌〉이 개봉되었을 때 꽤 많은 사람들이 이 작품을 '전쟁을 배경으로 한 코믹영화'로 받아들였다. 아마도 웃음을 유발하는 백제와 신라군 사이의 욕설 대결, 인물들의 소박하고 해학적인 모습들 때문이었을 것이다. 그러나 본질적으로 전쟁과 코믹은 잘 어울리지 않는다. 사람의 목숨을 빼앗고 존재하는 모든 것을 파괴하는 전쟁이 어찌 웃음 코드와 잘 어울릴 수 있겠는가?

그래서일까? 지배계급의 허위를 풍자하는 웃음은 말할 필요도 없고 작품 중반까지 양쪽 군사들이 유발하던 웃음마저도 마냥 건강하지만은 않다. 다만 병사들에 대해서는 감독이 어느 정도 따뜻한 시선을 유지하고 있기에 이들이 유발하는 웃음 속에서 큰 악의는 보이지 않는다. 하지만 우리에게 웃음을 주던 병사 대다수는 전쟁 중 죽거나 불구가 된다. 따라서 이들이 만들었던 웃음은 필연적으로 슬픔과 분노를 수반한다. 그렇다면 이 작품에서의 웃음은 지배계급의 허위와 모순된 사회 질서를 조롱하기 위한 날선 풍자이거나 결말부의 비극을 극대화하기 위한 장치로 보아야 하지 않을까? 따라서 이 작품은 결코 우스운 영화가 될 수 없다.

내가 보고 싶었던 웃음은 날카로운 풍자보다는 따뜻하고 아름다운 웃음이었다. 그와 같은 웃음은 작품 말미에 거시기와 그의 어머니가 보여주고 있다. 하지만 그런 웃음은 결코 전쟁과 병존할 수 없다.

전쟁은 나와는 거리가 먼 것 같지만 이 땅에서 오랫동안 반복되어왔다. 그리고 지금 이 순간에도 지구 반대편 어딘가에서는 진행 중인 일이다. 언제쯤 웃음은 전쟁의 그늘에서 벗어나 건강함을 되찾을 수 있을까? 생각하면 할수록 마음이 무겁다.

그토록 서늘했던
폭력의 기억

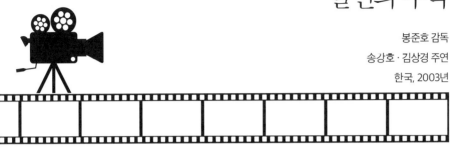

살인의 추억

봉준호 감독
송강호 · 김상경 주연
한국, 2003년

_ 범인 찾기, 맥거핀의 미로

〈살인의 추억〉은 화성연쇄살인사건을 모티프로 실제로는 미궁에 빠져버린 범인의 행적을 되짚어본다는 설정을 지닌 영화다. 이 때문에 추적을 피해 마치 게임을 벌이듯 살인을 계속하는 범인과 그를 뒤쫓는 형사들의 모습이 끊임없이 교차하면서 낯선 긴장을 만들어낸다.

그래서일까? 관객들도 범인이 누구일까에 집중하며 영화 속 이야기에 빠져들지만, 범인은 좀처럼 얼굴을 보여주지 않는다.

배우 박해일은 자주 물었다고 한다. "감독님, 박현규가 범인이에요, 아니에요? 궁금해 미치겠어요." 하지만 감독은 "나도 모르기 때문"이라며 범인의 정체를 밝히지 않았다고 한다. 심지어 그는 범인이 누구인지 확정지을 수 없도록 범행 장면의 촬영은 몇 사람으로 나누어 찍었다고 한다.

이러한 일화가 사실이라면, 감독은 애초부터 범인의 실체를 관객들에게 보여줄 생각이 전혀 없었던 셈이다. 따라서 범인의 실체를 확인하고자 하는 관객들의 욕망과 그 모습을 끝까지 감추고자 하는 감독의 욕망, 이 둘 사이의 커다란 간극 속에서 맥거핀[21]의 등장은 필연적일 수밖에 없다.

고백하자면, 이 글은 〈살인의 추억〉에 대한 내 오독의 기록이다. 따라서 그 오해의 발자국을 따라가는 여정은 이 작품이 가진 맥거핀을 다시 한 번 살펴보는 과정이 될 것이다.

이른바 유력한 범죄 후보자들

범인을 추정하기 위해서는 먼저 유력해 보이는 후보들을 짚어봐야 한다. 대체로 박현규, 박두만, 백광호의 아버지, 보일러공 등을 유력한 용의자로 보는 경우가 많은 것 같다.

하지만 보일러공은 그와 관련된 구체적 사건이 없기에 맥거핀으로 보아야 할 것 같다. 그리고 백광호의 아버지도 범인이 되기는 어렵다. 나이

---

21 작품의 줄거리에는 영향을 주지 않지만 관객의 시선을 의도적으로 묶어둠으로써 혼란을 유발하는 영화적 속임수를 말한다. 보통 복선과는 대립되는 개념으로 쓰이는데, 히치콕의 영화 속 사례를 보면 이해가 더 명료해진다. '탁자가 놓인 방이 있는데, 누군가 탁자 아래에 시한폭탄을 설치하고 나간다. 잠시 후 네 명의 사람들이 그 방에 들어와 카드게임을 즐기며 논다. 폭탄의 존재를 모르기에 그들은 웃고 떠들지만, 폭파시간이 가까워질수록 그 사실을 아는 관객은 점점 더 조바심을 느끼게 된다. 하지만 폭파 직전 사람들은 아무 일 없이 방을 나가고 위태로워보였던 폭탄은 터지지 않는다.' 이때 터지지 않은 시한폭탄은 맥거핀이 된다. 관객들에게는 공포를 안겼지만, 그야말로 아무것도 아닌, 속임수에 불과했던 것이다.

그토록 서늘했던
폭력의 기억

가 지나치게 많기 때문이다. 박두만 또한 범인이 되기는 어렵다. 세 가지 이유 때문이다. 첫째, 감독이 영화의 마지막 장면에서 관객을 쳐다보는 송강호의 눈을 통해 "당신은 어디에 있느냐?"는 질문을 범인에게 하고 싶었다고 밝힌 적이 있기 때문이다. 둘째, 그 장면 이전에 범인이 살인현장에 막 다녀갔음을 암시하는 소녀의 말이 있었기 때문이고 셋째, 그는 사건 조기 종결을 위해 수사조작을 했기 때문이다. 범인은 아슬아슬해지는 순간까지 살인을 즐겼다는 점을 감안해볼 때 그가 범인이라는 논리는 설득력이 떨어진다.

다음으로 박현규는 끝까지 유력한 용의자이기는 하지만 범인으로 확신할 수 없는 존재다. 그는 대체로 다음의 네 가지 이유 때문에 범인으로 여겨진다.

첫째, 젊은 이방인이기 때문이다. 박두만은 2003년 과거 이향숙의 사체가 발견되었던 수로 옆 구멍을 들여다보다가 한 소녀로부터 '얼마 전에도 어떤 아저씨가 이 구멍 속을 들여다보고 있었다'는 말을 듣는다. 사건 당시로부터 17년이 지난 뒤에도 아저씨라는 말을 들으려면 박두만보다 나이가 많아서는 곤란하다. 그렇다면 범인은 젊은 사람일 가능성이 높다. 박현규는 젊을 뿐만 아니라 그가 태령읍으로 온 뒤부터 살인사건들이 일어났다가 그가 사라지는 것과 더불어 범죄도 더 이상 발생하지 않았다는 점에서 유력한 용의자가 된다.

둘째, 비가 오고 유재하의 〈우울한 편지〉가 울려 퍼지면 살인사건이 일어난다는 수사 단서에 그가 연루되어 있고 셋째, 손이 마치 여자처럼 부드러울 뿐만 아니라 그의 태도가 지나치게 침착하기 때문이다.

마지막으로, 백광호가 특이한 반응을 보였기 때문이다. 살인사건의 유일한 목격자였던 백광호에게 박두만과 서태윤은 박현규의 사진을 내밀면서 사진 속 얼굴이 범인 얼굴이 맞는지 계속해서 다그치며 묻는다. 그의 사진을 본 백광호는 갑자기 거칠게 숨을 몰아쉬다가 "불이 얼마나 뜨거운지 알아?"라며 되묻는다. 사진을 똑바로 보라고 박두만이 소리치자, 백광호는 "불이 얼마나 뜨거운데"라고 외치더니 돌연 호루라기를 불기 시작한다. 서태윤이 정신 차리라며 그의 뺨을 치며 사진을 보여주지만 그는 결코 사진을 보지 못하다가 "뜨거 뜨거, 뜨겁다, 뜨거"라는 말만 반복한다. 그러고는 멀리서 달려오는 자신의 아버지를 발견하자 "어렸을 때 아궁이에 날 집어 던졌다. 저 사람이"라고 말한다. 백광호의 이 말 때문에 그의 아버지가 범인이라고 보는 시각도 있지만 나는 오히려 그 때문에 박현규가 의심스러웠다.

그는 왜 갑자기 뜨겁다는 말을 했을까? 그에게 공포는 뜨거움으로 각인되었기 때문은 아니었을까? 사건 당일, 천둥소리와 함께 번개가 치고 있었고 그는 살인이 자행되는 현장을 목격했다. 그때의 공포는 마치 그가 어린 시절 아버지에 의해 아궁이에 던져졌을 때만큼이나 충격적이지 않았을까? 이 때문에 그는 감히 박현규의 사진을 똑바로 쳐다보지 못하고 뜨거움에 대한 공포를 이야기할 수밖에 없었던 것은 아니었을까?

또 하나의 범인 후보

하지만 이러한 단서들은 모두 심증에 그칠 뿐이다. 명확한 물증인 정액 유전자 검사는 그가 범인이 아니라고 말하기 때문이다. 따라서 그가 범인이라 단정짓는 것은 위험하다. 뿐만 아니라 박현규보다 훨씬 더 의심스럽게 여겨지는 인물이 사실은 한 명 더 있다. 그는 바로 서태윤이다. 그가 의심스러운 이유는 다음의 다섯 가지 측면 때문이다.

첫째, 몇 가지 상징적 장치들이 그가 범인임을 암시하기 때문이다. 먼저 영화의 맨 첫 장면을 주목해보자. 〈살인의 추억〉은 한 소년이 논에 숨어서 메뚜기를 잡는 데서 이야기가 시작된다. 언뜻 평화로워 보이는 그 논이 실제로는 이향숙의 사체가 버려진 곳이었다. 소년은 놀이의 대상으로 메뚜기를 잡았기에 심각한 죄의식이 없다. 기껏해야 박두만이 볼까 봐 메뚜기들을 넣어둔 병을 뒤로 숨기는 정도다. 이어 소년은 어느 순간부터 박두만의 말과 행동을 따라 한다.

여기서 희생자와 메뚜기의 동일성은 이향숙의 사체 위로 메뚜기가 클로즈업되는 데서 드러난다. 그렇다면 숨어서 메뚜기를 잡던 소년은 범인의 또 다른 상징이 아니었을까? 그런데 그런 소년이 형사 박두만의 행위를 따라 한다는 것은 범인이 곧 형사놀이를 하거나 어느 순간 무고한 사람을 범인으로 만드는 일에 나서지는 않을까 하는 생각을 품게 한다.

뒤이어 서태윤이 안개 자욱한 논길을 따라 걸어온다. 그리고 그 장면에 이어 살인현장에 만들어둔 허수아비가 클로즈업된다. 허수아비에는 이런 글이 적혀 있었다. "너는 자수를 하지 않으면 사지가 썩어 죽는다."

나아가 그가 담당부서에 도착했을 때 구 반장이 그의 자리를 햇살 잘 드는 곳에 마련해두었다고 하자, 서태윤은 "저는 저쪽 구석자리가 좋은데요"라고 답한다. 이는 밝은 곳을 피하고 싶어 하는 범죄자의 심리를 드러내는 장면으로 볼 수는 없을까? 이어서 구 반장은 그가 이번 사건을 위해 일부러 자원해서 왔다며 "얼마나 흔치 않은 경우야?"라고 말하기도 한다.

그렇다. 정말 흔치 않은 경우다. 그렇다면 그는 도대체 왜 왔던 것일까? 서태윤이 범인일 가능성을 염두에 두면서 몇 가지 이유를 짐작해보았다. 머릿속에 먼저 떠오르는 것은, 범인은 사건현장에 꼭 다시 나타난다는 점이었다. 만약 그가 범인이었다면 자신의 행적과 수사과정을 가장 잘 들여다볼 수 있는 곳, 그러면서도 가장 안전한 곳은 어디였을까? 바로 수사과가 아니었을까? 형사가 되면 수사기록을 마음껏 들여다볼 수 있을 뿐만 아니라 수사라는 명분하에 언제든 어느 장소든 자유롭게 다닐 수 있으니 말이다. 나아가 다른 사람이라면 의심받을 수 있는 행동도 형사라면 자연스럽게 할 수 있다.

실제로 박두만과 조용구가 부적으로 범인을 잡기 위해 범행현장을 찾았을 때 멀리서 서태윤이 나타난다. 그때 박두만은 "너도 알지, 범인은 사건현장에 꼭 다시 온다"라고 말했지만 정작 나타난 이가 서태윤임을 확인하자 이들은 맥풀려한다. 그런데 바로 이 장면은 서태윤이 범인임을 암시하는 것이 아닐까 하는 생각이 들었다. 그는 혼자서 담배를 피며 〈우울한 편지〉를 듣는데 마치 살인현장을 즐기는 듯한 모습처럼 보이기도 했기 때문이다.

이때 해결해야 할 의문은, 그렇다면 그가 왜 백광호와 조병순 등 유력한 용의자들의 혐의를 벗겨주고 사건해결에 중요할 수 있는 단서까지 제공했느냐는 것이다.

혹시라도 그렇게 함으로써 서태윤은 게임을 지속할 수 있을 뿐만 아니라 자신을 능력 있고 정의로운 형사로 인식시킬 수 있기 때문은 아니었을까? 특히 백광호는 이향숙 살인사건을 직접 목격하기는 했으나 범인검거에 결정적인 정보를 주지는 못한다. 따라서 그는 더 이상 위협적이지 않기에 풀어주어도 무방하다.

둘째, 그의 옷 색깔 때문이다. 그는 늘 어두운 상의와 그보다 약간 밝은색의 하의를 입고 다닌다. 범인의 옷 색깔은 마지막 살인장면에서 구체적으로 드러났다. 그때 범인의 옷 색깔은 서태윤의 그것과 비슷해 보였다. 유력한 범인 후보로 꼽히는 박현규는 여고생이 살해되기 직전에 입었던 옷과 다음날 입고 있는 옷이 같은데, 그것은 어두운 하의에 그보다 약간 밝은색의 상의다. 만약 박현규가 범인이었다면 범행을 위해 옷을 모두 갈아입고 범행 이후 다시 전에 입던 옷을 입어야 한다는 결론이 나오는데, 영화 속에서는 그럴만한 설득력 있는 이유가 보이지 않았다.

셋째, 마지막 살인이 이루어지던 날, 피해 여고생이 별다른 저항을 보이지 않았기 때문이다. 당시 비 내리는 어두운 길 위로는 곽설영이 지나가고 있었다. 범인은 언덕 쪽에 숨어 그녀를 지켜보고 있는데 그때 여고생이 지나간다. 이로써 표적은 바뀌었다. 범인은 여고생의 입을 틀어막고는 사라지는 것이다. 그때 잠시 인기척을 느껴 뒤를 돌아보던 곽설영은 다시 갈 길을 간다. 궁금했다. 왜 그 여고생은 비명조차 지르지 않았을까? 방금 전 곽설영이 지나가는 것을 보지 않았던가? 약간의 저항만 했더라도 그녀는 사고를 피할 수 있지 않았을까? 그럼에도 불구하고 제대로 된 저항을 보여주지 않았다는 것은 범인이 그녀가 아는 사람, 아마도 서태윤이었기 때문은 아니었을까?

넷째, 서태윤은 어느 순간부터 명백한 증거 없이 박현규를 범인 취급하고 있기 때문이다. 평소 그는 '서류는 절대로 거짓말을 하지 않는다'는 말을 입버릇처럼 하고 다녔다. 그리고 서류를 통해 몇 가지 중요한 수사 단서와 세 번째 피해자의 시신을 찾아내는 성과를 보이기도 했다. 그런 그가 박두만처럼 직관에 의한 수사를 하고 있는 것이다. 거듭된 취조에도 박현규가 범인임을 밝혀내지 못하자 박두만은 책상에 엎드려 독백했다. "미치겠네, 진짜. 목격자가 있나, 그렇다고 증거가 있나, 뭐가 있어야 뭘 하지, 씨발." 그러자 서태윤이 "목격자고 나발이고 씨발 다 필요 없어. 자백만 받아내면 돼. 박현규 그 새낄 죽도록 패는 거야"라고 말하는데, 박두만은 놀라며 말한다. "너, 많이 변했다."

그렇다. 그는 변했다. 사건을 조작하던 박두만은 오히려 증거를 찾는

그토록 서늘했던
폭력의 기억

데 냉정하고, 증거를 중시하던 서태윤은 사건을 조작하던 이전의 박두만을 닮아 있는 것이다. 이러한 변화는 어디서 왔을까? 어쩌면 이제 게임을 마무리 짓고 자신의 죄를 박현규에게 뒤집어씌워야 한다는 조바심에서 온 것은 아니었을까?

박현규가 형사들에게 의심을 받는 이유는 크게 두 가지 때문이다. 하나는 비 오는 밤 틀어달라며 유재하의 〈우울한 편지〉를 라디오 방송국에 신청하곤 했는데, 노래가 방송될 때마다 살인사건이 벌어졌다는 것이고, 다른 하나는 그의 손이 여자의 손처럼 부드럽다는 것이다.

물론 위의 두 가지는 중요한 단서가 될 수도 있다. 그러나 그것 자체가 결정적일 수는 없다. 먼저 손이 부드럽다는 것은 대단히 주관적인 기준이며 그렇게 보이기는 서태윤도 마찬가지였기 때문이다. 다음으로 여순경이 유재하의 〈우울한 편지〉가 울려 퍼지던 날 살인사건이 벌어졌다는 것을 발견한 것처럼, 다른 누군가가 그 사실을 먼저 발견하고 그날에 맞춰 범행을 저질렀을 수도 있으니까 말이다. 여기서 한걸음 더 나아가 그러한 규칙성을 서태윤이 먼저 발견한 뒤 이를 자신의 범죄에 이용했다고 생각해볼 수는 없을까? "태령읍에서 외로운 남자가 보냅니다. 비 오는 날 꼭 틀어주세요"라는 말을 범행의 신호처럼 만든 뒤, 실제로는 자신이 살인행각을 벌이고 죄는 엽서 신청자에게 뒤집어 씌운다면, 그야말로 완전범죄가 아닌가? 그래서 다른 형사들은 웃고 넘겼던 여순경의 제보를 서태윤은 적극적으로 받아들였던 게 아니었을까?

다섯째, 사건현장에 범인의 흔적이 하나도 나오지 않았기 때문이다. 이는 범인이 용의주도하다는 것을 뜻하지만 역으로 그가 범죄전문가임을 의미할 수도 있다. 특히 마지막 살인은 범인의 입장에서는 대단한 모험이었다. 형사들의 집중적인 감시에도 불구하고 대범하게 흔적 없이 살인을 저지를 수 있었다는 것은 중요한 정보(형사나 전경들의 동향)를 알고 있었기 때문으로 해석할 수는 없을까?

미궁에 갇힌 범인 찾기

그러나 결과적으로 이 모든 가능성들은 철저한 오해였음이 드러났다. 단한 장면, 범인이 살인을 저지르는 시간, 서태윤이 거리를 뛰어다니는 장면 때문이다. 따라서 서태윤은 범인이 될 수 없다. 나는 철저히 속았고 맥거핀 효과는 서태윤을 범인으로 의심했을 때 정점에 이른 셈이다. 그렇다면 도대체 범인은 누구란 말인가? 단 한 번이라도 영화 속에서 그의 맨얼굴을 보인 적이 있었을까?

어쨌든 이로써 특정한 누군가가 범인임을 확신할 수 있는 결정적 증거는 모두 사라졌다. 범인의 실체 또한 완전한 미궁 속에 빠졌다. 따라서 누가 범인이라고 섣불리 단정하는 것은 대단히 위험하다. 99퍼센트의 확률로 범인임을 의심할 수 있다 하더라도 1퍼센트의 반대증거는 그가 범인이 아니라고 말하기 때문이다. 그럼에도 불구하고 1퍼센트의 가능성을 무시하고 누군가를 범인으로 지목하는 것은, 범죄조작을 자행하던 형사들의 잘못을 우리가 되풀이하는 것에 불과하다.

그러므로 모르는 것은 모른다고 말해야 한다. 나는 범인이 누구인지 모르겠다. 그는 박현규일 수도, 박두만일 수도, 서태윤일 수도, 보일러공일 수도, 또는 드러나지 않은 누군가일 수도 있다. 그는 끝까지 정체를 드러내지 않았다. 그리고 이보다 더 중요한 사실은, 그가 아직도 사라지지 않았고 대단히 평범한 얼굴로 우리 주변에 숨어들었다는 점이다.

관객이 철저하게 속았다는 것은 그만큼 영화적 구성이 뛰어났음을 의미한다. 하지만 그러한 탁월함과는 무관하게 아쉬웠던 점 한 가지도 말해야겠다. 사실 감독이 맥거핀을 이 정도 수준까지 사용한 이유는 영화적 몰입을 극대화시키는 것과 더불어 상영이 끝난 뒤 관객들이 좀 더 다양한 논의를 지속하길 바랐기 때문으로 보인다. 그러나 정작 감독은 영화 개봉 후 진행된 인터뷰에서 너무나 많은 것들을 이야기해버렸다.

제목이나 엔딩 장면이 뜻하는 바라든지 작품의 주제 등에 대해 지나치게 구체적인 수준까지 답한 것이다. 감독이 이 영화는 이런 식으로 또는 저런 의미로 만든 것이라고 이미 다 밝혀버렸는데, 그와 상반된 해석을 시도하기란 사실상 부담스러울 수밖에 없다. 결국 그의 지나친 친절은 관객들이 마땅히 누렸어야 할 창조적 오독의 즐거움을 상당 부분 앗아가 버린 셈이다. 좀 더 깊은 침묵이 필요하지 않았을까?

제인 에어

프랑코 제피렐리 감독
윌리엄 허트 · 샤를로뜨 갱스부르 주연
영국 외, 1996년

_ 평강공주와 제인 에어, 고집 센 그녀들

영화 〈제인 에어〉를 보면서 나는 평강공주를 떠올렸다. 『삼국사기』에 나오는 평강공주는 어려서부터 잘 울었으며 이 때문에 온달에게 시집가게 된다. 그리고 온달을 훌륭한 장군으로 만든다.

문득 궁금해진다. 평강공주는 왜 그토록 자주 울었던 것일까? 특별한 이유가 있었던 것일까? 그리고 왕은 왜 그처럼 공주의 울음을 듣기 싫어했던 것일까? 결과적으로는 자신의 소중한 딸을 바보 온달에게 시집보내버릴 정도로 말이다.

언젠가 『울보 공주』라는 동화책에서 평강공주가 울고 있는 그림을 본적이 있다. 어린 평강공주의 울음은 마치 연약함의 상징처럼 보였다. 하지만 공주에 대한 그러한 이해는 과연 정당한 것일까?

그토록 서늘했던
폭력의 기억

『삼국사기』를 자세히 읽어보면, 공주의 울음이 곧 연약함을 뜻하는 것으로 받아들이기는 어렵다. 평강공주는 열여섯 살이 되자 상부 고씨에게 출사하라는 왕의 명을 듣는다. 이 자리에서 공주는 왕의 명령을 거부하며 말한다. "대왕께서는 늘 말씀하시길 '너는 반드시 온달의 아내가 될 것'이라고 하셨는데 이제 와서 무슨 이유로 말씀을 고치십니까? 평범한 사람도 식언을 하지 않는데 하물며 지존께서 그런 말씀을 하셔서야 되겠습니까? 대왕의 명령은 잘못된 것이니 감히 받들지 못하겠습니다." 이에 노한 왕이 공주에게 "궁에서 나가라"며 소리치자 공주는 값진 패물 수십 개를 챙겨 홀로 궁을 나와버린다.

이러한 정황을 놓고 보면, 그전까지 나약하기 짝이 없었던 공주가 갑자기 고집이 세져서 왕에게 반기를 든 것으로 보기는 어렵다. 그보다는 애초 공주의 기질 자체가 강했고 그래서 자신의 신념을 쉽게 꺾지 않은 것으로 보는 것이 더 타당하지 않을까? 그렇다면 공주의 울음은 더 이상 연약함의 상징으로 읽을 수 없다. 오히려 강함이나 왕의 권위에 대한 저항 등으로 읽는 것이 더 타당해 보인다. 그리고 바로 이 지점에서 평강공주와 제인 에어의 연결고리가 생긴다.

남성 중심의 세계, 주체성 지키기

남성 중심의 세계는 그 뿌리가 깊고 오래되었다. 그만큼 견고하기도 하다. 최근 여성들이 누리는 권리나 자유가 많이 신장되었다고는 하지만 이는 그야말로 불과 몇십 년 안쪽의 일일 뿐이다. 오랫동안 여성들은 가부장제적 질서 아래에서 차별과 억압을 받아왔다. 평강공주와 제인 에어도 당연히 그러한 현실 속에서 살았다.

평강공주는 궁에서 귀하게 자란 것으로만 여기기 쉽지만 사실 그녀에게 궁은 남성이자 왕인 아버지의 질서로 다스려지는 세계일 뿐이다. 그 세계는 공주에게 끊임없이 울음을 그칠 것을 요구한다. 물질적으로는 풍요롭지만 언제나 침묵을 강요하는 세계, 주체성을 버리고 남성 중심의 지배체계에 순종할 것을 강요하는 세계가 바로 궁이다. 그래서 공주는 자신의 주체성을 지키기 위해 궁을 과감하게 박차고 나온다.

궁이 평강공주에게 억압의 공간이었듯 제인 에어에게도 로우드 학교는 억압적이며 상징적인 세계다. 그곳을 실질적으로 지배하는 이는 브로클허스트 목사다. 그는 남성 중심의 질서를 대변하는 인물로 자신에게 도전하는 지혜와 용기를 악과 불경스러움으로 치부한다.

이런 측면에서, 로우드 학교는 하나의 잘못된 재현이며 타락한 세계다. 철학자 미셸 푸코Michel Foucault는 개인들을 소외시키는 데 있어 감옥이나 군대, 학교 등은 본질적으로 다를 바가 없다고 보았다. 그렇다면 로우드 학교는 푸코가 말한 감옥 같은 곳으로, 당시 영국 사회의 부조리함을 간직한 공간으로 이해해도 큰 무리가 없을 것이다.

이러한 현실을 고려해볼 때, 제인 에어의 모델이 된 헬렌이 모자를 벗는 것은 하나의 굴레를 벗어 던지는 것으로 이해할 수도 있다. 그녀의 머리칼은 밝고 아름답다. 하지만 이를 본 브로클허스트는 '붉은 머리칼'은 '억제되어야 할 허영'을 뜻하며, 이것을 드러내는 것은 규율에 어긋난다고 말한다. 그리고 헬렌의 머리칼을 자르려 한다. 이에 대해 제인 에어는 다음과 같이 반박한다. "하느님이 주신 머리칼인데 왜 선생님이 벌을 주시죠?" 결국 제인 에어는 브로클허스트로 하여금 자신의 머리칼도 같이 자르도록 하는데, 이는 부당한 권력에 대한 조롱으로 봐야 할 것이다.

평강공주가 그러했듯 성인이 된 제인 에어도 로우드 학교를 떠난다. 이는 현실의 부당함에 맞서 자신의 주체성을 실현하는 하나의 방법이 될 것이다. 또한 그녀에게 떠남이란 익숙한 것들과의 결별이며 늘 깨어 있음을 뜻하기도 한다.

지혜와 용기, 그리고 구원의 여인

남성 중심의 질서에 맞서는 여성, 지혜와 용기를 가진 여성은 거칠고 사나울 것이라는 인식은 대단히 소박하다. 이러한 여성은 역설적으로 대담하고 남들과 다른 시각을 가졌기에 또 다른 누군가에게는 새로운 생명을 주는 사람이 될 수도 있다.

사실 평강공주의 울음이 연약함을 의미하지 않듯 온달의 바보스러움이 곧 어리석음을 뜻하는 것은 아니었다. 오히려 온달은 당대 지배질서에

물들지 않은 너그럽고 포용적인 인물이었으며, 마치 병든 국마처럼 내면에 중요한 가치를 숨기고 있는 사람이었다. 하지만 평강공주가 나타나지 않았더라면 그는 평생 '나무껍질이나 벗겨 먹으며 사는 삶'을 면치 못했을 것이다. 따라서 온달에게 평강공주는 자신의 가치를 알아봐 준 고마운 사람이며 동시에 구원의 여인이 된다.

제인 에어도 마찬가지다. 그녀도 로체스터의 아픔과 그 속에 숨은 소망을 알아보았다. 제인 에어를 만나기 전 로체스터는 행복하지 않았다. 왜일까? 그가 가족을 위해 너무나 많은 것을 희생했기 때문이다. 정신병이 있는 아내와 정략 결혼을 했고 첫사랑에도 실패했다. 아델을 거둔 이유도 자기밖에 아이를 돌볼 사람이 없었기 때문이다. "그들이 무슨 짓을 했건 의무를 저버릴 수는 없다"는 그의 말처럼, 그는 의무를 존중한다. 그리고 바로 이 때문에 그는 우울할 수밖에 없다.

이런 그를 두고 사람들은 그의 우울이 천성 때문이라 여긴다. 천성은 쉽게 변하지 않는다. 만약 사람들의 생각이 옳다면 로체스터는 앞으로도 자신의 삶을 바꾸기 어려울 것이다. 그러나 사람들의 생각은 기실 하나의 잘못된 낙인에 불과하다. 이러한 낙인을 로체스터는 자신도 모르게 받아들이고 부정적인 자기 인식을 가졌을 뿐이다.

제인 에어는 로체스터의 부정적인 자기 인식이 사실은 잘못된 것임을, 그리고 그는 충분히 따뜻하고 사랑스러운 존재임을 일깨운다. 가장 대표적인 사례는 "어둠은 빛만큼 중요하다"는 제인 에어의 말과 관련지어

나타난다. 제인 에어는 아델의 부탁으로 로체스터의 초상화를 그린다. 그런데 그 초상화는 어둡다. 그녀가 로체스터의 어둡고 무거운 내면 세계를 읽어냈기 때문이다. 이러한 내면은 로체스터가 애써 숨기고 싶어 했던 것이다. 그래서 로체스터는 그림을 본 후 구겨버린다. 하지만 제인 에어는 "어둠은 빛만큼 중요하다"고 말함으로써 로체스터의 부정적 자기 인식을 바꿔 그가 고통과 어둠 속에서 벗어나도록 하는 데 도움을 준다. 로체스터는 제인 에어를 통해 새로운 삶과 구원을 얻은 것이다.

결혼, 동등한 주체들의 만남

"나는 가난하고 평범하지만 감정까지 없지는 않아요. 여기 머무르는 건 일자리가 아니라 내 삶 때문이에요. 더 이상 무시당하지도 소외되지도 않겠어요. 동등하게 대접받겠어요." 로체스터가 제인 에어에게 청혼하기 전, 위악적인 농담을 던졌을 때 그녀가 한 말이다. 이 말을 들은 로체스터는 비로소 진심을 고백한다.

결혼은 어느 한쪽의 일방적 우위에 의해 진행되는 것이 아니다. 동등하고 자유로운 권리를 가진 사람들끼리의 만남이어야 하며, 따라서 그 만남은 건강해야 한다. 행복은 이와 같은 전제 하에서만 싹틀 수 있다.

로체스터가 청혼하던 밤, 달빛은 담담하다. 정원은 아름다운 풀과 나무로 가득 찼으며 꽃향기는 넘쳐난다. 그리고 "제인, 믿기지 않겠지만 당신을 내 몸처럼 사랑하오"라며 말하는 로체스터의 눈빛은 진실되다. 자칫 진부할 수 있는 이 표현이 어찌 이처럼 감동적일 수 있을까? 진심을 담은 사랑의 말은 어떠한 경우에도 결코 진부해질 수 없음을 이 장면은 보여준다. 더불어 결혼을 앞두고 웨딩드레스를 입은 채 거울을 바라보는 제인 에어의 모습은 피어나는 미소와 더불어 눈부시게 아름답다. 사랑이란, 그리고 결혼이란, 마땅히 이러해야 하지 않을까?

평강공주와 온달 사이에도 이러한 떨림이 있었는지는 알 수 없다. 『삼국사기』의 기록이 너무나 간략하기 때문이다. 그래서 많은 이들이 두 사람의 결혼은 공주의 주체성 실현을 위해 이루어진 것일 뿐 남녀 간의 사랑이 전제된 것은 아니라고 말한다.

그러나 결혼이 그렇게 일방적인 관계로만 이루어지는 것일까? 그리고 처음에는 그럴 수 있다 해도 끝까지 애정 없이, 일방적 은혜와 이념만으로 지속될 수 있는 것일까? 그래서 나는 이렇게 믿고 싶다. 비록 이들의 시작은 형식적이었을지라도 시간의 도움 속에 사랑을 꽃피웠을 것이라고. 그리고 자라온 환경이나 기질, 신분의 차이도 서로에 대한 배려와 진심 앞에서 결국 조화롭게 어울렸을 것이라고. 진심으로 자신의 가치를 알아보고 사랑해주는데 어찌 끝까지 냉정할 수 있겠는가?

평강공주와 제인 에어의 이야기에는 분명 페미니즘적 요소가 드러난다. 그러나 본격적인 페미니즘 작품으로 보기에는 다소 무리가 따른다. 그 이유는 이들이 처한 삶의 조건이 일관되게 폭력적이거나 견딜 수 없을 만큼 가혹한 시련을 주지는 않기 때문이다.

평강공주의 경우, 아버지인 왕과 치열한 갈등을 보이고 궁을 나오긴 했으나 온달의 집에 자리 잡은 뒤에는 자신의 뜻대로 삶을 살아간다. 물질적인 어려움이야 다소 따랐겠지만, 당시 온달의 집에서 겪었던 시련은 남녀를 떠나 당대 수많은 민중들이 겪었던 시련과 별반 다르지 않다. 오히려 그녀는 궁에서 가져온 값진 패물로 온달의 집안을 일으켰으며 이 과정에서 자신의 주체성을 지켜가는 데 든든한 후원자까지 얻었다. 그리고 나중에는 아버지에게 일정 부분 인정을 받기도 한다.

제인 에어의 경우도 마찬가지다. 어린 시절 그녀는 외숙모의 집과 로우드 학교에서 많은 시련을 겪는다. 그러나 쏜필드로 거처를 옮긴 뒤에는 자신에게 우호적인 사람들과 관계를 맺는다. 특히 로체스터는 그녀의 가치를 알아보고 마음속 깊이 사모하며 존중해준다. 이러한 상황에서 그녀가 여성이 처한 부당한 현실을 고발하고 그것을 혁파하기 위해 치열한 싸움을 전개해나가길 기대하기란 사실상 어렵다. 더구나 작품의 결말부에는 상당히 동화적인 요소가 짙게 드러나기도 한다. 삼촌으로부터 거액의 유산을 물려받아 부자가 되고 다시 로체스터에게 돌아가 불구가 된 그에게 새로운 희망을 주며 아름다운 삶을 가꾸는 삶. 이는 하이틴 로맨스의 완성처럼 보인다. 이 때문에 작품 속에서 남성 중심의 세계와 이들이 겪는 갈등 및 해결은 다분히 개인적인 차원에서 이루어질 뿐이다.

페미니즘은 남성 중심 세계에서 오랫동안 부당하게 진행되어온 성적 지배로부터 여성을 해방시키고자 하는 정치적 목적을 지닌다. 그래서 근대 페미니즘조차도 여성이 남성과 동등한 법적 권리를 누려야 한다는 전제하에 시민권이나 투표권 등 사회적 권리를 쟁취하는 데 초점을 두고 진행되어왔다. 나아가 단순히 여성의 법적 권리 획득만으로는 여성문제를 온전히 해결할 수 없다고 본 현대 페미니즘은 '여성 자체의 해방'을 주장한다. 이를 통해 남성들의 입맛에 맞도록 조작된 여성의 이미지를 해방시키고 여성의 정체성을 다시 확립하고자 하는 것이다. 더불어 주디스 버틀러Judith Butler나 샹탈 무페Chantal Mouffe 같은 포스트모던 페미니스트들은 여성에 대한 엄밀한 정체성 확립 자체가 또 다른 여성에 대한 억압을 낳을 수 있기에 이러한 개념 자체를 폐기해야 한다고 주장하기도 한다. 요컨대 대개의 페미니스트들은 사회 구조적 문제에 초점을 맞추어 여성들이 처한 부당한 현실을 바꾸고자 노력하는 것이다.

이러한 면들을 고려해보면, 평강공주와 제인 에어가 보여주었던 상황들은 개인적인 측면이 강하며 잘못된 현실을 폭로하고 고발하기엔 대단히 상징적이거나 소박하다. 그러나 한 가지 잊지 말아야 할 것은, 이들의 이야기가 특정한 정치적 목적을 이루기 위해 만들어진 것은 아니라는 점

그토록 서늘했던
폭력의 기억

이다. 그리고 이들이 살았던 시대를 감안해보면, 분명 그들은 시대의 보편적 한계를 넘어서는 면모를 보인다. 또한 주체성 자체가 남성의 전유물로 여겨지던 시대에 이처럼 주체적이고 지혜로우며 매력적인, 그러면서도 섬세한 인물을 만나기는 쉽지 않다. 아울러 현대에 이르러 다양하고 폭넓은 페미니즘이 꽃을 피운 것은 앞선 시대에 이처럼 용기 있는 여성들이 존재했기 때문인지도 모른다. 그런 점에서 우리는 그녀들에게 큰 빚을 졌다.

쥬드

마이클 윈터보텀 감독
크리스토퍼 에클리스턴 · 케이트 윈슬렛 주연
영국, 1996년

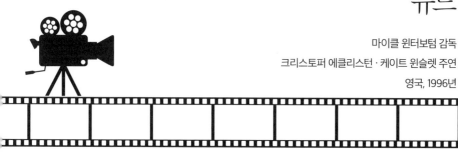

_ 돈키호테 또는 성 스테파노

프로크루스테스는 신화 속 괴물이다. 그는 자신의 집 근처를 지나는 나그네가 있으면 집으로 초대한 뒤 극진히 대접한다. 이윽고 손님이 잠이 들면 자신의 쇠 침대에 눕힌 뒤 그 키가 침대보다 작으면 다리를 잡아 늘이고, 크면 잘라서 죽여버린다.

저마다의 다양한 키를 하나로 획일화하는 프로크루스테스, 그리고 그 기준이 되는 쇠 침대. 물론 이 모든 것은 하나의 상징이다. 흔히 '프로크루스테스의 침대'는 다양성을 인정하지 않는 아집과 편견을 뜻하는 말로 사용되곤 했다. 하지만 그것의 또 다른 이름은 법과 제도이거나 사람들이 너무나도 당연하게 여기는 관습이 될 수도 있다.

주목할 것은 프로크루스테스의 얼굴이 결코 추악하지 않다는 점이

그토록 서늘했던
폭력의 기억

다. 그가 평범하고 친절한 이웃의 탈을 쓰고 있기 때문이다. 그의 민낯은 오직 밀실에서만, 그것도 희생당하는 소수에게만 드러난다. 그렇다면 우리가 당연하게 봐왔던 법과 제도의 얼굴도 사실은 일면에 불과했던 것은 아닐까? 그리고 소수의 누군가에게는 지독한 폭력이었던 것은 아닐까?

〈쥬드〉는 토머스 하디의 소설 『이름 없는 쥬드』를 영화화한 작품이다. 깡마르고 어린 쥬드는 메리그린 마을에서 까마귀 떼 쫓는 일을 하며 살았다. 그러던 어느 날, 존경하던 선생님 필립슨이 크라이스트 민스터로 떠나게 된다. 그는 떠나며 어린 쥬드에게 학문에 대한 꿈과 열정을 심어준다. 크라이스트 민스터가 있는 방향을 가리키며 그는 말한다. "무언가를 이루고 싶다면 저곳으로 가라. 다른 건 잠시 멈춰도 된다. 친구들이 놀 때 책을 읽고 추운 날에도 일찍 일어나서 시간 날 때마다 공부하면 언젠가는 그 대가를 얻는다. 그렇게 하면 원하는 모든 것을 다 할 수 있고 네 미래를 선택할 수 있어."

쥬드에게 크라이스트 민스터는 어두운 구름 속에서도 찬란히 빛나는 땅이었다. 누추한 현실에서 벗어나 자신의 의지대로 삶을 설계할 수 있는, 벅찬 희망의 땅이었던 것이다. 그곳을 바라보는 쥬드의 눈은 울림 속에서 빛났고 쥬드는 필립슨의 말을 실천으로 옮겼다. 석공 일을 하면서도 늘 라틴어와 그리스어로 된 책을 읽으며 치열하게 공부했으니 말이다. 마침내 성인이 된 쥬드는 크라이스트 민스터로 떠난다. 그곳은 우리가 사는 세속 도시의 상징이다. 크라이스트 민스터가 공정한 세계였다면 그는 필립슨의 말대로 꿈을 이루었을 것이다.

대학, 차별의 사다리

영화 전체를 놓고 보면, 쥬드의 욕망은 크게 두 가지다. 하나는 학문으로 성공하겠다는 것이고, 다른 하나는 사랑하는 사람과 삶을 같이하겠다는 것이다. 그러나 학문으로 성공하겠다는 욕망은 대학 입학을 거부당함으로써 좌절된다. 그날 쥬드는 동료들에게 자신이 원하는 것은 원리원칙이 아니라 "기회를 얻는 것"이라고 말한다. 그러자 이들의 대화를 듣던 한 학생은 그를 조롱하기 위해 쥬드가 라틴어로 사도신경을 암송할 것이라고 공표한다. 그러자 쥬드는 의자 위에 올라가 라틴어로 사도신경을 암송한 뒤 자신을 조롱하던 사람들에게 외치며 묻는다. "이 멍청이들아, 내가 제대로 말했는지 아는 놈이 있기나 해?"

그날 밤, 그는 어두운 벽 앞에 서서 크게 한 자 한 자 써내려 간다. "나도 너희들만큼 알고 있다(욥기 12장, 3절)." 이는 편견과 차별에 물든 세상에 대한 견딜 수 없는 분노의 표현이었다. 대학은 더 높은 곳으로 올라가는 사다리였지만 모두에게 허용된 것은 아니었다. 그리고 앞에 버티고 선벽은, 어둡고 완강하며 차가웠다. 그는 비로소 깨어나 현실의 숨겨진 모습을 보았고 아웃사이더가 된다.

사랑을 잃다

〈쥬드〉에서 가장 강렬하고 잊혀지지 않는 단 하나의 장면을 꼽자면, 그것은 바로 마지막 장면이 될 것이다. 초췌한 쥬드는 눈 덮인 거리에 홀로 서 있다. 그의 눈빛은 차갑게 빛나고 길들여지기를 거부한다. 음울하고 비장한 음악이 흐르는 가운데 멀어져가는 수를 보며 그는 외친다. "이 세상에 단 하나의 부부만 있다면 당신이 아내고 내가 남편이야!"

쥬드의 외침은 타락한 시대의 금기와 억압에 대한 저항이었다. 이들은 진짜 사랑을 했다. 세상 사람들이 다 변할지라도 끝내 변하지 않을 그런 사랑 말이다. 그러나 수는 사라져간다.

아이들을 잃고 나서 수는 말했다. "우리를 위해 기도하겠다"고. 하지만 쥬드는 그녀의 기도를 거부하며 "당신을 이렇게 만든 교회와 하느님을 증오한다"고 말한다. 그리고 빛나던 수의 모습을 기억한다.

크라이스트 민스터에서 처음 만난 그녀는 지적이고 열정적이었다. 아름다웠으며 그만큼 도전적이었다. 그녀는 사회적 불평등에 관심이 많았고 관습에 박제된 학자들을 돌에 빗대며 따분하게 여겼다. 그래서 이들은 쉬는 날 크라이스트 민스터를 벗어나 축제 현장과 자연 속으로 갔다.

담배도 피우고 호숫가에서 물에 뛰어들려는 장난도 치는 등 그녀의 행동에는 거침이 없었다. 쥬드는 그녀와 있는 것이 좋았다. 그녀는 쥬드의 책을 빼앗아 읽었다. "신은 그녀 옆에 앉은 남자와 같다. 신은 나를 부드럽게 바라보고 내 미소를 지켜본다. 그녀를 볼 때마다 나는 아무것도 아닌 게 된다." 둘은 오래도록 바라보며 말이 없었다. 문득 그녀는 말했다. "아름답다."

무엇이 아름답다는 것이었을까? 책의 구절이? 아니면 그녀를 바라보고 있던 그가? 또는 함께하는 순간이? 비록 사촌이었지만 이들은 이미 사랑에 빠졌던 것은 아니었을까? 이 장면을 앞뒤로 흐르는 감미로운 음악이 이와 같은 추측을 뒷받침해준다.

시간이 흐른 뒤, 쥬드와 수는 알브리캄에서 가장 행복한 한때를 보낸다. 바닷가를 뛰어다니거나 해변을 함께 거닐고 자전거를 탄다. 세상에서 가장 행복한 연인의 모습은 바로 이들의 모습이 아니었을까? 장난기 많은 미소에 자신감으로 가득 찬 수의 웃음은 경쾌하고 사랑스러웠다.

그러나 이제 그런 그녀는 없다. 늘 검은 옷을 입고 고통 속에서 기도하는, 그리고 무거운 어둠 속에서 자학하는 그녀만 남았다. 도대체 이들의 불행은 어디에서 비롯된 것일까? 그리고 그들의 불행은 과연 정당한 것이었을까?

수의 전향

수는 그 누구에게도 구속되기를 원하지 않았다. 그렇게 사랑하는 쥬드와도 친구로만 관계를 맺고 싶어 했다. "결혼은 사랑하는 사람과 해야 한

그토록 서늘했던
폭력의 기억

다"는 쥬드의 말에 그녀는 "왜 남들이 말하는 대로 사랑을 강요받아야 해? 결혼이란 사랑할 수 있는 자격을 부여하는 도장일 뿐이야"라고 답한다. 그녀는 자유롭게 살고 싶었고 사랑은 강제될 수 있는 게 아니라고 생각했던 것이다. 그래서 쥬드와도 결혼하지 않았고 친구처럼, 그리고 영원한 연인처럼 지내려 했다. 나아가 이러한 사실을 남들에게 굳이 숨기려 하지도 않았다. 창피한 일도 잘못된 일도 아니었으니까. 하지만 불행은 정의와는 무관했다.

쥬이를 즐겁게 해주기 위해 이들은 공포 연극을 보러 간 적이 있다. 거기서 공연을 진행하던 사람은 말한다. "자신의 눈을 믿으십니까? 세상이 보이는 그대로일까요? 몇 분은 어느 것도 놀라게 할 수 없다는 듯이 미소 짓고 계시는군요. 오늘 밤 제가 놀라게 해드리죠. 무시무시한 꿈속에서나 볼 수 있는 걸 보여드리겠습니다." 이어서 무대에서는 커다란 고함 소리와 함께 유령들이 등장하고 진행자는 분위기를 돋우기 위해 공포스럽고 커다란 웃음소리를 계속해서 낸다. 이러한 웃음소리는 아이를 낳는 수의 비명소리와 병치된다.

결국 연극은 일종의 알레고리였다. 연극 진행자가 보여주겠다던 공포는 아이들의 탄생과 더불어 현실이 된다. 쥬드와 수는 생계를 위해 최선을 다했지만 이들이 결혼하지 않았다는 사실은 쉽게 알려졌고 이 때문에 쥬드는 직장을 잃는다. 자식이 있으면서도 결혼하지 않았다는 것, 이는 당대의 규범을 거스르는, 결코 용서받을 수 없는 행위였던 것이다.

"우리가 어디를 가든 우리 사이를 알면 이렇게 된다"는 수의 말에 쥬드는 답한다. "이사 가면 돼. 아무도 우리를 모르는 곳으로. 알게 되면 이사 가고, 또 이사 가고, 또 가고." 쥬드의 말처럼 이들은 끝없이 이사를 가고 또 간다. 하지만 세상은 바뀌지 않았고 이들의 삶도 더불어 피폐해져 간다. 정착하고 싶은 욕망은 어처구니없는 차별과 냉대 속에 철저히 거부당한 것이다. 이 속에서 여덟 살 난 쥬이는 가족의 불행이 자신들 탓이라 생각하고 동생들을 죽인 뒤 목을 매 자살한다. 그리고 다음과 같은 말을 남긴다. "우리가 너무 많아서요."

결국 이들이 '결혼제도'라는 당대 프로크루스테스의 침대에 뉘어져 박해를 당한 이유는 자유롭고 주체적인 내면을 가지고 있었기 때문이다. 또한 남들처럼 관습과 질서에 순종하지 않았기 때문이다. 이 때문에 이들은 철저히 버림받았고 아이들도 모두 잃는다. 세 아이의 장례식을 치르던 목사는 "부끄러움을 주는 것이 아니라 경고하는 말"이라며, 이들에게 "세상의 오물이며 쓰레기"라는 비난을 퍼붓기도 한다.

아이를 잃은 극심한 고통 속에서 결국 수는 변한다. 그녀는 자신들이 신에게 도전했기 때문에 아이들이 죽었다며 벌을 받아야 한다고 생각하게 된 것이다. 그리고 스스로를 벌하기 위해 필립슨에게 돌아간 뒤 교회에 빠져든다.

변화된 수의 모습은 『1984』에서 참혹한 고문으로 인해 빅브라더를 사랑하도록 개조된 윈스턴 스미스를 떠올리게 한다. 이들은 과연 합당한

그토록 서늘했던
폭력의 기억

처벌을 받은 것일까? 그리고 진정 잘못된 것은 어느 쪽인가? 빅브라더인가, 윈스턴 스미스인가? 다수의 취향을 절대적 선과 규범으로 만들어 강제하는 관습인가, 아니면 그것에 저항하던 수인가? 나아가 정상과 비정상, 도덕과 비도덕의 구분은 어떻게 이루어지는 것인가? 또한 그것의 정당성은 무엇을 통해 확보되는가?

쥬드와 수는 실제로 다른 누구에게도 피해를 준 적이 없다. 굳이 찾자면 당대의 완강한 편견과 인습에 저항했을 뿐이다. 하지만 이 때문에 그들은 미래의 희망인 아이들을 잃었고 사랑도 잃었다. 쥬이는 자신들이 불행한 이유가 단지 숫자가 많아서라고 생각했지만 그 생각이 잘못된 것은 명백하다. 아이들이 죽은 이유는 신의 섭리나 심판 때문이 아니다. 차이와 다름을 인정하지 못하는 제도적 관습과 억압 때문이다. 따라서 아이들의 죽음은 사회적 타살이다.

우리 시대의 쥬드

〈쥬드〉를 보고 난 후 머릿속에 떠올리게 되는 풍경은 늘 비가 오거나 눈 내린 거리 또는 황량한 벌판의 풍경이다. 이러한 풍경과 함께하는 음악은 내밀한 울림을 준다. 아마도 쓸쓸한 거리의 풍경은 우리가 사는 세상의 황폐함과 그만큼 우울한 인물들의 내면을 드러내주는 장치였을 것이다.

절망적인 상황 속에서도 꿈을 꾸던 쥬드, 그는 수의 표현대로 이상을 향해 나아가던 기사 돈키호테이자 죽어가면서도 천국을 바라봤던 성 스테파노였다. 그가 사랑하던 크라이스트 민스터는 부조리했고, 영원한 아내 수는 스스로를 벌하기 위해 그를 떠나 필립슨에게 갔지만, 그는 여전히 길들여지기를 거부했으니 말이다.

오래전 이야기를 다룬 〈쥬드〉가 오늘날 우리에게도 공감을 불러일으키는 이유는 쥬드의 시련이 여전히 진행형이기 때문이다. 차별과 금기, 억압은 지금도 존재한다. 기득권층은 자신들의 이익을 지키기 위해 그때와 다름없이 차별과 혐오의 이데올로기를 퍼뜨리고 있다. 일례로 로퀴벌레, 의전충, 지균충 등은 법과 의학, 학문의 정점에 선, 또는 서게 될 이들이 만든 차별과 혐오의 언어들이다. 이 속에서 나는 변화와 다름에 대한 두려움과 그만큼 서슬 퍼런 폭력의 맨얼굴을 본다. 이러한 차별 속에서 얼마나 많은 쥬드들이 신음하고 있을 것인가?

또한 어느 유명 영화감독 부부의 동성결혼식에 나타나 "인분과 된장을 섞은 게 동성애의 현실"이라며 오물을 투척한 어느 기독교 신자의 모습도 금기와 억압의 한 예가 될 수 있을 것이다. 이와 더불어 "동성 간 혼인은 민법에서 일컫는 부부로서의 합의로 볼 수 없어 무효"라며 혼인신고서를 수리하지 않은 어느 지자체의 모습은 여전히 건재한 우리 시대의 편견을 보여주는 것 같아 씁쓸하다.

"사랑의 자격은 사랑으로 충분하고 법 역시 국민의 행복추구권을 위해 존재한다고 생각한다"던 이 부부의 말은 "이 세상에 단 하나의 부부만 있다면, 당신이 아내고 내가 남편"이라던 쥬드의 외침과 무척 잘 어울린다. 물론 지금의 삶이 여러 면에서 과거와는 비할 바 없이 훌륭하다. 그러나 차별과 금기가 여전히 존재하는 것 또한 사실이다. 그래서 소망한다. 이들의 무해한 사랑이 더 이상 고통받지 않기를, 그리고 가난이 사다리를 걷어차는 현실이 더는 없기를.

★★★★★★★★★
호모 사케르를 위하여

하루하루의 삶에 묻혀 살다 보면 문득 잊기 쉬운 게 하나 있다. 그것은 바로 일상화된 폭력의 존재다. 폭력은 우리가 그것을 알아차리건 알아차리지 못하건, 마치 공기처럼 우리 삶 곳곳에 스며있다.

물론 우리 사회는 사람들의 인권과 자유를 보장하고 정의를 세우기 위해 노력한다. 그래서 국가는 외부의 침입을 막고 개인 간 폭력을 억제한다. 하지만 프랑스의 저명한 사회문화인류학자인 르네 지라르는 희생양 메커니즘을 통해 폭력이야말로 우리 사회를 유지시키는 본질 중 하나임을 보여주었다.[22]

그렇다면 희생양 메커니즘이란 무엇인가? 그것은 문제를 해결하는 하나의 방식이다. 공동체는 갈등으로 무너질 위험에 처했을 때 그 내부의 불만과 증오를 힘없는 개인이나 소수 집단에게 쏟아 부어 문제를 해결하려는 경향이 있다. 이때 폭력의 대상이 되는 이들은 희생양이 되어도 결코 복수할 힘이 없는 자들이다. 역사적으로는 전쟁 포로나 노예, 일정한 거주지나 가족이 없는 사람, 가난한 자나 장애인 등이 주로 희생양으로 지목되었다. 중세에 이루어진 마녀사냥은 희생양 메커니즘을 보여주는 대표적인 사례가 된다.

---

22 르네 지라르, 김진식 옮김, 『희생양』, 민음사, 2007.

그토록 서늘했던
폭력의 기억

지라르의 논의는 우리 사회 속에 숨어있는 폭력 구조를 드러내 보여주었다는 점에서 큰 의미가 있다. 하지만 다소 아쉬운 점도 있다. 우리 삶 속에는 희생양 메커니즘으로 실명힐 수 없는 폭력들도 많기 때문이다. 예컨대 세계 각지에서 벌어지고 있는 무차별적인 테러나 얼마 전 우리 사회에서도 일어난 '묻지마 살인' 등은 어떻게 설명해야 할까? 바로 이 지점에서 하나의 대안으로 제시될 수 있는 게 이탈리아의 철학자이자 미학자인 조르조 아감벤Giorgio Agamben의 논의다. 그는 '호모 사케르Homo Sacer' 개념을 활용해 뚜렷한 이유를 찾을 수 없는 현실세계 속의 다양한 폭력들에 대해서도 설득력 있는 해석틀을 제공하기 때문이다.

호모 사케르, 폭력 앞에 벌거벗은 삶

호모 사케르는 로마법에서 유래된 단어다. 그 자체로는 '성스러운 인간'이라는 뜻을 가진다. 하지만 실상 호모 사케르는 예외 속에 존재함으로써 철저히 법의 테두리 바깥으로 쫓겨난 자를 의미한다. 이 때문에 그는 법과 질서로부터 더 이상 어떠한 보호도 받을 수 없는 자, 참혹한 폭력 앞에 무방비로 벌거벗은 자가 된다.

그렇다면 오늘날에도 호모 사케르는 있을까? 있다면 그는 누구일까? 아감벤의 논의를 적용시켜 보면, 내전으로 인해 황폐한 삶에 내몰린 시리아 난민들, 목숨을 걸고 국경을 넘어야만 하는 탈북자들, IS에 사로잡힌 포로들이나 인권 유린이 자행되는 교도소 등에 갇힌 자들이 될 수 있다.

그렇다면 〈동주〉에서 감방에 갇힌 채 일본 군국주의에 의해 목숨을 잃은 윤동주와 송몽규, 나아가 비극적인 그 시대를 고통스럽게 살다간 수많은 민중들도 호모 사케르로 볼 수 있을 것이다. 그들도 참혹한 폭력 앞에 무방비로 노출되기는 마찬가지였으니까.

하지만 호모 사케르는 비단 이들처럼 극한의 상황에 처한 사람들만을 지칭하는 용어는 아니다. 아감벤에 따르면, 평범한 일상을 살아가는 그 누구라도 호모 사케르가 될 수 있다. 비록 평상시라 하더라도 어떤 경계선을 넘어서는 순간, 그 즉시 호모 사케르의 가능성이 생기는 것이다. 마치 고속도로 경계선을 넘어선 자가 언제든 죽음의 위기에 직면할 수 있는 것처럼.

이러한 예는 최근의 터키 상황에서 쉽게 찾아볼 수 있다. 터키에서는 에르도안 대통령에 대한 쿠데타가 실패로 돌아간 이후 군인이나 공공부문 직원 중 12만 명이 직위해제되거나 해고되었다고 한다. 이들 가운데 복직된 인원은 수천 명 수준이며, 10만 명이 쿠데타 가담 또는 연계 혐의로 수사 선상에 올랐다. 이 가운데 구속 기소된 이는 4만 1천 명이 넘는다.

그토록 서늘했던
폭력의 기억

이들 중 단 한 명이라도 평범한 삶을 살다가 억울하게 추방된 자가 있다면, 그가 바로 호모 사케르다.

〈오래된 정원〉의 오현우 또한 마찬가지였다. 그도 한때 평범한 일상을 살았던 사람이다. 하지만 그는 80년 광주에서 지배권력의 추악한 민낯을 보았다. 이 때문에 저항을 결심했고 결국 호모 사케르가 되고 만다. 〈살인의 추억〉에서도 유사한 사례가 보인다. 그렇다면 여기서 호모 사케르는 누구였을까? 먼저 연쇄살인범에게 희생된 여성들을 들 수 있다. 그들은 범죄의 표적이 되기 직전까지만 해도 지극히 평범한 삶을 살았던 사람들이니까. 더불어 무능하고 타락한 공권력에 의해 범죄자로 낙인찍힌 시민들도 사실은 호모 사케르였다고 볼 수 있다.

평범한 누구나 다 호모 사케르가 될 수 있다면, 그처럼 벌거벗은 삶은 누구에 의해 만들어지는 것일까? 아감벤은 이에 대해 "성스럽다는 것, 다시 말해 죽여도 되지만 희생의 제물로 바칠 수 없다는 것은 본래 주권에 의해 추방당한 삶의 속성"이라고 말했다.

결국 무소불위의 권력을 휘두르는 주권자에게 국민은 모두 호모 사케르였고, 호모 사케르로 낙인찍혀 공동체에서 추방된 사람에게는 모든 타인이 주권자였던 셈이다.

그러고 보면 주권은 누가 호모 사케르인지를 결정할 수 있는 권력이었다. 다시 말해서 보호받아야 할 보편적 삶과 그렇지 않은 예외적 삶 사이의 경계를 정하는 것, 삶과 죽음의 경계를 정하는 것이 바로 주권이었던 것이다.[23]

---

23 김태환, 「예외성의 철학-조르조 아감벤의 '호모 사케르: 통치 권력과 벌거숭이 삶」, 문학과지성사, 문학과사회 17(3), 2004, 1288-1290쪽.

예컨대 〈파이란〉에서 용식은 강재에게 배 한 척 살 돈을 줄 테니 자신의 살인죄를 덮어써달라고 한다. 그에게 강재는 동기이자 같은 조직원이기 이전에 벌레 같은 삶을 사는 하찮은 인물이었다. 그래서 그는 강재가 자신의 죄를 뒤집어써도 된다고 판단했다. 그렇다면 이때 이들의 관계는 어떻게 정리될 수 있을까? 간단하다. 강재를 평범한 삶에서 배제시킨 용식이 주권자가 된다. 그리고 무방비 상태였던 강재는 호모 사케르가 된다.

탈주의 가능성을 찾아서

한 가지 질문을 던져보자. 우리 모두가 참혹한 폭력 앞에 벌거벗은 존재일 수밖에 없다면 우리는 그것을 숙명으로 받아들여야 하는가? 탈출구는 없는 것일까? 이에 대해 아감벤은 "해결책은 진정한 예외상태를 창출하는 것"이라고 말했다. 이는 폭력을 수반하는 혁명을 의미하는 것으로 보인다. 이 때문에 그의 논의를 현재 우리 사회에 그대로 적용하기는 어렵다.

그래서 한나 아렌트의 논의를 참고하여 '건강하고 윤리적인 정치공동체'를 세우는 것도 하나의 대안으로 고려해볼 수 있을 것 같다.

폭력적이고 혼란스러운 현실세계에서 아렌트가 꿈꾸었던 것은 정치의 복원이었다. 그녀는 권력과 폭력은 구분되어야 한다고 말했다. 나아가 진정한 권력은 오직 다양한 사람들의 자유로운 토의와 차별 없는 연대 속에서만 나올 수 있다고 했다. 그녀의 논의는 최근 우리나라의 상황에 비추어 볼 때 더욱더 큰 설득력을 가지는 것으로 보인다.

예컨대 2016년 후반 비선 실세들의 국정농단 사실이 국민들에게 알려지자 대통령 탄핵을 요구하는 시민들의 촛불 집회가 전국 각지에서 열렸다. 결과적으로 2017년 3월 10일 대통령이 탄핵되기까지 134일간 20여 차례에 걸쳐 무려 1천 658만 명이 촛불 집회에 참가했다. 그럼에도 불구하고 중상이나 사망자는 단 한 명도 없었다. 그 어디에서도 유래를 찾아볼 수 없는 평화로운 혁명이 이루어진 것이다.

탈주의 가능성은 이 속에서 모습을 드러내는 게 아닐까? 조금 더 나은 정치, 조금 더 살만한 세상, 조금 더 자유롭고 정의로운 세상으로의 출발은 시민들의 맞잡은 손과 그들이 밝힌 촛불 속에서 가능해지기 때문이다. 그렇다면 이때의 촛불이야말로 진정한 권력이자 타락한 질서와 폭력을 넘어서는 힘인지도 모른다.

결국 우리는 공적 영역에 참여함으로써 인간다운 삶의 의미를 깨닫고 이를 구체화할 수 있었다. 아렌트 식으로 말하자면 "드러냄을 통해서 인간은 함께할 수 있으며 주변인의 상태를 벗어나게 되는 것"이다.[24]

어쩌면 견고한 폭력의 벽을 넘어 자유롭고 평화로운 삶을 향해 가는 길, 이른바 인간다운 삶의 방식을 복원하는 길도 이 속에 있었는지 모른다. 다양한 목소리들의 평등한 어울림 속에, 억압받고 상처받은 자들의 맞잡은 손과 어둠을 밝히는 촛불 속에 말이다. 그것들이야말로 참된 권력의 힘이자 건강하고 윤리적인 정치공동체를 만드는 길, 이른바 우리 모두를 호모 사케르의 상태로부터 해방시키는 길의 시작이 될 테니까 말이다.

---

24 채진원, 「1인 시위와 촛불시위의 정치철학적 의미: 한나 아렌트적 해석」, 전남대학교 5.18연구소, 민주주의와 인권 10⑶, 2010, 214쪽.

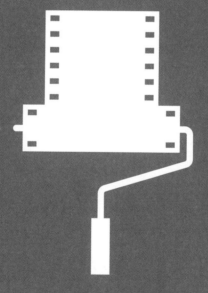

만남과 헤어짐의 다섯 가지 얼굴

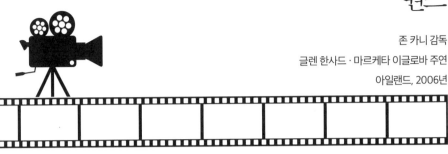

원스

존 카니 감독

글렌 한사드 · 마르케타 이글로바 주연

아일랜드, 2006년

_ 스쳐갔던 시절의 아름다움에 대하여

가끔씩 아일랜드의 낯선 거리와 이국적인 풍경이 보고 싶어질 때가 있다. 한 번씩은 음악의 서정과 황홀 속에 빠져들고 싶을 때도 있고, 누군가의 쓸쓸한 사랑이야기에 젖어들고 싶을 때도 있다. 불현듯 이러한 기분이 들 때 영화 〈원스〉를 보는 것은 나쁘지 않은 선택이 될 것이다.

잘 알려졌다시피 〈원스〉는 음악영화다. 불과 2주일이라는 짧은 기간 동안 만들어진 저예산 영화임에도 불구하고 이 작품은 '뮤지컬의 진정한 미래'라는 극찬과 더불어 많은 사람들의 사랑을 받았다. 아마도 이러한 찬사의 한가운데에는 '그^{guy}'와 '그녀^{girl}'의 사랑이야기, 그리고 감정의 울림을 극대화시켜준 음악이 있었을 것이다.

감독은 "때로 음악이 말보다 더 큰 감동을 전할 수 있다"는 확신에서 이 영화를 만들게 되었다고 한다. 그래서였을까? 감독은 실제 뮤지션들을 주연 배우로 썼을 뿐만 아니라 작품 제작 과정에도 이들을 참여시켰다고 한다. 예컨대 감독이 자신의 아이디어를 글렌 한사드에게 전하면 그에 맞추어 한사드가 곡을 쓰기도 하고, 때로는 글렌 한사드가 감독에게 멋진 곡을 주면 감독이 그에 맞추어 스토리를 만드는 식으로 말이다.

이렇게 탄생한 〈원스〉였기에 확실히 이 작품에서 음악은 빛난다. "음악으로 기억될 사랑의 순간"이라는 말이 괜한 소리는 아니다. 그러나 음악에 대한 찬사가 커지면 커질수록 왠지 아쉬움도 커지는 느낌이었다. 영화의 또 다른 한 축인 이들의 안타까운 사랑에 대한 조명은 상대적으로 그 빛을 잃는 것 같아서 말이다.

그래서 나는 그와 그녀의 사랑에 초점을 맞춰 한 가지 질문으로 이야기를 시작하고 싶다. 사랑의 깊이만큼 현실이 무거울 때 우리는 무엇을 말해야 할까?

외진 곳에서 부르는 사랑 노래

〈원스〉를 떠올릴 때 기억에 남는 장면 중 하나는, 그녀가 자신이 작사한 노래를 부르며 밤길을 걷는 장면이다. 이때 그녀는 무척 아름답고 신비로워 보인다. 그녀의 노래 속에서 어둡고 지저분한 거리는 일시에 몽환적인 풍경으로 변한다. 〈If you want me〉를 부르며 밤길을 걷는 그녀. 어두운 그 길에서 그녀는 마치 검은 도시의 길섶에 핀 작은 꽃처럼 빛났다.

그런 그녀를 보고 있자니 문득 이런 생각이 들었다. "알고 있나요, 난 정말 노력했어요. 더 좋은 사람이 되어 당신을 기쁘게 해주려고. 당신은 나의 전부니까 You know I really try. To be a better one to satisfy you for you're everything to me" 라던 그녀의 노래는 이미 숨길 수 없는, 그를 향한 마음의 표현이 아니었을까?

삶의 변방에 섰을 때 우리는 비로소 산다는 것의 팍팍함과 마주하게 된다. 어쩌면 누구에게나 산다는 것은 지독한 외로움의 연속을 견디는 일인지도 모르겠다. 이 때문에 우리는 마음을 나눌 수 있는 사람, 나의 가치를 알아줄 사람을 기다리게 된다. 그런 사람은 우리의 삶이 쓸쓸한 만큼 그 고단함을 이기는 힘이 되니까 말이다.

그와 그녀의 만남은 그런 점에서 의미가 있다. 이들이 서 있는 곳은 하나같이 삶의 변방이었다. 그는 가난했을 뿐만 아니라 실연의 상처로 괴로워했다. 떠나간 애인은 그를 속이기만 했다. 전 애인은 순간순간 마음이 변했고 그 마음을 따라잡기가 너무 힘들었다. 기억 속에서 그녀는 아름다웠지만 그만큼 지울 수 없는 상처였다. 그런 상처를 달래고자 그가 할 수 있는 유일한 것은 오직 노래뿐이었다. 그래서 그는 사람들이 아무도 없는 캄캄한 밤 길거리에서 노래할 수밖에 없었던 것이다.

그런 그에게 어느 날 그녀가 다가왔다. 거리를 오가며 그의 노래를 듣던 그녀는 10센트와 고장난 진공청소기를 가지고 그에게 말을 건넨 것이다.

따지고 보면 그녀의 삶도 고단하기는 마찬가지였다. 그녀는 빈민가의 한 아파트에서 살았다. 집에는 어린 딸과 늙은 어머니가 계시고, 거리에서 꽃을 팔아 가족을 돌봐야 했다. 낯선 영국 사회에서 그녀는 이민자로서 녹록지 않은 삶을 살고 있었던 것이다.

눅눅한 삶의 길모퉁이에서 상처는 상처를 알아보기 때문일까? 그녀는 그의 노래 속에 담긴 아픔을 보고 그에게 다가간다. 그리고 그와 함께 스튜디오를 빌리고, 대출을 받고, 밴드와 PD도 구하면서 그의 사랑과 꿈이 이루어질 수 있도록 도와준다.

그 또한 음악을 통해 그녀의 존재를 알아보기는 마찬가지였다. 애초 그는, 노래하는 그에게 진공청소기를 고쳐달라며 찾아온 그녀가 탐탁지 않았다. 그러나 같이 노래하고 길을 걷고 이야기를 나누면서 그녀에게 작사를 부탁하기에 이른다. 결국 음악은 이들을 이어주는 통로가 되었고 평범한 공간을 울림과 치유의 공간으로 만들었다.

그렇다면 바로 이 장면에서 우리는 하나의 꿈을 꿀 수도 있지 않았을까? 삶의 어두운 골목에서 상처 많은 이들의 아름다운 연대를. 우리의 삶이 고독하고 힘들다면 그만큼 우리를 있는 그대로 받아주고 위로해줄 수 있는 사람이 필요하니 말이다. 그와 그녀는 서로에게 그러한 가능성이 되기에 충분하지 않았을까?

가닿지 못한 고백들

하지만 현실은 종종 우리의 기대를 배신한다. 그러고 보면 사랑은 어릴수록 간결해서 좋은 것 같기도 하다. 그 시절의 사랑은 대체로 많은 것을 고려하지 않으며, 사랑하는 마음 하나면 숱한 어려움들도 이겨낼 수 있으니 말이다. 그러나 나이가 들고 가진 게 없는데 애라도 하나 있으면, 사랑은 더 이상 낭만이 될 수 없다. 그것은 치열한 현실이 된다. 이 때문이었을까? 그녀는 그에게 세 번 정도 자신의 마음을 전했지만, 그 언어는 모호했고 따라서 그는 쉽게 알아차릴 수 없었다.

첫 번째 고백은 바다 위 공원에서 산책할 때 이루어졌다. 비로소 그녀에게 전 남편이 있음을 알게 된 그는, 남편에 대해 묻는다. 그녀는 "너무 멀리 떨어져 있고 생각도 다르고 나이 차도 많아서 잘 맞지 않지만, 이본카에게는 아빠가 있어야" 한다고 말했다. 그런 그녀에게 그는, 아직도 남편을 사랑하는지 묻는다. 그러자 그녀는 "밀루유 떼베(난 당신을 사랑해)"라고 답한다. 그녀는 그가 알아들을 수 없는 언어로 사랑을 고백한 것이다. 그가 그 말의 의미를 물었지만 그녀는 그저 웃기만 할 뿐이다.

그녀의 두 번째 고백은 음반 녹음 도중 잠깐 쉴 때 이루어졌다. 피아노 앞에 앉은 그녀에게 그는 노래를 한 곡 들려달라고 했다. 느린 피아노 선율 속에서 그녀는 노래했다. "내가 노력하고 있다는 걸 당신도 모르진 않겠죠. 당신을 기쁘게 해주려고 난 자신을 버렸어요. 부디 내 마음을 알아주기를. 난…"

떨리는 목소리로 노래하던 그녀는 결국 울면서 노래를 멈추고 만다. 이 노래는 차마 할 수 없었던, 그를 향한 고백이었다. 그러나 그는 이 노래가 자신을 향한 것이라고는 생각하지 못했다. 그래서였을까? 그는 "남편에게 쓴 거야?"라고 묻고, 그녀는 "남편은 싫어하더군요"라고 답한다.

세 번째 고백은 마지막 만남에서 이루어진다. 이대로 헤어지기 아쉬우니 저녁이라도 먹자는 그의 제안을 그녀는 간단히 거절했다. 그러고는 "할 일도 없잖아요. 같이 있어 봐야 불장난만 하게 될 텐데"라고 말했다. 그럴 일 절대 없다던 그에게, 그녀는 또다시 말했다. "그렇게 돼요. (잠시 고개를 숙였다가 다시 그를 바라보며) 그러고 싶거든요." 하지만 그녀는 이내 부질없는 일이라며 농담처럼 말했다. 그리고 저녁을 같이 하기로 했던 그녀는 결국 나타나지 않았다.

아직도 의문스럽다. 왜 그랬을까? 도대체 왜 그녀는 그가 알아듣지도 못할 체코어로 사랑을 고백했던 것일까? 그리고 왜 그날 저녁 약속장소에 나타나지 않았던 것일까? 스쳐갈 인연이었기 때문이었을까? 아니면 서로가 가진 현실적 장벽 때문이었을까? 그것도 아니면 그에 대한 지나친 배려 때문이었을까? 그리고 그는 왜, 그녀의 말 속에 담긴 뜻을 제대로 이해하려 애쓰지 않았던 것일까?

생각해보면, 그녀가 자신의 마음을 직접 드러내지도 약속장소에 나타나지도 않았던 것은 세 가지 이유 때문인 것으로 보인다. 첫 번째 이유는, 이들을 가로막는 무거운 현실 때문이었을 것이다. 그녀는 가난했고

만남과 헤어짐의
다섯 가지 얼굴

딸이 있었으며 어머니를 모셔야 했으니까. 그는 말했다. 자신과 함께 런던으로 가서 함께 곡도 쓰고, 이본카와 함께 멋진 집에서 살자고. 진심이라며 말하는 그에게 그녀는 웃으며 물었다. "우리 엄마는요?" 하지만 그녀의 마지막 질문에 그는 어색하게 웃음지을 뿐 아무 말도 하지 못한다. 그러자 그녀도 그를 이해한다는 듯 어색하게 웃고 만다.

두 번째 이유는 이들이 마음을 나누었던 시간이 너무 짧았기 때문은 아니었을까 싶다. 그는 오랫동안 옛 애인을 그리워한 반면 그녀와는 단 며칠간 가까이 지냈을 뿐이다. 사랑도 습관이다. 다시 말해 이들이 깊이 사랑하기엔 시간이 너무 부족했던 것이다. 그와 그녀는 이 때문에 자기들 앞에 다가온 근사한 인연을 제대로 알아보지도, 혹은 알아보았다 하더라도 붙잡지 못했던 것은 아니었을까? 자신의 무거운 짐을 선뜻 상대에게 안기기에는 그들에게 주어진 시간이 너무 짧았으니 말이다.

그리고 세 번째 이유는 자신의 모습을 가장 애틋하고 아름답게 남겨두고 싶어서였을지도 모른다. 흔히 가장 소중한 것, 가장 아름다운 것은 '끝내 가지지 못한 것'이라고 한다. 그녀는 약속장소에 나타나지 않음으로써 그에게 '결코 가질 수 없는' 존재가 되었다. 따라서 그녀는 그의 기억 속에서 영원히 늙지도 변하지도 않은 채 가장 사랑스러운 모습으로 기억될 것이다. 그녀는 그가 자신을 그런 방식으로 기억해주길 바라지 않았을까?

불현듯 궁금해졌다. 그녀가 그에게 "우리 엄마는요?"라고 물었을 때, 그가 상관없으니 같이 가자고 말했더라면 또는 그녀가 자신의 마음을 있는 그 대로 고백했더라면 이들은 어떻게 되었을까?

사랑한다면 이야기해야 할 것들이 있다. 그 언어는 단순하다. 진심을 담아 그냥 '사랑한다'고 말하면 된다. 비록 그 사랑이 현실의 벽에 가로막 히거나 상대에게 받아들여지지 않는다 하더라도 그것은 중요치 않다. 사 랑한다면 말해야 하는 것이다. 그것은 자신의 사랑에 대한 의무다.

물론 결혼이라는 게 둘의 사랑만으로 되는 것은 아니다. 현실적인 문 제들도 고려해야 한다. 그러나, 그럼에도 불구하고, 서로의 마음을 한 번 쯤은 털어놓았어야 하지 않았을까? 그것이야말로 어쩌면 이들이 행복으 로 가는 거의 유일한 길인지도 모를 일이니 말이다. 물론 가난한 이들의 사랑이 순탄치 않으리라는 걱정도 있을 수 있다. 하지만 비록 그렇다 하 더라도 이들은 더 이상 밑으로 내려갈 데도 없었다. 오히려 이들의 앨범 이 성공한다면 삶은 더 나아질 가능성이 크지 않았을까?

뿐만 아니라 이들이 각각 전 애인과 남편을 다시 만난다 하더라도 과 연 행복할 수 있을지도 의문이다. 그의 경우 앨범이 성공한다면 한동안 그녀와 행복할 수 있을지 모른다. 하지만 시간이 지나고 그의 인기도 시 든다면 그녀는 또다시 그를 떠나지 않을까? 과거에도 그러했으니 말이다.

만남과 헤어짐의
다섯 가지 얼굴

그녀의 감정은 너무 빨리 변했고 수많은 거짓말을 아무렇지도 않게 하면서 다른 남자와 만나지 않았던가?

그녀 또한 마찬가지였다. 단지 딸에게 아버지가 필요하다는 이유만으로 남편과 재결합하는 게 과연 바람직한 선택일 수 있을까? 딸을 위해 자신의 삶을 그처럼 희생해도 아무 상관이 없단 말인가? 행복이란 게 그처럼 누군가의 일방적 희생을 담보로 해야만 가능한 것인가? 오히려 딸과 자신의 행복을 동시에 추구할 수는 없었을까? 만약 그런 길이 있다면 마땅히 그 길로 가야 하지 않았을까?

다시 생각해보았다. 이들이 행복해질 수 있는 최선의 방법은 무엇이었을까? 결국에는 그와 그녀의 연대가 아니었을까 싶다. 아픈 시절에 만났기에 이들은 굳이 더 감출 것도 멋져 보이기 위해 속일 것도 없었으니까. 서로의 상처를 아는 만큼 그리고 사랑하는 만큼 서로를 위해주며 살아가면 되었으니 말이다.

결국 그는 떠났다. 그러고는 전 애인에게 다시 전화를 건다. 그녀는 "네가 온다니까 기뻐"라고 말했지만 그는 별 말이 없었다. 그리고 그는 그녀에게 피아노를 선물로 남기고 떠난다.

돌이켜보니 이 작품에는 주인공들의 구체적인 이름이 나오지 않는다. 이들의 이름은 왜 '그' 또는 '그녀'였을까? 가능한 답변 중 하나는, 아마도 일종의 보편성을 의미하기 때문은 아니었을까 싶다. 사랑을 갈망하면서도 자신을 구속하는 현실 때문에 쉽게 그 사랑을 드러내지 못했던 우리, 한때 근사한 인연이 있었으나 현실적 제약 때문에 그 사랑을 덧없이 떠나보내고 말았던 우리의 또 다른 이름으로 '그'와 '그녀'가 주인공의 이름이 되지 않았을까?

그러고 보면 산다는 것은 언제나 최선의 결과만 얻을 수 있는 것은 아닌 것 같다. 그렇다면 사랑의 아쉬움을 이야기한 이 영화는, 한때^{Once} 스쳐 갔던 존재와 그 시절의 아름다움에 대해 이야기하는 영화가 아니었을까? 지금은 멀어져 기억 속에서만 남았을지라도, 누구에게나 빛나던 시절과 멋진 인연은 있었으니 말이다.

만남과 헤어짐의
다섯 가지 얼굴

클로저

마이크 니콜스 감독
나탈리 포트만 · 주드 로 · 줄리아 로버츠 · 클리브 오웬 주연
미국, 2004년

_ 케팔로스의 후예들

새벽의 여신 에오스는 젊은 사냥꾼 케팔로스를 본 순간 첫눈에 반한다. 견딜 수 없이 그가 좋아져 결국 납치를 하고 만 여신은 그의 마음을 얻기 위해 온갖 유혹을 한다. 그러나 케팔로스에게는 프로크리스라는 아름다운 아내가 있었다. 결혼한 지 두 달밖에 되지 않았고 케팔로스는 그녀를 깊이 사랑했다. 끝내 케팔로스의 마음을 얻지 못한 여신은 그를 돌려보낸다. 그리고 반드시 후회하게 될 것이라는 저주와 함께 그에게 의심을 불어넣는다.

집으로 돌아가던 케팔로스는 혹시 자신이 떠나 있던 시간 동안 아내가 다른 남자와 만난 것은 아닌지 의심하게 된다. 그래서 변장을 하고 아내의 정절을 시험하기 위해 끊임없이 구애한다. 프로크리스는 낯선 이의 끈질긴 구애에 마침내 마음을 열고 만다. 자신의 의심을 증명해 보인 케팔로스는 아내가 배신했다며 분노하고, 결국 그녀를 내쫓아버린다.

그리스 신화에 나오는 케팔로스는 어리석다. 프로크리스를 사랑했지만 마치 그녀와의 파국을 위해 최선을 다한 것처럼 보인다. 물론 케팔로스의 의심이 전혀 이해되지 않는 것은 아니다. 그 자신이 먼저 여신의 지독한 유혹을 받은 경험이 있기 때문이다. 뿌리치고 나오기는 했지만 그도 그 과정에서 마음이 흔들렸던 것은 아닐까? 그런 만큼 프로크리스도 누군가의 유혹을 받고 흔들렸을 것이라 생각했던 것은 아닐까? 프로크리스는 충분히 젊고 아름다웠으니 말이다. 이러한 추측에 타당성이 있다면, 여기서 두 가지를 지적해야 한다. 첫째, 케팔로스는 자신의 흔들림을 바탕으로 아내를 의심했다는 점과 둘째, 그가 보려 한 진실은 진실이 아니라 그의 의심이며, 그 의심에 대한 끊임없는 확인은 결국 폭력에 불과하다는 점이다. 이러한 폭력은 사랑하는 이에게 깊은 상처를 준다. 그리고 관계를 돌이킬 수 없게 만든다.

이와 같은 의심은 신화시대로부터 지금까지 이어질 만큼 그 역사가 깊다. 영화 〈클로저〉는 이처럼 진실의 탈을 쓴 폭력이 우리의 일상에 얼마나 깊이 자리 잡고 있는지, 그리고 사람들에게 얼마나 큰 상처를 안겨주는지를 잘 보여주는 작품이다.

Hello, Stranger! 그리고 앨리스/제인

극중 앨리스의 본명은 제인이다. 그녀는 미국에서 스트립댄서였고 사랑의 실패도 겪었다. 그래서 영국이라는 낯선 세계로 탐험을 온다. 대체로 '낯섦'은 흥미를 유발한다. 그것은 뭔가 특별하게 다가오며 그래서 더 자세히 보게 한다. 이러한 점에서 그녀가 댄에게 건넨 "Hello, stranger!"라는 인사 속에는 그에 대한 그녀의 관심이 담겨있음을 짐작할 수 있다.

그런데 그녀는 댄과 사귀는 4년 동안 자신의 본명을 알려주지 않는다. 댄은 앨리스가 떠난 뒤 그녀를 추억하며 공원묘지를 걷다가 비로소 그녀의 이름이 가명이었다는 것을 깨닫는다.

문득 궁금해진다. 그녀는 왜 '제인'이라는 이름 대신 '앨리스'라는 이름을 사용하며 그에게 본명을 알려주지 않은 것일까? 단지 그를 속이기 위해서? 아니면 그 속에는 뭔가 특별한 이유가 있었기 때문에?

가능한 추측 한 가지는 이름과 정체성의 관계에서 출발한다. 대개 이름은 하나의 정체성을 나타낸다. 그렇다면 앨리스와 제인이라는 이름은 그녀의 각기 다른 정체성을 보여주는 것이 아닐까? 실제로 스트립댄서로서의 정체성을 가질 때 그녀는 제인이 된다. 미국에서도 그랬고 댄과 헤어진 뒤 클럽에서도 그러했다. 제인이 될 때 그녀는 가발을 쓰고 돈으로 사랑을 거래한다. 이러한 조건에서는 사실상 인간적 교감은 불가능하다. 서로의 욕망은 오직 거래되고 낭비될 뿐이다. 충족되는 것은 가짜 욕망에 불과하다.

그러나 알리스가 될 때 그녀의 정체성은 새롭게 구성된다. 그녀가 이름을 빌린 알리스 에이리스는 벽돌공의 딸이었다. 그녀는 불 속에 뛰어들어 아이 셋을 구하고 숨졌다. 그녀는 의로운 사람이었다. 제인은 알리스란 이름을 빌림으로써 그와 같은 삶을 꿈꾼 것은 아니었을까? 그녀가 지금까지 겪은 삶이란 지극히 이기적이고 속물적인 것들이었을 테니까. 댄을 만나고 알리스라는 이름을 가짐으로써 무언가 근사한 인연과 새로운 삶을 꿈꾸지 않았을까?

어쨌든 그녀에게 이곳은 낯선 곳이고 그만큼 탐구의 대상이 된다. 그녀의 낯선 눈에 펼쳐진 세상은 편견 없이 드러난 우리의 모습 그대로다. 따라서 이어지는 그녀의 탐험은 우리가 사는 세상의 속살을 여과 없이 보여주는 장치가 될 것이다.

거짓에 열광하는 사람들

불행히도 낯선 땅에서 그녀가 만난 것은 실망스러운 현실과 거짓에 열광하는 사람들이었다. 알리스와 처음 만났을 때 댄은 신문사의 최북단 시베리아에 유배된 처지였다. 그의 임무는 기껏해야 부고나 알리는 것이었다. 그러다가 알리스의 삶을 훔쳐 책을 쓰고 작가가 된다.

안나 또한 마찬가지다. 출판사에서 사진을 찍던 그녀는 〈낯선 사람들〉이라는 사진전을 통해 성공한 작가의 길로 들어선다. 그러나 그와 그

만남과 헤어짐의
다섯 가지 얼굴

녀의 작품들 속에는 한 가지 공통적인 문제가 있었다. 바로 '진실'이 빠져 있다는 점이다. 댄과 안나의 밀회를 알게 된 뒤, 자신의 눈물 흘리는 사진 앞에서 알리스는 말한다.

"예술 애호가니 뭐니 잘난 척 떠드는 작자들은 찬사를 보내겠지만 사진 속 인물들은 슬프고 외로워요. 그런데 왜 세상을 아름답게 왜곡시키는 거죠? 따라서 이 전시회는 말짱 사기극인데 우습게도 사람들은 거짓에 열광하죠."

이 말 속에서 그녀가 탐구한 이 세계의 민낯이 드러난다. 사람들에게 진실은 중요하지 않다. 진실처럼 여겨지는 게 중요할 뿐이고 따라서 그들은 사실에 충실하다. 그리고 자신이 믿고 싶은 것을 진실이라 착각한다. 이제 주인공들의 모습을 통해 이러한 현실을 구체적으로 살펴보자.

래리, 생선을 차지한 고양이

언젠가 안나는 래리에게 "마치 생선을 차지한 고양이" 같다고 말한 적이 있다. 농담 삼아 한 말이지만, 실상 이 말은 래리의 성격을 간명하게 드러내준다. 래리는 사랑이란 육체에 종속된 것이라 생각하는 인물이다. 그에게 여성은 한 마리 생선과 같아 틈만 나면 익명의 여성들과 관계를 맺으려 한다. 이런 그에게 안나는 더 없이 훌륭한 생선이었는지도 모른다. 그래서 안나를 차지했을 때 그는 몹시 우쭐하고 당당한 모습을 보인다.

그러던 어느 날, 안나는 그에게 이별을 통보한다. 안나는 래리와의 결혼 후에도 댄과 계속 만나왔으며 이제 래리와의 관계를 끝내려 하는 것이다. 래리는 받아들일 수 없다고 하면서도 결국은 다음과 같은 질문을 한다. "그 자식 잘해? 나보다 잘해?" 안나는 "다르다"고 답한다. 댄이 더 다정하다는 것이다. 이어 "우리는 그동안 행복하지 않았느냐"는 래리의 질문에 안나는 대답이 없다. 실상 그녀는 행복하지 않았던 것이다. '우리는 행복했다'는 것은 래리의 일방적 착각에 불과했다.

날 사랑하기는 했냐는 래리의 질문에 안나는 "그렇다"고 대답한다. 그런데 왜 이들은 헤어지게 되었을까? 이는 아마도 그가 여성에 대해 가진 몇 가지 오해 때문이 아니었을까? 그는 여자는 거칠게 다루어야 하며 그래야만 좋아한다는 착각을 가지고 있었다. 안나는 이것이 싫었던 것이다. 그는 안나를 거칠게 다루었으며 안나도 그것을 좋아한다고 생각했을지 모르지만, 안나는 자신이 창녀 취급을 당하고 있다고 생각했을 뿐이다.

그는 안나에게 집에서도 댄과 관계를 가졌냐고 묻는다. 안나는 "아니오. 했으면 좋겠어요?"라고 되묻는다. 그는 진실을 원한다고 말했지만 실상 그가 알고 싶었던 것은 진실이 아니라 단순한 사실에 불과할 뿐이었다. 그에게 진실은 이미 결정되어 있었다. 다만 확인만이 남았을 뿐이다. 그래서 안나는 되는대로 말해버린다. 어차피 진실을 말해도 그것은 늘 왜곡될 테니까.

이후 래리는 안나에게 버림받은 뒤 초라한 몰골로 클럽에 갔다가 우연히 제인을 보게 된다. 그리고 그녀의 이름이 제인인 것을 발견하고 그녀에게 예명이 아닌 진짜 이름을 묻는다. 그녀는 제인이라 말하지만 그는 믿지 않는다. 이전에 그가 알고 있던 그녀의 이름은 분명 알리스였기 때문이다. 그리고 스트립댄서들은 모두 가명을 쓴다고 믿기 때문이다. 당연히 그의 생각은 잘못된 것이다. 우선 스트립댄서로서의 그녀의 이름은 제인이 맞았으니까. 그래서 그녀는 여러 번 본명을 밝히지만, 그가 그렇게 믿고 있다면 어떤 진실도 소용이 없다. 그에게는 진실보다 '이것이 진실'이라는 '자신의 믿음'이 더 중요하기 때문이다.

제인은 "뭐든 진실을 말해달라"는 래리에게 "옷을 입고도 즐길 수 있는 게 거짓말이죠. 벗고 하면 더 재미있어요"라고 답한다. 그리고 이들은 밤새 관계를 맺는다. 그들이 밤새 관계를 가진 것은 사실일 수 있다. 그러나 이러한 사실이 그녀가 래리를 사랑한다는 진실이 될 수는 없다. 사실과 진실은 같지 않다. 그러나 고양이는 생선만 차지하면 만족한다.

댄, 진실의 탈을 쓴 폭력

댄은 안나가 래리의 이혼 도장을 받아온 날, 그들 사이에 있었던 일들을 캐묻는다. 4개월 만에 만났으니 그냥 헤어지지는 않았을 거라는, 다분히 자신의 속물근성에 근거해 둘 사이의 관계를 의심한 것이다. 물론 그 의심엔 현실적 타당성이 있기는 하다.

실제로 끝까지 그에게 돌아가지 않겠다는 안나에게 래리는 한 가지 제안을 했다. 그것은 자신의 "창녀가 되어주면 그 대가로 자유를 주겠다"는 것이었다. 이 말 속에 사랑은 없다. 래리는 안나와의 행위를 통해 댄을 모욕하고 그에게 복수하고 싶었을 뿐이다. 그는 자신의 사랑이 좌절되자 사랑의 대상을 모욕과 복수의 대상으로 본 것이다. 안나는 래리의 제안을 받아들인다. 그를 원하지 않았기에 그의 요구에 응한 것이다.

그녀는 댄과의 사랑을 이어나가고 싶었다. 그래서 댄에게 더 이상 자세한 이야기를 하지 않으려 했다. 그녀와 래리 사이의 일들은 댄과의 사랑을 지속하기 위해 불가피한 것이었고 그녀가 큰 의미를 두지 않은 것이었으니까. 그러나 댄은 그녀가 래리와 섹스를 했는지 하지 않았는지에만 관심을 두고 끝까지 캐묻는다. 그리고 자신의 추측이 맞자 분노한다.

물론 이해할 수 있는 측면은 있다. 그녀를 사랑한 만큼 그녀의 행위가 실망스러웠을 수도 있다. 그러나 그는 동화 속에 살고 있는 어린 아이가 아니다. 또한 그 자신은 이미 그보다 훨씬 더한 일들도 많이 해왔다.

사랑에는 때로 이해가 필요하고 관계는 상호성을 가져야 한다. 그래서 "알리스가 당신을 찾아와 애원하며 한 번만 안아달라고 절망적으로 매달리면 당신도 똑같이 할 것이고 나도 용서할 테니까"라며 이해를 구하는 안나의 말은 설득력이 있다.

그러나 댄은 "순수함을 잃었으니 우리 사이는 모든 것이 끝났다"고 선언하며 가버린다. 실상 순수하지 못한 사람은 댄이다. 역설적으로 댄이 안나의 상황을 이해하지 못하는 것은 그녀에 대한 사랑이 깊어서라기보다는 그 자신이 순수하지 않기 때문이다. 색안경을 끼고 세상을 바라보면 모든 것이 달라 보이듯 속물근성과 의심의 색안경을 끼고 상대를 바라보면 모든 것이 그에 맞게 보일 뿐이다.

댄은 자신의 의심이 곧 진실이라 믿었다. 그리고 그러한 믿음은 안나와의 관계를 파국으로 이끈다. 결국 안나는 래리에게 돌아간다. 댄은 스스로 자신의 사랑을 추방한 것이다. 따라서 비 오는 날 우산도 없이 거리를 뛰어다니는 초라함도, 그 스스로 초래한 것에 불과하다.

댄의 의심은 결말부 알리스와의 재회에서도 반복된다. 래리는 비오는 날 자신의 병원을 찾아온 댄에게 알리스의 거처를 알려준다. "클럽에서 알리스의 벗은 몸을 봤지만 같이 자지는 않았다"고 말했다가, 문을 나서는 댄에게, 용서가 되지 않는다며 "알리스와 잤다"고 말한다.

이때 생긴 의심은 알리스와의 재회 이후 다시 고개를 든다. 알리스와 댄은 르네상스 호텔에서 다시 밤을 보내게 되는데, 이름에서 느껴지듯 이곳은 부활의 장소이자 관계 회복의 염원이 담긴 장소였다. 댄으로서는 자신이 행복해질 수 있는 마지막 장소였는지도 모른다. 그러나 그는 또다시 알리스에게 자신의 의심을 확인하려 한다. 먼저 그는 래리가 클럽에 와서 알리스의 스트립쇼를 보고 얘기만 하고 돌아갔는지 묻는다. 알리스가 그렇다고 하자 댄은 말한다. "넌 나를 믿지 않는구나. 난 널 사랑해. 무슨 말을 해도 괜찮아."

댄의 말은 과연 진심이었을까? 정말 무슨 말을 해도 괜찮은 것이었을까? "난 진실에 중독됐으니까, 그게 없으면 우리는 짐승이나 다를 게 없어!"라고 외치며 집요하게 알리스를 추궁하는 그는, 정말 그녀를 사랑하고 있기는 한 걸까? 이러한 추궁은 그녀를 믿지 못하니까, 이미 자신의 의심을 진실로 확신하고 있으니까 집요하게 계속됐던 것은 아닐까? 이러한 추궁 속에서 알리스는 '형편없는 거짓말쟁이 창녀'가 되어버린다. 그는 자신의 소중한 애인을 창녀로 만들어버린 것이다. 이것이 사랑일 수는 없다. 이것은 사랑의 탈을 쓴 지독한 폭력일 뿐이다.

그래서 알리스는 말한다. "난 이제 너를 더 이상 사랑하지 않아." 그녀는 "거짓말하기도 싫고, 진실을 말할 수도 없으니까"라며 관계를 끝내기로 한다. 그리고 말한다. "진실을 말할게. 이젠 날 미워해도 돼. 래리랑 밤새 했어. 난 그걸 즐겼고 절정을 느꼈지만, 네가 더 좋았어. 이제 가 봐."

알리스는 물었다. 왜 이렇게까지 날 시험하냐고. 댄은 대답한다. "난 바보니까." 맞다. 그는 바보다. 그가 알리스를 사랑했다면 진정 그런 방식으로 떠나보내야 했을까? 뒤늦게 사랑한다고 말했지만, "사랑이 어디 있어? 보여줘. 볼 수도 만질 수도 느낄 수도 없어. 몇 마디 말은 들리지만 그렇게 쉬운 말은 공허할 뿐이야. 뭐라고 말하든 이제 늦었어"라는 말과 함께 그녀는 떠난다.

수많은 이야기들이 증명하듯 의심과 사랑은 공존할 수 없다. 또한 사

만남과 헤어짐의
다섯 가지 얼굴

랑하는 사람은 누구의 소유물도 아니다. '그/그녀'는 독립적인 인간이며 자신만의 고유한 영역이 있다. 그러나 의심과 끊임없는 확인은 그처럼 독자적인 영역을 무너뜨리려 한다. 그리고 그 속에서 불평등한 관계를 세우려 한다. 용서할 수 없는 잘못을 저지른 자, 그럼에도 불구하고 용서해주겠다고 말하는 자, 이들의 관계는 평등하지 않다. 그러니 다 알고 있으니 잘못을 고백하라는 집요한 추궁은 결국 상대의 모든 것을 자신의 지배 아래 두겠다는 욕심에 불과하다. 이것은 사랑도 용서도 아니다. 단지 진실과 사랑의 이름을 빌린 폭력일 뿐이다.

사랑할 때 지켜야 할 것들

현실에서의 사랑은 동화와 다르다. 아름답지도 그다지 낭만적이지도 않다. 〈클로저〉는 현실적이고 이기적인 사랑의 모습을 밑바닥까지 보여줌으로써 우리가 사랑에 대해 품고 있는 환상을 깨준다. 이들의 사랑은 유통기한이 짧다. 섹스와 결혼은 사랑하는 사람과만 하는 것도 아니고, 따라서 순결과 진실된 사랑도 무관하다. 특히 댄과 래리가 보여주는 사랑의 모습은 참을 수 없이 가볍다.

이 때문이었을까? 낯선 세계를 탐험하던 알리스는 '존스-제인 레이첼'이라는 본명을 회복하고 원래 살던 세계로 돌아간다. 그녀가 탐험을 끝낸 이유는 간단하다. 진정한 사랑과 새롭고 근사한 삶을 꿈꾸었던 탐험은 실패로 돌아갔으며, 세상의 저곳도 결국에는 이곳과 별다를 게 없다는 깨달음을 얻었기 때문이다.

이제 제목의 의미를 생각해보자. 'Closer'가 뜻하는 바는 무엇이었을까? 'Closer'는 '가까이 다가가다'라는 뜻과 더불어 '관계의 끝'이라는 상반된 의미를 가지고 있다. 아울러 '부서져 반쯤 남은 벽돌'이라는 뜻도 가지고 있다. 알리스/제인의 탐험담에 비추어 보았을 때 이는 결국, 사랑할수록 우리가 지켜야 하는 법칙을 상징하는 것은 아닐까? 우리는 흔히 '가까워진다는 것'을 '금기의 허용 범위가 넓어지는 것'쯤으로 생각하는 경향이 있다. 그러나 〈클로저〉는 사랑할수록 오히려 넘어서는 안 될 선이 있음을 알려준다.

그렇다면 댄과 알리스가 불행해진 이유는 분명하다. 댄이 알리스를 위한 최소한의 배려도 보여주지 못했기 때문이다. 사랑은 소유가 아니다. 사랑한다고 해서 사랑하는 사람의 모든 비밀을 알아야만 할 권리를 당연히 가지게 되는 것도, 물론 아니다. 나아가 사랑은 시험의 대상도 아니다. 케팔로스가 그러했듯, 의심에 대한 끊임없는 확인은 결국 폭력에 불과하다. 이러한 폭력은 사랑하는 이에게 깊은 상처를 주며 관계를 파국으로 이끈다. 그리고 파국으로 치닫게 된 사랑은 부서지거나 흠이 생겨 못쓰게 된 벽돌처럼 쓸쓸히 남는다. 댄은 알리스의 공간을 지켜주었어야 했다. 그것이 두 사람의 사랑을 지속하는 힘이자 최소한의 배려였다.

만남과 헤어짐의
다섯 가지 얼굴

미국으로 돌아간 제인은 여전히 아름답다. 길 가던 숱한 사람들이 그녀에게서 눈을 떼지 못할 만큼. 그리고 데미안 라이스의 기타 곡 〈The blower's daughter〉는 계속해서 귓전에 맴돈다. 'I can't take my eyes off of you(너에게서 눈을 뗄 수 없어)'는 어느덧 'I can't take my mind off of you(너를 향한 마음을 지울 수 없어)'로 바뀌었는데, 그녀는 가고 없다. 후회는 항상 때늦다.

동사서독 리덕스

왕가위 감독
장국영 · 양가휘 · 임청하 · 양조위 주연
홍콩, 2013년

_ 시간의 잿더미, 자기애와 집착이 남긴 상처

1990년대 중반 어느 때쯤 〈동사서독〉을 처음 보았을 때의 당혹스러움을 지금도 기억한다. 지독한 사랑과 기억을 다룬, 한 편의 시와 같은 작품이라는 세간의 찬사가 무색하게도 나는 작품을 전혀 이해할 수 없었다. 작품을 보는 내내 마치 미궁에 들어선 기분이었고 처음부터 끝까지 그곳을 헤매다가 어느 순간 길 잃은 나를 발견한 것이 전부였다.

꽤 오랜 시간이 지나 〈동사서독 리덕스〉를 다시 보게 되었다. 감독은 1994년 〈동사서독〉을 찍을 당시 제작비가 모자라 여러 위기를 겪었고, 이 때문에 감독 스스로는 결코 만족하지 못한 작품을 내놓을 수밖에 없었다고 했다. 그러한 아쉬움을 달래고자 감독은, 자신의 최초 의도를 잘 살려 15년 만에 〈동사서독 리덕스〉를 탄생시켰다고 한다.

만남과 헤어짐의
다섯 가지 얼굴

그렇다면 〈동사서독 리덕스〉는 감독의 의도를 충분히 고려하면서 볼 필요가 있을 것이다. 그리고 이번에는 또다시 미궁 속에서 길을 잃고 헤매지 않도록 감독의 의도와 관련된 두 가지 나침판을 마련해보았다. 그 둘은 모두 포스터에 나와 있는 것들로, 영문 제목과 불경의 한 구절이다.

Ashes of time(시간의 잿더미)

자애인이 죽은 뒤 황약사는 '취생몽사'를 들고 구양봉을 찾아온다. 취생몽사는 그녀가 죽기 전 구양봉에게 보낸 것으로 마시기만 하면 모든 것을 잊게 해주는 술이다. 그녀는 말했다. "인간이 번뇌가 많은 이유는 기억력 때문"이라고. "기억력만 없다면 매일이 새로울 것이니 얼마나 기쁘겠느냐"고. 자애인은 취생몽사를 구양봉에게 보냄으로써 그가 자신을 잊기를 바랐던 것이다. 잊지 못한다는 것은 괴로운 일이며 그야말로 황폐화된 시간의 잿더미 속에서 사는 것에 불과한 일이니까.

여기서 한 가지 질문을 던져보자. 왜 잊지 못하는 것은 괴로운 것일까? 그리고 그것은 왜 시간이 불타버린 자리에서 사는 것과 같은 것일까? 이는 시간의 속성 때문이다. 〈동사서독 리덕스〉에서 시간은 흘러가면서 동시에 쌓인다. 이 지점에서 두 가지 서로 다른 속성의 시간들은 얼굴을 드러낸다. 하나는 흘러가는 시간이다. 이 시간은 인간의 의지나 삶의 기쁨, 슬픔 등과는 무관하게 흘러간다. '경칩-하지-백로'를 거쳐, 다시

'경칩-하지-백로'로 쉼 없이 흘러가는 것이다. 이 속에서 사람은 태어나고 늙고 병들고 죽어간다.

다른 하나는 기억되고 쌓이는 시간이다. 시간은 본질적으로 인간의 직접 체험 대상이 아니다. 우리는 늘 기억의 형태를 통해 간접적으로만 시간을 느낄 수 있다. 그런데 이렇게 기억되는 시간은 결코 사라지지 않는다. 잠재적인 형태로 우리 곁에 쌓이며 의식 작용을 통해 언제든 생생하게 되살아난다.

사실 기억되는 시간은 그 자체로는 긍정적인 것도 부정적인 것도 아니다. 소중했던 사람과의 아름다웠던 시간들을 떠올리며 현재를 더욱 풍요롭게 가꿀 수 있다면 기억되는 시간은 긍정적으로 작용할 것이다. 그러나 괴로웠던 기억만을 떠올리며 살아간다면 삶은 괴로운 시간 속에서 벗어날 길이 없다. 이 경우 괴로움은 늘 현재형이다.

자애인은 구양봉을 깊이 사랑했다. 동시에 그의 사랑을 확인받고 싶어 했다. 그러나 구양봉은 자애인에게 단 한 번도 사랑한다는 말을 하지 않았다. 이 때문에 자애인은 그의 형에게 시집을 가버린다. 그리고 혼인하던 날, 같이 떠나자는 구양봉의 요청을 끝까지 거절한다. 끝내 자신을 가지지 못하게 함으로써 그에게 복수하고 싶었기 때문이다. 그는 잃고 나서야 비로소 자신의 소중함을 알게 될 테니까. 그리고 가장 소중한 것은 가지지 못한 것, 영원히 부재하는 것이니까. 나아가 그의 기억 속에서 자신은 영원히 늙지도 않고 아름다운 모습으로만 남을 테니까.

여기서 자애인의 비극은 사랑을 승부로만 여겼다는 데 있다. 아마도 그녀는 끊임없이 괴로워하는 그를 느끼며 자신이 이겼다고 여겼을 것이다. 그래서 그녀는 늘 창밖만 바라보고 있었다. 자신이 들고 있던 꽃이 시들어버린 것도 모른 채. 그러던 어느 날, 그녀는 거울을 보고 자신이 패했다는 것을 깨닫는다. 젊음과 아름다움은 영원할 줄 알았는데 흘러가는 시간 속에서 그녀도 속절없이 늙어버린 것이다. 비로소 그녀는 허망함을 느낀다. 그에게 상처 주기 위해 그를 끝없이 그리워하면서도 그에게 가지 않음으로써, 결과적으로 가장 아름다웠던 시절을 그의 부재로 채워버렸기 때문이다. 그녀는 사랑의 기억만을 갉아먹으며 시간의 폐허 속에서 살았던 것이다.

旗未動 風也未吹 是人的心自己在動

자애인은 결과적으로 세 가지를 착각했다. 하나는 자신의 삶을 구양봉의 부재로 채우면서도 자신이 이기고 있다고 여긴 것이었고, 다른 하나는 구양봉의 친구인 황약사가 자신의 소식을 구양봉에게 전해줄 것이라 믿은 것이었다.

그녀가 복사꽃이 필 때마다 황약사와의 만남을 이어간 이유는 그를 통해 구양봉과의 재회를 소망했기 때문이다. 그러나 황약사는 그녀의 소식을 결코 구양봉에게 전하지 않는다. 왜 그랬을까? "그렇게 친한 사이면서 왜 내 소식을 전하지 않는 거죠?"라는 그녀의 절망 섞인 물음에, 황약사는 대답했다. "말하지 않기로 당신과 약속했으니까." 물론 황약사의 이 말은 잔인한 거짓말이다. 황약사는 어느 순간 그녀를 사랑하게 된 것이다. 그래서 그녀의 소식을 구양봉에게 전해주면 자신의 사랑도 끝날 것기에 결코 소식을 전할 수 없었던 것이다. 그는 말했다. "그녀를 좋아했지만 말하지 않았다. 가질 수 없는 것은 포기하는 게 나으니까. 아이를 보면서 다른 이를 떠올리는 것을 안다. 구양봉에게 질투가 난다." 그는 자애인의 의심을 피하기 위해 자신이 그녀를 사랑하고 있다는 사실마저 숨겼다. 그래야만 그녀가 자신과의 만남을 이어갈 테니까.

자애인의 마지막 착각은 취생몽사를 통해 구양봉도 이제 그녀를 잊을 수 있을 것이라 여긴 것이었다. 그러나 구양봉은 취생몽사를 그녀의 농담으로 받아들였다.

그렇다면 그녀의 착각은 도대체 어디에서 비롯된 것일까? 감독의 의도를 염두에 두고 생각해보면 '旗未動 風也未吹 是人的心自己在動(기미동 풍야미취 시인적심자기재동)'이라는 구절이 문제해결의 실마리를 제공할 수 있을 것 같다.[25] 감독은 불경에 나오는 이 구절 때문에 영화를 찍기로 결심했다고 하는데, 이를 좀 더 자세히 번역해보면 다음과 같다. '깃발은 움직

---

25 이는 풍번문답(風幡問答)의 일화로도 잘 알려져 있다. 중국 광효사에서 인종법사(627~713)가 『열반경』을 강의할 때였다고 한다. 문득 바람이 불어 깃발이 나부꼈다. 그러자 이를 두고 두 스님 사이에서 논쟁이 벌어졌다. 바람 때문에 깃발이 움직인 것인가, 아니면 깃발이 스스로 움직인 것인가? 이러한 논쟁이 사람들 사이로 퍼져가던 그때 혜능선사는 다음과 같이 말했다. "깃발은 움직이지 않았다. 바람 또한 불지 않았다. 움직인 것은 오직 사람의 마음일 뿐이다." 이러한 구절은 〈동사서독 리덕스〉의 맨 첫 장면을 장식한다.

이지 않았다. 바람 또한 불지 않았다. 무언가가 보이고 움직였다는 것은 그것이 보고 싶고 움직였다고 믿고 싶은 사람의 마음에서 비롯되었다고 보는 것이 옳다.'

나는 이 구절을 보면서 '사고의 자기중심성'을 떠올렸다. 우리는 신이 아니기 때문에 존재하는 사물이나 대상의 모든 것을 볼 수는 없다. 늘 일부만을 볼 뿐이며 그것도 자기가 가지고 있는 인식의 틀을 거친 다음에나 볼 수 있을 뿐이다. 다시 말해 우리는 자기가 보고 싶은 것만을, 그것도 왜곡시켜서 본다는 것이다. 따라서 우리가 본 것은 우리의 환영에 불과할 뿐 그것에 대한 믿음은 진실과도 무관하다.

이러한 사실은 모용언의 모습을 통해서도 확인할 수 있다. 모용언은 대연국의 공주이자 금지옥엽으로 자라났다. 하지만 그녀는 남장을 하고 사막에서 살아간다. 봄이 시작되던 어느 날, 황약사는 뜬금없이 그녀의 얼굴을 만지며 농담을 했다. "자네에게 여동생이 있다면 아내로 맞아들이겠네." 하지만 모용언은 이 농담을 진담으로 받아들인다. 그리고 황약사에게 버림받자 극심한 자아분열을 일으킨다. 낮에는 남장을 한 채 구양봉을 찾아가 황약사를 죽여달라 청부하고, 밤에는 여장을 한 채 황약사의 죽음을 청부한 오빠를 죽여달라 청탁하는 것이다. 그녀는 왜 황약사의 농담을 진담으로 받아들였던 것일까? 그리고 자신의 사랑이 좌절되자 왜 그처럼 괴로워했던 것일까? 그 까닭은 그녀의 외로움에서 찾아야 할 것 같다. 그녀는 외로웠던 것이다. 쓸쓸한 사막에서 여자임에도 불구하고 자신의 정체성을 억누르며 살아야 했기 때문이다. 인격체가 둘로 나뉜 뒤 술을 마시고 기억을 잃어가던 그녀는 어느 날 환각을 본다. 구양봉을 황약사로 착각한 것이다. 그리고 묻는다.

> 모용언 : 그날 복사꽃 아래에서 함께 술을 나누어 마셨지요. 당신은 내 얼굴을 만지면서 여동생이 있으면 아내로 맞겠다고 했어요. 내가 여자인 줄 알면서 왜 그러셨어요?
>
> 황약사/구양봉 : 술에 취해 한 말을 어찌 그리 믿소?
>
> 모용언 : 그 말 하나로 지금껏 버텼어요. 날 데려가달라고 했지만 그럴 수 없다고 했죠. 두 여자를 사랑할 수 없다며. 모용언을 사랑한다면서 어찌 다른 여자를 사랑하죠? 내게 수없이 물어봤어요. 당신은 날 사랑할까? 언젠가 못 참고 물어보면 사랑하지 않는다는 말은 하지 말아주세요. 부디 거짓말을 해줘요.

그러면서 그녀는 묻는다. "당신은 누굴 사랑하죠?" 넋이 나간 듯 그녀의 눈에는 초점이 없다. 구양봉은 "당신"이라고 대답한다. 왜? 그녀가 간절히 원했기 때문이다. 그녀에게 이제 더 이상 진실은 중요하지 않다. 그러할 것이라는 자신의 믿음이 더 중요한 것이다. 그리고 그날 밤, 그녀는 황약사의 환각 속에서 구양봉의 몸을 만지고 멀리 떠난다.

맹무살수 또한 마찬가지다. 실명 직전에 이른 그는 말했다. "해마다 봄이 되면 고향엔 복사꽃이 피지요. 눈이 멀기 전에 고향에 가보고 싶은

만남과 헤어짐의
다섯 가지 얼굴

데 노잣돈이 다 떨어졌소." 노잣돈이 떨어져 고향에 갈 수 없다는 그의 말은, 당연히 핑계다. 그가 아내를 그토록 그리워하면서도 사막을 떠돌 수밖에 없었던 이유는 아내가 자신이 아닌 황약사를 사랑한다고 믿었기 때문이다. 죽을 자리를 마적 떼와의 대결 장소로 정한 그는 문득 스스로에게 묻는다. "그녀가 날 위해 울어 줄까? 잠시나마 나를 사랑하기는 했던 것일까?"

이러한 맹무살수의 의문은 구양봉의 도화림 방문을 통해 해결된다. 아내는 구양봉이 들고 있던 남편의 손수건을 한눈에 알아보았다. 뿐만 아니라 그의 죽음을 알고 나자 밤새 오열한다. 맹무살수는 자신의 오해를 진실로 착각했던 것이다. 그녀가 진정 황약사를 사랑했는지의 여부는 알 수 없다. 그러나 적어도 그녀가 맹무살수를 사랑했다는 것만은 분명해 보인다. 그런데 왜 그는 그녀의 마음을 제대로 확인조차 해보지 않았던 것일까? 왜 그 긴 시간 동안 서로가 외롭게 떨어져 있어야만 했던 것일까? 맹무살수의 비극은 안타깝다.

덧붙여 구양봉은 도화림에 실제로는 복사꽃이 없다는 것을 발견한다. 복사꽃은 맹무살수 아내의 이름이었던 것이다. 아름답게 핀 복사꽃은 아마도 맹무살수의 기억 속에서만 존재하는 것이리라.

사막, 상처받은 자들의 공간

극중 사막은 삭막하다. 풀 한 포기 자라지 못할 만큼 메마른 불모의 땅이다. 무수한 사람들이 사소한 이유로 죽어가고 그 주검은 모래바람 속에 덧없이 묻힌다. 이곳은 정적과 쓸쓸한 바람만이 지배하는 공간이며 외로움 속에 사람이 미쳐가는 공간이다. 따라서 여기에 모여드는 사람들도 하나같이 큰 상처를 가졌거나 소중한 무언가를 잃어버린 사람들이다. 구양봉뿐만 아니라 황약사, 모용언, 맹무살수, 홍칠, 심지어 살인청부 의뢰인들까지 모두가 그렇다. 그렇다면 이러한 사막이 뜻하는 바는 무엇일까? 아마도 사막은 물리적 실재이면서 동시에 심리적 공간으로서 우리가 사는 세상에 대한 은유였을 것이다.

그렇다면 왜 인물들은 이처럼 고독한 공간 속에서 살아야만 하는 것일까? 가능한 답변 중 하나는 자기애와 잘못된 집착, 그리고 그것이 남긴 상처 때문이 아닌가 싶다.

구양봉은 젊은 날 최고의 검객이 되기 위해 늘 자애인을 떠나있었고, 자애인은 그런 그에게 자신의 소중함을 깨우쳐 주기 위해 그의 형과 결혼한다. 황약사는 자애인의 의도를 알면서도 그녀의 소식을 구양봉에게 전하지 않았고 표현할 수 없는 사랑 때문에 괴로워한다. 그러면서도 사랑받는 느낌을 알고 싶어 다른 사람에게 상처를 준다. 모용언은 대연국의 공주인 자신이 버림받았다는 사실 때문에 괴로워하고, 맹무살수는 아내가 황약사에게 호감을 품었다는 오해로 사막을 떠돌다 죽는다.

사막을 벗어나는 방법

이들에게는 삶의 모든 곳이 사막이다. 자기애와 잘못된 집착에서 벗어나지 않는 한 잿더미 같은 시간 속에서도 벗어날 방법이 없다. 그런 면에서 홍칠은 희망을 상징한다. 홍칠은 구양봉과 지내면서 냉정한 그를 닮아가지만, 어느 순간 그런 자신에게 실망한다. 그리고 계란 한 바구니와 당나귀 한 마리로 살인을 청부한 완사녀의 청탁을 받아들인다. 그가 청부를 받아들인 이유는 그것이 옳은 일이었기 때문이다. 그는 대결에서 치명상을 입지만 그 대가로 자기애뿐만 아니라 사막에서도 벗어난다.

구양봉이 결국 사막을 벗어날 수 있었던 것도 홍칠의 영향을 받았기 때문이다. 구양봉은 "거절당하기 싫으면 거절해야 한다"는 믿음 때문에 자애인의 죽음을 알면서도 백타산으로 돌아가지 않으려 했다. 그러나 그는 비가 오는 날마다 백타산에서의 기억에 젖어들고 그녀를 그리워한다. 괴로움을 이길 수 없어 취생몽사를 꺼내 마시지만 그녀는 결코 잊혀지지 않는다. 오히려 잊으려 하면 더 선명하게 기억난다. 붉은 꽃을 들고 상념에 잠긴 그녀의 모습이, 하얗게 빛나는 얼굴로 끝없이 떠오르는 것이다. 그녀는 말했다. "가질 수 없는 때가 오면 유일하게 잊지는 말자"고.

그녀의 죽음과 그녀의 말에 대한 기억은 결국 그를 변화시킨다. 구양봉은 자신의 집을 불태우고 사막을 떠난다. 그날 구양봉의 운세에는 '불이 쇠를 이기고 서쪽이 길일'이라고 나와 있었다 한다. 이는 그녀의 곁으로 가고자 하는 그의 의지가 만든 운세일 뿐이다. 불은 타오르는 열정과 솔직함을 뜻하고 쇠는 차가움과 냉정함을 뜻한다. 불이 쇠를 이겼다는 것은 그녀에 대한 사랑과 솔직함이 그의 자기애과 냉정함을 이겼음을 뜻한다.

우리에게 필요한 것은 이 속에 있지 않을까? 자기애와 잘못된 집착에서 벗어나는 것. 어쩌면 이는 우리가 행복해질 수 있는 거의 유일한 방법인지도 모른다. 그러나 그러한 깨달음은, 막상 실천이 쉽지 않다는 데 우리의 비극이 존재한다.

중경삼림

왕가위 감독

양조위 · 왕페이 · 임청하 · 금성무 주연

홍콩, 1994년

_ 도시라는 사막 속 낙원 만들기

20년 전, 군 복무를 하던 시절 영화 〈중경삼림〉을 본 적이 있다. 불 꺼진 내무반에서였는지 아니면 휴가 중 집에서였는지 정확히 기억나지 않는다. 하지만 영화를 보고 오랫동안 잠들지 못했던 기억만은 선명하다. 실연의 상처를 달래기 위해 비를 맞으며 하염없이 운동장을 달리던 223, 지독한 외로움 속에서 비누와 대화하던 663의 모습이 한동안 머릿속을 떠나지 않았기 때문이다. 아마 그때쯤 나도 그들과 비슷한 상처에 괴로워하고 있었는지도 모르겠다.

〈중경삼림〉의 에피소드 1과 2는 시공간과 인물들을 공유하기에 많은 부분에서 닮은 것처럼 보인다. 그러나 이 둘은 사실 서로 다른 이야기다.

에피소드 1이 도시 공간의 불모성과 소통 불가능성에 초점이 맞춰졌다면, 에피소드 2는 그러한 공간으로부터의 벗어남에 초점을 맞추고 있기 때문이다.

223은 끝내 소외에서 벗어나지 못한다. 그는 불모의 공간에서 사랑의 대상을 잃었고, 다시 새로운 대상을 찾기는 했으나 그 사랑은 기억 속에서만 가능할 뿐이다. 그러나 663은 결국 탈주에 성공한다. 현실세계에서 진정한 사랑의 대상을 만나 그녀와 행복한 삶을 시작하려는 것이다.

여기서 몇 가지 질문을 던져보자. 두 에피소드의 주인공들은 왜 서로 다른 운명을 맞이하게 되었을까? 둘의 운명이 뒤바뀔 순 없었을까? 만약 그것이 가능 또는 불가능했다면 그 이유는 무엇 때문이었을까?

중경삼림, 사막의 다른 이름

〈중경삼림〉의 주인공들이 살아가는 중경빌딩 주변은 복잡한 도시 공간이다. 그들은 수많은 사람들과 부대끼며 살아가지만 그 만남은 일회적이거나 소모적이다. 따라서 삶도 철저히 소외되어 있다. 누구나 진실된 사랑을 갈구하지만 그들이 만난 사랑은 유통기한이 정해진 통조림처럼 일정 기간 속에서만 유효할 뿐이다.

나는 그들의 삶에서 사막을 떠올렸다. 메마른 모래바람이 불고 말라 죽은 나무만이 쓸쓸히 서 있는 불모의 땅 말이다. 비록 사람들과 빌딩으로 가득 찼다 하더라도 진정한 만남과 사랑이 부재한다면 그 공간은 고독한 사막과 무엇이 다를까? 따라서 중경삼림重慶森林은 '도시'라는 '사막'의 다른 이름이며 그곳은 다음과 같은 속성을 가진다.

첫째, 삶은 익명성을 특징으로 한다. 에피소드 1의 주인공은 경찰넘버 223, 에피소드 2의 주인공은 663이다. 고유명사가 아닌 숫자로 이름이 불린다는 것은 그들이 거대 사회 속에서 도구화된 존재, 즉 그 무엇으로도 바꿀 수 없는 독특함과 개성을 잃어버린 존재, 상황에 따라 언제든 다른 것으로 대체 가능한 존재가 되었음을 뜻한다.

둘째, 소통하고자 하는 노력은 쉽게 좌절된다. 223은 메이에게 버림받은 뒤 쓸쓸함을 잊기 위해 오래전부터 알던 사람들, 심지어 자신을 기억조차 하지 못하는 초등학교 4학년 때 동창에게까지 전화를 건다. 하지만 그 누구와도 소통하지 못한다. 이렇게 소통에 좌절하자 그는 파인애플 통조림 30개와 샐러드 네 접시를 먹어치우는 것으로 허전함을 달랜다. 663이 셔츠, 인형 등과 대화하는 것도 이러한 측면에서 이해 가능하다.

셋째, 사람들은 유통기한 내에서만 가치를 인정받는다. 223은 사랑의 유통기한 5년이 지나자 메이에게 버림받는다. 레인코트를 입은 여인 또한 마찬가지였다. 그녀와 함께 마약을 운반하던 인도인들이 마약을 들고 도주하자, 바에 있던 영국인은 그녀에게 유통기한이 5월 1일인 통조림을 건넨다. 이 통조림의 의미는 두 가지로 해석 가능하다. 하나는 그녀가 이 사태를 해결해야 하는 시간이 5월 1일까지라는 것이고, 다른 하나는 그녀 자체의 유통기한이 5월 1일일 수도 있다는 것이다.

이 때문이었을까? 〈중경삼림〉을 채우는 대부분의 시간은 어두운 밤이다. 밤은 우리 삶의 외로움을 보여주는 시간이며, 그때의 도시는 현기증이 날 정도로 어지럽다. 그리고 이 속에서 인물들은 탈주를 꿈꾼다. 레인코트나 선글라스, 캘리포니아와 비행기 등은 그러한 탈출 욕망의 표현인 것이다.

레인코트를 입은 여인에게는 삶 자체가 비 내리는 시공간이다. 무수한 삶의 비를 맞으며 그녀는 햇빛 찬란한 날들을 꿈꾸었던 것이 아닐까? 그래서 그녀는 늘 레인코트와 선글라스를 동시에 착용한다.

마마스 앤 파파스의 〈California Dreaming〉에 맞춰 춤추는 왕페이의 모습도 탈출 욕망을 드러내기는 마찬가지다. 마마스 앤 파파스는 어느 추운 겨울 날, 따뜻한 캘리포니아의 날씨를 생각하며 이 곡을 썼다고 한다. 따라서 찬란한 햇살을 꿈꾸며 〈California Dreaming〉에 맞춰 춤추는 왕페이의 현실적 삶도, 실상은 춥고 어둡다고 보아야 한다. 그렇다면 노래 속 캘리포니아는 그녀의 상상 속에 존재하는 낙원일 것이다. 그녀는 〈California Dreaming〉을 듣고 종이비행기를 날림으로써 어둡고 고독한 현실로부터의 탈출을 꿈꾸었던 게 아닐까?

에피소드 1. 소니의 이유

223은 메이를 잊기 위해 비 내리는 운동장을 미친 듯이 달리거나 폭식을 하는데, 문득 의문이 든다. 그가 한 노력은 실연의 상처를 극복하는 바람직한 방법이었을까? 그리고 그는 왜 버림받았을까? 물론 떠나간 메이나 푸석푸석하게 메마르고 단절된 사회 구조에도 문제가 있을 수는 있지만, 그 스스로는 아무런 잘못이 없었던 것일까?

메이가 223을 떠난 이유는, 그녀는 야마구치 모모에를 닮았지만 그가 모모에의 남편 토모가즈를 닮지 않았기 때문이라고 한다. 뭔가 이상하다. 과연 223이 토모가즈를 닮지 않은 게 이별 이유의 전부가 될 수 있단 말인가? 만약 그렇다면, 그는 애초에 사랑의 대상을 잘못 찾은 것이다. 그러나 그것이 이유의 전부가 아니라면 그에게 또 다른 잘못이 있었던 것은 아닐까?

223은 말했다. "5월 1일은 내 생일. 30개의 통조림을 다 샀을 때에도 그녀가 돌아오지 않는다면 사랑의 유통기한도 끝이다." 그의 말에서 보듯 그는 메이가 떠나간 뒤 그녀를 기다리기는 했다. 그러나 그 기다림은 철저히 유통기한 속에서만 존재했으며 그 밖에 관계회복을 위한 어떠한 노력도 하지 않았다. 그는 그녀에게 전화를 걸지도, 만나려고도, 나아가 그녀가 무엇을 좋아하고 싫어했는지, 그녀가 자신을 떠난 진짜 이유는 무엇인지 알아보려고도 하지 않았던 것이다. 6개월 만에 지명수배범을 잡고 메이에게 전화했는데 다른 남자가 받자, "이젠 완전히 끝"이라고 외친 것이 전부였다. 그렇다면 그 또한 그녀처럼 애초에 통조림 같은 사랑을 했던 것은 아니었을까? 그렇다면 그녀 또한 딱 223처럼만 그를 사랑했을 뿐이다. 잘못은 223에게도 있었다.

그런 223에게도 우연히 사랑의 대상은 나타난다. 에피소드 1의 첫 장면에, 흐릿하게 지나가는 수많은 사람들 속에서 레인코트를 입은 그녀가 지나간 것이다. 그들이 가장 가까이 스치던 그 순간 "57시간 후, 난 그녀를 사랑하게 된다"는 223의 독백이 이어진다. 둘이 처음 만난 시간은 4월 28일 저녁 9시. 그리고 정확히 57시간 뒤인 5월 1일 새벽 6시에 그는 그녀를 영원히 사랑하게 된다.

그는 말했다. "1994년 5월 1일에 한 여자가 '생일 축하해'라고 말해줬다. 그 한마디로 난 그녀를 영원히 기억할 것이다. 기억이 통조림에 들었다면 유통기한이 영영 끝나지 않기를, 만일 기한을 적는다면 만년 후로 해야겠다."

삐삐 한통이 223으로 하여금 영원한 사랑을 가능하도록 만든 것이다. 그렇다면 그녀는 왜 223에게 생일 축하 메시지를 보냈던 것일까?

이유는 그가 그녀에게 보인 다정함에서 찾을 수 있을 것 같다. 223은 호텔 방을 나오기 전 잠든 그녀의 구두를 벗겨주며 독백한다. "엄마가 언젠가 여자가 힐을 신은 채로 자면 다음 날 발이 붓는다고 하셨다. 어젯밤 정말로 많이 걸었나 보다. 그녀처럼 아름다운 여자에겐 깨끗한 구두가 어울린다." 그리고 그녀의 구두를 자신의 넥타이로 닦아준다. 이후 그가 나

만남과 헤어짐의
다섯 가지 얼굴

가자 그녀는 일어난다. 그녀는 깨어있었던 것이다.

　그녀의 아름다움과 223의 다정함으로 말미암아 어쩌면 이들은 근사한 인연이 될 수 있었을지도 모른다. 그러나 현실 공간에서 이들의 진정한 소통과 사랑은 불가능하다. 왜 그럴 수밖에 없었을까? 그 이유 중 하나는 이들의 역설적 관계 때문이다. 이들의 관계는 모르면 이해에 이를 수 없고, 알게 되면 용납할 수 없다. 그녀는 이미 많은 사람을 죽인 마약 밀매업자다. 반면 223은 그녀를 체포해야 하는 경찰이다. 따라서 이들은 애초에 현실적인 사랑이 불가능한 존재들이었다.

　또 다른 이유는, 그녀는 이해가 사랑의 필요조건일 뿐이라 생각하기 때문이다. 그녀는 바에서 거울 속에 비친 223을 보며 말했다. "사실 한 사람을 이해한다 해도 그게 다는 아니다. 사람은 쉽게 변하니까. 오늘은 파인애플을 좋아하는 사람이 내일은 다른 걸 좋아하게 될지도 모른다." 말하자면 그녀는 사람의 마음을 믿지 못하기 때문에 마음의 문도 열 수 없었던 것이다.

　223은 그런 그녀를 영원히 기억하겠다고 했지만 그의 사랑은 여전히 고독하다. 때로는 공허하게 느껴지기도 한다. 그의 사랑은 실체가 없으며 일방적이기 때문이다. 따라서 기억을 사랑이라 여기는 그의 모습은 더없이 쓸쓸하고 쓸쓸하다.

223은 소외 속에서 좌초당하고 말았다. 그런데 663은 어떻게 소외를 벗어날 수 있었을까? 그것은 663이 보여주었던 믿음과 배려 때문이다. 663은 실연을 당했을 때 떠나간 그녀를 이해하려 노력했다. 그리고 기한을 정해놓고 기다리지도 않았다. 언젠가 그녀가 돌아오리라 믿고 자신의 삶을 지속해간 것이다. 그런 그였기에 〈California Dreaming〉을 들으며 밝고 따뜻한 세상을 꿈꾸던 왕페이가 다가올 수 있지 않았을까? 그녀 또한 유통기한을 넘어선 사랑을 꿈꾸고 있었느니 말이다.

편의점에서 그녀는 흐릿해진 유리창과 먼지 앉은 선반, 더러워진 바닥 등을 끊임없이 닦고 또 닦는다. 그리고 나중에는 663의 집을 깨끗하게 닦는다. 이처럼 그녀가 무언가를 계속해서 닦는 행위는 663의 어두웠던 과거를 지우고 그의 깊은 상처를 치유해주고자 하는 그녀의 욕망을 상징한다.

그녀는 그의 집을 바꾸기 시작한다. 새로 금붕어를 사오고 식탁보와 낡은 이불을 교체한다. 오래된 통조림을 새것으로 바꿔두고 새 셔츠를 옷장에 걸어둔다. 이제 그녀는 떠나간 663의 전 애인 대신 그의 삶을 채우고 빛나게 하는 것이다. 그녀는 그의 집을 바꾸고 숨어서 그의 이름을 불렀지만 한동안 663은 어렴풋한 형태로만 변화를 느낄 뿐이었다.

그러던 어느 날, 그녀는 663의 집에서 종이비행기를 날리고 663은 그런 그녀를 본다. 비로소 그는 이미 많은 것이 달라졌음을 깨닫는다. 그리

만남과 헤어짐의
다섯 가지 얼굴

고 그날 밤, 그녀를 찾아가 데이트 신청을 한다. 663은 그녀가 걸어두었던 체크무늬 남방을 입고 캘리포니아 바에서 그녀를 기다렸다. 하지만 그녀는 오지 않았다. 그녀는 편지 한 통을 남긴 채 사표를 내고 진짜 캘리포니아로 떠난 것이다. 그들은 같은 시간 각기 다른 캘리포니아에 있었던 셈이다. 그녀는 왜 그랬던 것일까?

아마도 이들의 만남이 진정성을 가지려면 다른 장소와 기다림이 필요했기 때문은 아니었을까? 왕페이는 말한다. "난 거기 갔었어요. 8시엔 붐빌 것 같아 7시 15분에 도착했죠. 그날 비가 많이 왔는데 그걸 창 너머로 보고 있자니 진짜 캘리포니아 날씨가 궁금해졌어요."

그녀에게 캘리포니아는 따뜻한 공간이고 진정한 만남과 사랑의 공간이었다. 그녀는 지금까지 그러한 캘리포니아에 대한 꿈을 꾸며 어두운 현실을 견뎌왔던 것이다. 따라서 이들의 만남이 진정한 것이 되려면 그 만남은 잠시 유예되어야 한다. 그들이 만나기로 한 캘리포니아는 술집에 불과했고, 꿈꾸던 캘리포니아에 가보지도 않은 채 그와의 만남을 시작한다면, 그곳에 대한 환상은 언제든 그들의 관계를 방해할 수도 있을 테니 말이다. 그들의 만남이 현실에서 뿌리 내리려면 환상은 극복되어야 하는 것이다. 그래서 그녀는 자신에게 1년의 시간을 주었다.

1년 뒤, 이들의 만남이 이어지려면 두 가지가 선행되어야 한다. 하나는 그가 그녀의 편지를 봐야만 하고(전 애인의 편지는 끝내 보지 않았으니까), 다른 하나는 그녀를 1년간 기다려야 한다. 따라서 이때의 1년은 사랑과 믿음의 시험대가 된다. 그녀에 대한 간절함이 진짜였다면 그는 그녀가 남긴 비행기 티켓을 믿고 다음 탑승을 기다릴 것이다.

1년 후, 드디어 663은 익명성을 벗었고 그녀의 오빠가 운영하던 편의점을 넘겨받았다. 그런 그에게 왕페이는 새로운 탑승권을 만들어준다. 그들의 목적지는 '당신이 가고 싶은 곳'이다. 아마 이들은 여행을 같이 하듯 삶도 같이 하게 될 것이다. 〈중경삼림〉의 마지막 장면이 그간의 어두움을 벗고 밝게 빛나는 것은 이들의 삶 또한 밝고 찬란할 것임을 암시한다. 더불어 들려오는 왕페이의 몽중인은 아름답기까지 하다.

이들은 지금껏 비행기를 타거나 캘리포니아로 가는 꿈을 꾸었지만 이제 더 이상 비현실을 꿈꾸지 않는다. 그들이 살아가야 할 곳은 '지금 바로 여기'이기 때문이다. 떠나고자 했던 욕망은 환상을 극복하고 다시 현실로 돌아왔으며 낙원은 이들이 몸담은 현실 속에 세워졌다.

이러한 663과 왕페이의 모습은 몇 가지 사실을 알려준다. 하나는, 고독하고 쓸쓸한 현실 속에서도 얼마든지 사랑의 꽃을 피워낼 수 있다는 것이다. 그리고 다른 하나는, 중요한 것은 삶의 현실적 조건이 아니라 그것을 극복하고자 하는 의지이며 서로에 대한 믿음과 배려라는 것이다.

만남과 헤어짐의
다섯 가지 얼굴

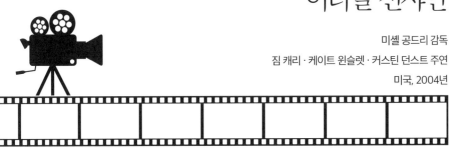

이터널 선샤인

미셸 공드리 감독
짐 캐리 · 케이트 윈슬렛 · 커스틴 던스트 주연
미국, 2004년

_ 영원한 사랑의 햇살

사랑을 시작할 때 우리는 황홀 속에 빠진다. 사랑하는 사람과 함께 걸으면 거리는 색깔마저 다르게 보인다. 풍경은 밝고 공기는 떨림으로 가득하다. 사랑의 대상과 함께하는 매 순간은 그 자체로 아름다운 광휘光輝인 것이다.

그러나 아쉬운 점은 이 같은 순간이 영원하지 않다는 것이다. 시간이 지남에 따라 때로 사랑은 빛을 잃는다. 풋풋함은 사라지고 설렘의 기억 또한 갑각류의 껍질처럼 퇴화하고 만다.

왜 그런 것일까? 아마도 숱한 것들의 일상화 속에서 사랑마저 일상화되었기 때문이 아닐까 싶다. 조엘과 클레멘타인의 경우도 마찬가지였다. 2003년 11월 19일의 일기에 조엘은 다음과 같이 적었다. "또 중국집에서 저녁을 때웠다. 우리도 딱한 커플이 되어가는 걸까? 둘이 멀뚱히 앉아 먹어대기만 하는. 생각만 해도 너무 끔찍하다." 나아가 조엘은 맥주를 마시는 그녀를 보며 속으로 생각한다. "또 취해서 멍청한 짓을 하겠지." 이에 질세라 클레멘타인도 불쑥 말한다. "머리 감고 나면 비누에 묻은 머리칼 좀 떼줄래."

이들의 모습이 낯선가? 아닐 것이다. 오래된 연인들이라면 누구나 한 번쯤 경험한 일일 테니까. 문득 궁금해진다. 조엘과 클레멘타인의 사랑은 채 2년도 지나지 않아 지겨워졌다. 이들의 모습이 낯선 게 아니라면 왜 우리의 두근거리던 사랑은 이토록 유효기간이 짧은 것일까? 이게 사랑의 본래 모습인가? 그렇다면 사랑의 기쁨도 결국에는 찰나에 불과한 것인가? 더불어 영원한 사랑이라는 것도 상상 속에서만 존재하는 것인가?

하지만 그게 사랑의 온전한 모습이 아니라면, 또는 그래도 사랑을 지속해야 한다면, 처음 사랑을 나누던 때의 찬란함을 우리 마음속에 되살릴 수는 없는 것일까?

기억 지우기의 역설

영화 〈이터널 선샤인〉은 앞선 질문들에 대한 하나의 답변처럼 보인다. 조엘과 클레멘타인은 우연한 만남부터 근사한 인연이었다. 몬탁의 한적한 바닷가에서 시작된 이들의 만남은 꽁꽁 얼어붙은 찰스강의 밤하늘 아래

만남과 헤어짐의
다섯 가지 얼굴

에서 가장 신비롭게 빛난다. 하지만 많은 연인들이 그러하듯 이들 또한 반복된 일상 속에서 서로를 지겨워하게 된다.

따지고 보면, 애초부터 이들은 다른 성향의 사람이었다. 조엘은 조용한 성격이었고 삶 또한 무척 단조로운 편이었다. 그에 반해 클레멘타인은 무미건조한 삶을 견디지 못했다. 그녀는 자신이 착한 것도 남이 착하게 구는 것도 싫은 여자였고, 누릴 건 다 누리고 1분 1초도 낭비하지 않으며 격정적으로 살아야만 직성이 풀리는 여자였다.

이 때문이었을까? 어느 순간 서로의 차이에 지친 이들은 심하게 다투게 된다. 이어 클레멘타인은 라쿠나사를 찾아가 그와 함께했던 기억들을 모조리 지워버린다. 친구를 통해 그녀가 자신에 대한 기억을 지웠음을 알게 된 조엘은 그녀를 향한 원망과 사랑의 괴로움 속에서 결국 그녀에 대한 자신의 기억마저 지우게 된다.

바로 여기서 하나의 역설이 나타난다. 기억을 지우기 위해서는 한때 사랑했던 대상의 사진이나 옷, 둘이서 함께 산 CD 등 그/그녀와 관계된 물건들을 먼저 찾아야 했기 때문이다. 그리고 그것과 관계된 기억의 회로를 만들어야 했기 때문이다. 이러한 기억들은 한때 분명히 존재했지만 지금은 까마득히 잊고 있던 것들이다. 따라서 기억 지우기는 그 결과와는 무관하게 기억의 저 깊은 곳에서 아름답게 빛나던 사랑의 순간들을 찾아가는 과정이 된다.

망각은 그녀와 다투었던 환멸의 순간들로부터 시작되었다. 하지만 기억을 점차 지워갈수록 조엘은 과거의 행복하고 가슴 뛰던 모습들을 보게 된다.

첫 번째는 못난이 인형과 관련된 것이다. 언젠가 그녀는 물었다. "조엘, 나 못생겼어? 어릴 땐 그렇게 생각했어. 벌써 눈물이 나네. 아이로 사는 건 참 외로운 것 같아. 자긴 그거 모를 걸. 나 여덟 살 때 인형을 모았거든. 제일 좋아한 못난이를 '클레멘타인'이라 부르곤 맨날 소리쳤어. 못생기지 말고 예뻐지라고. 황당하지만 걔가 변신하면 마법처럼 나도 예뻐질 것 같았거든…. 날 버리지 마."

이런 말을 하는 그녀의 내면은 지금껏 상처로 가득 차 있었다. 그러고 보면 둘이 처음 만난 날도 그녀는 바닷가에 홀로 있었다. 그녀는 외진 곳에 앉아있는 그를 보며 말했었다. "여기 혼자 앉아있는 걸 보고는 너무나 고마웠죠. 나처럼 적응 못하는 사람이 또 있구나."

우리는 서로의 상처를 마주할 때 더욱 가까워지게 된다. 이 때문이었을까? 못난이 인형의 기억을 고백하던 그녀는 눈부실 만큼 애틋하고 사랑스러웠다. 그래서 조엘은 외쳤다. "이 기억만은 남겨주세요."

두 번째는 꽁꽁 언 찰스강에 갔을 때의 기억이다. 얼음 위에 누워 밤하늘을 바라보던 그는 그녀의 손을 잡고 말했다. "지금 죽어도 좋아. 나 너무 … 행복하다. 이런 기분 처음이야."

이어 그는 또다시 외친다. "취소할래요. 내 말 알아듣죠? 다 취소한다 구요. 내 말 들려요? 기억 지우기 싫다구요." 하지만 그의 외침은 끝내 밖에 들리지 않는다. 그리고 기억들은 지워진다.

세 번째는 〈이터널 선샤인〉에서 내 마음에 가장 저릿하게 남은 장면 중 하나다. 이들이 처음 만나 해변의 빈집에 들어갔을 때의 일이다. 그녀는 그에게 와인을 마시며 밤을 같이 보내자고 했다. 하지만 친구 차를 타야 한다며 그는 떠났다. 이로써 그녀는 텅 빈 어둠 속에 홀로 남겨지고 말았다.

이 장면은 마치 하나의 상징처럼 여겨졌다. 사랑했던 사람이 불현듯 떠나버렸을 때 우리는 마치 텅 빈 어둠 속에 홀로 남겨진 것 같은 기분을 느끼지 않나? 따지고 보면 조엘이 클레멘타인을 떠난 것은 그것이 마지막인 것도 아니었다. 그는 그녀와 함께 했어야 할 결정적 순간에 늘 그녀 곁을 떠났던 것이다. 결국 그녀가 파멸의 상처 속에서 괴로워했던 이유도, 스스로 자신의 기억을 지울 수밖에 없었던 이유도, 또다시 그가 그녀를 빈집의 어둠 속에 홀로 남겨두었기 때문은 아니었을까?

어둠 속에서 그녀는 말했다. "조엘, 이번엔 가지마." 하지만 기억의 집은 허물어져간다. 이제 어쩔 수 없다는 듯 천천히 계단을 내려온 그녀는 말했다. "그럼 인사라도 해. 좋은 추억을 나눈 듯."

애틋한 아름다움으로 기억되던 그녀, 당장 죽어도 좋을 만큼 벅찬 행복감을 안겨주던 그녀, 그리고 마지막 사랑과 작별의 말을 전하던 그녀.

이런 그녀를 어떻게 잊을 수 있을까?

물론 하워드 박사는 그녀와 관계된 모든 기억들을 지웠다. 하지만 기억이 지워졌다 해서 정말 소중한 모든 것들이 다 지워진 것일까? 아니다. 지워진 것들은 언제나 부분일 뿐이다. 결코 전체가 될 수 없다. 그래서 사랑의 기억은 영원하다. 머리가 아니면 몸으로 마음으로 끌림으로 기억한다. 그것은 기계의 조작 따위로 사라지는 게 아니다. 기억을 지웠음에도 불구하고 서로에 대한 끌림으로 다시 만난 이들은 기계로는 결코 지울 수 없는 사랑의 힘을 증명한다.

그러고 보면 이 영화는 기억 지우기를 통해 우리 곁에 있었던 대상이 얼마나 찬란하게 빛나던 존재인지를 다시 일깨워주는 작품이 아니었을까?

이터널 선샤인

영화를 보면서 계속 궁금했던 것 중 하나는 제목의 의미였다. '이터널 선샤인Eternal Sunshine'이라는 제목이 뜻하는 바 '영원한 햇살'의 의미는 무엇이었을까?

제목의 배경이 되는 시를 직접 언급한 유일한 인물은 매리다. 그렇다면 제목의 의미 또한 일차적으로는 매리와의 연관 속에서 찾아야 할 것으로 보인다. 매리는 현재 라쿠나사에서 하워드 박사의 조수로 일하고 있다. 한때 그녀는 하워드 박사와 깊이 사랑하던 사이였다. 하지만 이룰 수 없는 사랑에 괴로워하다가 결국에는 자신의 기억을 지워버리기에 이른다.

기억을 지운 그녀는 하워드 박사를 두고 다음과 같이 예찬했다. "사람들을 다시 시작하게 했지. 아기를 보면 순수하고 자유롭고 순결하지만 어른은 슬픔과 공포에 찌들었어. 그걸 선생님이 없애주시잖아."

이와 같은 면들을 놓고 보면 그녀는 분명 망각 예찬론자다. 그래서 "망각한 자는 복이 있나니 실수조차 잊기 때문이라"는 니체의 잠언을 두 번이나 읊조린다. 그러고는 하워드 박사 앞에서 알렉산더 포프의 다음과 같은 시 구절을 낭송하기도 하는 것이다.

> 흠결 없는 처녀 사제는 얼마나 행복한가!
> 세상은 그녀를 잊고, 그녀는 세상을 잊어가네.
> 티끌 없는 마음의 영원한 햇살이여!
> 기도는 허락되지만, 소망은 내려놓는구나.
> How happy is the blameless vestal's lot!
> The world forgetting, by the world forgot.
> Eternal sunshine of the spotless mind!
> Each pray'r accepted, and each wish resign'd.

"지금 적절할 거 같았어요. 선생님 하시는 일 높이 사요. 잘은 몰라도"라던 그녀의 말을 고려해볼 때, 시의 의미는 '망각의 행복'에 대해 이야기하는 것처럼 보인다. 그렇다면 이 시의 구절에서 유래한 제목 '이터널 선 샤인' 또한 망각에 대한 긍정을 뜻하는 것으로 받아들이면 되는 것일까? 하워드에 대한 사랑의 기억을 잃어버린 매리의 관점에서, 결국 망각은 사 랑의 괴로움을 잊고 어린 아이의 순진무구함으로 회귀하는 거의 유일한 방법이었을지도 모르니 말이다.

하지만 문득 궁금해졌다. 망각이 정말 그처럼 긍정적이기만 한가? 물 론 니체의 말처럼, 우리가 행복해지려면 일정 수준의 망각은 필요하다. 그러나 니체마저도 삶을 사랑하기 위한 기억은 필요하다고 보았다. 더구 나 그녀는 자신이 기억을 지운 사실을 알고는 그것이 너무 끔찍한 일이 라 여기지 않았나? 그래서 라쿠나사의 고객들에게 그들이 기억을 지운 사실을 알림과 동시에 각자의 기억파일들을 돌려주지 않았던가?

뿐만 아니라 라쿠나사가 기억을 지우는 방식은 대단히 폭력적이기까 지 했다. 그들은 기억 지우기를 멈추라는 조엘의 목소리를 듣지 못했다. 게다가 조엘이 기억 지우기에 저항해 눈을 떴을 때 주사를 놓아 다시 재 워버렸다. 이때 보인 조엘의 눈물은 그들의 방식에 심각한 문제가 있음을 드러낸다.

그렇다면 인위적인 망각을 통한 순수로의 회귀는 매리의 말처럼 '아기 와 같은 순수함과 자유로움'으로 가는 길일 수 없다. 오히려 그것은 뇌손 상을 수반하는 퇴행으로 보아야 한다.

따라서 '이터널 선샤인'의 의미 또한 다른 관점에서 접근해야 할 것

만남과 헤어짐의
다섯 가지 얼굴

같다. 그렇다면 '망각의 행복' 외에 가능한 답변으로는 무엇이 있을까? 불현듯 이런 생각이 들었다. 그것은 바로 '영원한 사랑의 햇살'이 아닐까. 사랑의 순간은 눈부시게 빛나기 때문이다. 또한 그것은 찰나가 아니라 우리의 노력에 따라 영원할 수 있기 때문이다.

조엘과 클레멘타인이 처음 만나 꽁꽁 언 찰스강으로 간 순간을 되짚어보자. 그녀를 따라 강의 얼음 위에 올라서기는 했지만 언제 얼음이 깨질지 몰라 조엘은 두려웠다. 아마도 평상시의 그였다면 얼음 위에 올라가는 것은 생각조차 못했을 것이다. 하지만 사랑은 그를 변화시켰다. 그는 두려움을 무릅쓰고 깊은 강의 얼음 위에 누웠던 것이다. 이때 그 앞에 펼쳐진 밤하늘은 별빛과 사랑의 황홀로 가득했다. 그는 비로소 자기 밖의 세상을 본 것이다.

매리가 찾고 싶었던 순수함과 자유로움이란 이와 같은 순간에 드러나는 게 아닐까? 사랑의 기쁨과 황홀에 빠진 순간, 그는 아무것도 두렵지 않았기 때문이다. 오직 순진무구한 아이처럼 지금껏 맛본 적 없는 최고의 행복과 기쁨만을 느꼈다. 그러한 기쁨은 오직 사랑의 순간에만 열린다. 이것이야말로 프랑스의 철학자 알랭 바디우^{Alain Badiou}가 말했던, '둘이서 구축하는 진리의 세계'가 아니었을까? 둘의 차이가 빚어내는 사랑의 세계, 견고한 자기동일성이 깨지는 자리에서 열리는 새롭고 경이로운 세계 말이다.

그렇다면 '티끌 없는 마음의 영원한 햇살^{Eternal sunshine of the spotless mind}'

이란 뜻도 이 속에서 해석되어야 하지 않을까? '사랑하는 이와 함께하는 영원한 사랑의 햇살'로 말이다.

끝없는 사랑의 선언

바로 이 지점에서 하나의 의문이 떠오른다. 사랑의 햇살은 정말로 영원한 것인가? 그런데 우리는 왜 자주, 그토록 황홀했던 순간들을 기억조차 못 하는가?

대답은 간단하다. 사랑의 순간은 그야말로 순간에 불과하기 때문이다. 조엘과 클레멘타인이 그러했듯, 서로에 대한 기억을 지우고 헤어지는 과정은 사랑이 죽음으로 소진되는 과정을 보여준다. 소중한 사랑이 죽음으로 끝나지 않으려면 방법은 하나밖에 없다. 사랑이 시작되는 우연하고 황홀한 만남을 넘어서서 사랑의 선언을 지속해야 하는 것이다. 이러한 사랑의 선언이야말로 바디우가 말한, '우연을 영원 속에 기록하는 과정'이자 '우연이 고정되는 순간'이 된다.

따라서 이와 같은 선언은 단 한번으로 완결될 수 없다. 그것은 '항상' 이루어져야 한다. 짚어야 할 점은, '항상'은 결국 그것을 통해 '영원'으로 이어진다는 점이다. 이로써 사랑의 선언은 영원의 선언이 된다. 그리고 이 때만이 사랑은 우연을 넘어서는 영원에 대한 제안이 된다.[26]

---

26 알랭 바디우, 조재룡 옮김, 『사랑 예찬』, 도서출판 길, 2010, 55-59쪽 참조.

만남과 헤어짐의
다섯 가지 얼굴

이와 같은 선언이 지속되기 위해서는 두 가지 조건이 전제되어야 한다. 하나는 사랑하는 이와 함께 차이의 관점에서 세계를 바라보려는 노력이다. 기억을 모두 지운 뒤였지만 조엘과 클레멘타인은 몬탁에서 다시 만난다. 그리고 조엘의 집으로 가는 차 안에서 그들은 매리가 보낸 편지와 녹음테이프를 발견한다. 비로소 이들은 지난 시간 그들에게 있었던 일들과 서로가 서로에 대해 품었던 두려움과 오해를 알게 된다. 비밀을 알게 된 클레멘타인은 그를 떠나려 했다. 조엘은 그녀를 붙잡는다. 그러자 그녀가 말했다.

> **클레멘타인** : 난 겨우 내 앞가림하는 이기적인 애예요. 완벽하지도 않고.
>
> **조엘** : 지금 그쪽 모든 게 맘에 들어요.
>
> **클레멘타인** : 지금이야 그렇죠. 그런데 곧 거슬려 할 테고, 난 자기를 지루해 할 거야.

조엘의 이어진 대답은 무엇이었을까? "좋아요. 뭐, 어때?"였다. 뒤이어 벅찬 감격에 젖은 그들을 보면서 문득 이런 생각이 들었다. 진정한 사랑의 선언이란 이런 것이 아닐까? 자기의 잘못과 더불어 상대의 완벽하지 못함도 아는 것, 그럼에도 불구하고 사랑하는 것, 실망스러울 수 있는 순간에도 "뭐, 어때?"라고 말할 수 있는 것, 나에게 예속되지 않은 이를 있는 그대로 존중하고 사랑하는 것.

바디우는 사랑은 출발부터 모험이고 위기라고 했다. 사랑은 서로 다른 두 존재, 영원히 하나가 될 수 없는 존재들끼리의 만남이기 때문이다. 따라서 이들은 매 순간 부딪힐 수밖에 없고 갈등은 이 속에서 필연적이다. 바로 이 지점이 중요하다. 지속적인 충돌에 지쳐 차이의 관점에서 바라보기를 포기할 때 사랑은 설 곳이 없기 때문이다. 그러므로 사랑이 사랑으로 남기 위해서는 둘을 둘로서 놓아두어야 한다. 그리고 차이의 관점에서 세계를 바라보아야 한다.

사랑의 선언이 지속되기 위한 다른 하나의 전제조건은, 기억하는 것이다. 행복은 불행했던 기억을 지우는 데서 싹트는 것이 아니다. 오히려 그것은 과거의 잘못을 기억하고 다시는 반복하지 않는 데서, 그리고 상대의 소중함을 분명히 인식하는 데서 출발하는 것이다.

이 영화는 곁에 있던 사랑의 소중함을 다시 한 번 되새기게 해준다. 사랑의 일상화 속에서 현란한 광채로 빛나던 순간들을 잊고 사는 것이 너무나 당연하게 여겨지는 우리에게, 사랑의 본래 모습은 그런 게 아니라고 이야기하는 것이다. 그리고 보면 매 순간 반복되는 선언 속에서 사랑은 애초부터 영원히 빛나는 햇살이었는지도 모른다. 우리가 그 진리를 잠시 잊고 살았을 뿐.

만남과 헤어짐의
다섯 가지 얼굴

★★★★★★★★★

사랑, 끊임없는 다리 절기

"눈에 콩깍지가 씌었다"는 표현이 있다. 이제 막 사랑에 빠진 사람이 연인의 모든 것에서 황홀한 끌림을 느낄 때 유용하게 쓸 수 있는 말이다. 그렇다면 이때의 콩깍지는 무엇을 의미하는가? 그것은 눈가리개다. 따라서 그것의 본질은 맹목이며, 그것이 벗겨지지 않는 한 사랑의 대상은 언제나 찬란하게 빛난다. 그/그녀의 사소한 몸짓, 목소리, 몸에서 묻어나는 냄새의 입자 하나하나에 이르기까지 매혹적이지 않은 것이 없다.

그러고 보면 콩깍지란 사랑에 빠진 사람의 눈에만 보이는 환상의 다른 이름이었다. 대개의 경우, 사랑의 대상은 주체 아닌 다른 이의 눈에는 그처럼 매혹적으로 보이지 않기 때문이다. 더구나 그러한 매혹은 사랑하는 사람의 눈에만 존재할 뿐 사랑의 대상이 실제로 가진 것도 아니다. 라캉 식으로 말하자면, 그/그녀는 자신이 가지지 못한 무언가 때문에 사랑받고 있는 셈이다. 그렇다면 그러한 매혹은 도대체 어디에서 오는 것일까?

대상 a, 닿을 수 없는 결핍

라캉은 우리가 그/그녀에게 매혹되는 이유는 '대상 a' 때문이라고 말했다. 그렇다면 '대상 a'란 무엇인가? 그것은 우리가 성장 과정에서 '모종의 균열 때문에 영원히 잃어버린 무언가'일 수도 있고, 어린 시절 거울 속에서 보았던 '주체의 이상적인 자아상'일 수도 있다.

라캉에 따르면 사람은 자기중심적이다. 그래서 사랑하는 사람의 가장 깊은 곳에서 자신의 모습을 본다. 이는 지독한 사랑의 대상에게서마저도 사랑하는 이 자체가 아니라 자신이 보고 싶었던 환상을 본다는 것을 의미한다. 이 경우 연인에 대한 사랑은 그/그녀의 몸을 빌린 것일 뿐 결국에는 자기 자신에 대한 사랑으로 귀결될 수밖에 없다.

이때 대상의 가장 깊은 곳에서 만난 바로 그 '환상'이 언젠가 뜻하지 않게 잃어버린 '무언가'이거나 '자아의 이상적인 모습'이 된다. 그것은 영원한 결핍이자 욕망의 근원이다. 라캉은 이를 '대상 a'라고 불렀다. 대상 a는 그/그녀의 몸에 환상적으로 투영되어 주체를 매혹한다. 거부할 수 없는 사랑에 빠져들게 만드는 것이다.

예컨대 〈인간중독〉에서 김진평은 종가흔에게 저항할 수 없는 매혹을 느낀다. 아마도 그녀에게서 대상 a를 느꼈기 때문일 것이다. 이때 대상 a는 기분 좋은 치유의 이미지일 수도 있고 모성의 포근함일 수도 있으며, 또는 그 밖의 무언가일 수도 있다. 짚어야 할 점은, 그녀가 실제로도 그와 같은 면모를 지니고 있었는지의 여부는 크게 중요하지 않다는 것이다. 그녀의 실체와는 무관하게 김진평이 그녀에게서 대상 a를 느끼고 매혹되었다는 사실 자체가 중요하다.

오히려 김진평의 그처럼 지독하고 격정적인 사랑이 과연 바람직한 것이 었느냐 하는 점이 문제일 것이다. 그는 자신의 모든 것을 버림으로써 이른바 낭만적 사랑의 끝을 보여주었다. 대상 a에 대한 그의 집착이 어느 정도였는지를 보여주는 대목이다. 그런데 그것이 정말 가슴 저리도록 멋진 사랑이기만 했을까?

글쎄, 그렇다고 말하기는 어려울 것 같다. 라캉도 지적했듯 진정한 사랑이란 대상과 하나가 되려는 상상적 환상이 아니기 때문이다. 그것은 자기애를 초월해 타자의 존재를 그 자체로 인정하려는 노력이다.[27] 이유는 분명하다. 사랑하는 이에게서 대상 a만 찾는 한 그 사랑은 결국 환멸로 끝날 수밖에 없기 때문이다. 생각해보면 대상 a는 애초부터 주체의 환상이었을 뿐 사랑의 대상인 그/그녀가 가진 게 아니었다. 따라서 대상 a에 대한 집요한 집착은 사랑하는 이를 끝없는 환상의 굴레에 가두려는 폭력으로 귀결될 수밖에 없다.

사랑과 진리의 철학자 알랭 바디우도 비슷한 대답을 했을 것 같다. 그 또한 낭만적 사랑에 대해서는 비판적이었으니까. 그에게 진정한 사랑이란 둘이 만나 하나가 되는 것이 아니다. 둘이 영원한 차이로 남아있는 것이다. 그런데 낭만적인 사랑은 그러한 차이를 용납하지 못한다. 예외적이고 형언할 수 없는 순간 속에서 사랑을 소진해버리기 때문이다.

다시 김진평의 이야기로 돌아가보자. 그는 자신의 감정에 충실했던 나머지 종가흔이 놓인 상황과 입장을 고려하지 못했다. 이 때문에 그는 다시 월남으로 가게 되었을 때 그녀에게 모든 것을 버리고 사랑의 도피를 떠나자고 했던 것이다. 결과적으로 그녀는 그의 말을 따를 수 없었다. 하지만 김진평은 그녀의 의사와는 관계없이 자신의 사랑을 완성시킨다. 그녀에 대한 사랑의 기억을 안고 멀리 떠나 죽음에 이르는 것이다.

---

27 문현아, 「남녀 간의 성애적 사랑에서 나타나는 자기애와 대상애: 영화 〈피아노〉 분석을 중심으로」, 한신대학교 정신분석대학원 석사학위 논문, 2014, 29-30쪽 참조.

그래서 그의 죽음은 안타깝다. 그는 자신의 환상 속에서 단 한걸음도 벗어나지 못했기 때문이다. 바로 이 때문에 자기 자신을 파괴했을 뿐만 아니라 자신을 둘러싼 모든 사람들에게도 큰 상처를 안겨주었기 때문이다. 사랑이 그 속에 존재할 수는 없다. 사랑은 이기적 환상 너머에 존재한다.

지속되어야 할 사랑의 선언

바디우는 사랑을 '진리를 구축하는 과정'으로 정의했다. 다소 낯설게 느껴질 수도 있다. 격정적인 사랑이 어떻게 사변적인 진리 구축의 과정이 될 수 있단 말인가? 이유는 비교적 명쾌하다. 그에 따르면 사랑이란 '차이의 진리'를 구축하는 절차이기 때문이다. 중요한 것은 남자와 여자가 분리된 둘, 결코 하나로 통합될 수 없는 둘이라는 점이다.

확실히 하나의 관점, 다시 말해 동일성의 관점에서 바라본 세계와 둘의 관점, 즉 차이의 관점에서 바라본 세계는 완전히 다르다. 사랑은 자기중심적이던 나를 변화시킨다. 이른바 차이의 관점에서 사랑하는 이와 함께 바라보는 세계 속으로 들어가게 만드는 것이다. 그래서 사랑은 진리에 속한다. 사랑은 사랑에 빠진 사람의 관점을 변화시킴으로써 그의 삶을 변화시키는 것이다. 이로써 사랑은 동일성의 지배를 파괴하고 새로운 세계를 만들어낸다.[28]

하지만 김진평은 차이의 세계를 구축하지 못했다. 자기중심적인 세계에 끝까지 머물러 있었기 때문이다. 이러한 예는 〈클로저〉에서도 볼 수 있다. 댄은 알리스에게 모든 것을 용서할 테니 진실을 말하라고 끝없이 다그친다. 그는 '진실에 중독'되었다고 외쳤지만 정작 그가 중독된 것은 진실이

---

28 서용순, 「포스트모던 시대의 사랑, 결혼, 가족」, 새한철학회 학술대회 발표 논문집, 2011.10, 65-66쪽 참조.

만남과 헤어짐의
다섯 가지 얼굴

아니었다. 그가 중독된 그것은, 그와 그녀 사이에 존재하는 차이와 그녀의 주체성을 파괴하려는 폭력일 뿐이었다. 사랑은 그 속에서 숨쉴 수 없다. 그렇다면 결국 앨리스가 그를 떠난 이유도 여기에서 찾아야 하지 않을까?

그러고 보면 사랑에서 중요한 것은 만남 자체이거나 격정적인 순간이 아닐지도 모른다. 만남 자체는 우연에 불과하니까 말이다. 그렇다면 그와 같은 우연을 영원한 사랑으로 가꾸려는 노력, 이른바 사랑의 선언과 그것을 지속해 나가려는 노력이 우리에게 중요하지 않을까?

바디우가 지적했듯, 사랑의 과정은 늘 불협화음 속에서 진행될 수밖에 없다. 사랑은 그럼에도 불구하고 지속된다. 이 과정을 두고 그는 '다리 절기'라 표현했다. 그가 볼 때 사랑에 완전한 걸음이란 없다. 사랑은 항상 다리를 절며 걷는 노고의 과정이다. 그것은 언제나 각기 다른 두 세계의 만남이기 때문이다. 따라서 사랑이란 희열만큼 큰 고통이며 출발부터 위기다.[29] 그럼에도 불구하고 사랑하는 이들은 사랑을 지켜간다.

이러한 것들을 참고해볼 때 댄과 앨리스가 헤어질 수밖에 없었던 이유는 더욱 분명해진다. 결국 그들이 함께하지 못했던 까닭은 각자의 권태와 자기애 속에서 차이를 지켜가려는 노력, 이른바 진정한 사랑을 이어가려는 노력을 포기했기 때문이다. 그런 점에서 "내 사랑의 주된 적, 내가 쓰러뜨려야만 하는 것은 타인이 아니라 바로 나, 차이에 반대되는 동일성을 원하는 나, 차이의 프리즘 속에서 걸러지고 구축된 세계에 반대하여 자신의 세계를 강요하려는 '자아'"[30]라던 바디우의 말은 천천히 곱씹어 볼 만하다.

---

29 서용순, 「비-관계의 관계로서의 사랑: 라깡과 바디우」, 한국라깡과현대정신분석학회, 라깡과현대정신분석 10(1), 2008, 98쪽.

30 알랭 바디우, 조재룡 옮김, 『사랑예찬』, 도서출판 길, 2010, 71쪽.

난장이의 귀환을 꿈꾸며

영화를 통해 마주한 삶의 속살은 상처투성이였다. 쓰라리고 아팠다. 쓰라린 상처들을 바라보면서 건강하고 좋은 삶에 대해 생각했다. 그것이 가능하려면 무엇이 전제되어야 할까?

기본적으로 그것은 사람들의 건강한 내면과 바람직한 삶의 토대 위에서 가능할 수 있다고 생각했다. 그렇다면 바람직한 삶의 토대 마련이 먼저 이루어져야 하지 않을까? 세상이 병들었는데 그 속에서 살아가는 하나하나의 삶이 건강할 수는 없을 테니 말이다.

그렇다면 바람직한 삶의 토대란 어떤 것일까? 쉽게 떠올릴 수 있는 것은 자유롭고 정의로운 세계, 사람 자체가 목적인 세계가 아닐까 싶다. 그것들과 더불어 나는 사랑으로 충만한 세계를 떠올렸다. 이른바 사랑이 의무인 세계 말이다. 그리고 바로 이 지점에서, 조세희의 『난장이가 쏘아 올린 작은 공』이 다시금 생각났다.

이야기 속 난장이가 꿈꾸던 세계는 사랑으로 가득 찬 세계였다. 하지만 현실은 달랐다. 그 앞에 놓인 세계는 탐욕과 상처로 가득했으니까. 절망한 난장이는 쇠공을 타고 달나라로 떠났다. 죽음의 강을 건너 끝내 돌아오지 않는 그를 생각할 때마다 나는 궁금했다. 그는 과연 세계의 저편으로 무사히 건너가 꿈꾸던 세계에 안착한 것일까?

난장이가 살던 70년대와 지금 시대의 외피外皮는 분명 다르다. 하지만 난장이에 대한 관심이 여전히 유효한 이유는, 그가 폭압적인 질서에 짓눌린 자의 상징이기 때문이다. 동시에 그는 모순된 삶의 질서에 맞서 사랑의 질서를 우리 세계에 구현하려 한 자이기 때문이다. 물론 그는 실패했다. 그리고 달을 향해 떠났다. 하지만 그의 실패는 그의 잘못 때문만이 아니다. 오히려 타락한 질서가 지나치게 공고했기 때문이었다. 나아가 타락한 질서 한가운데에는, 그만큼 견고한 가진 자들의 탐욕이 도사리고 있었다. 이는 우리가 꾸던 전복의 꿈이 힘겨울 수밖에 없었던 이유, 잘못 재현된 질서가 왜 그토록 오래갈 수밖에 없었는지에 대한 이유가 된다. 하지만 가야할 길이 힘겹고 멀다는 것이 우리가 꿈꾸기를 그만두어야 할 정당한 이유가 될 수는 없다.

따라서 오늘날의 세계가 여전히 가진 자와 가지지 못한 자의 이항 대립적 구조를 가지고 있다면, 그리고 여전히 잘못된 삶의 질서와 부조리 때문에 고통받는 이가 있다면, 난장이의 꿈 또한 여전히 유효할 수밖에 없을 것이다.

1년 반 남짓, 내게 영화보기는 행복과 슬픔의 가교를 거니는 일이었다. 인물들의 소소한 행복 하나하나에 같이 기뻤고 그들이 입은 상처 하나하나에 더불어 슬펐다. 하지만 내 영화읽기의 초점이 타인의 상처읽기에 놓였던 탓일까? 대체로 슬픔의 시간이 더 길었고 농도 또한 짙었다.

동주와 오현우의 삶에서는 우리의 비극적인 역사 때문에 아팠고, 오대수와 미자의 삶에서는 말이 만든 상처와 일상에 존재하는 무관심 때문에 쓰라렸다. 특히나 잊혀지지 않는 두 얼굴은 사막의 어느 주점에 드러누운 구양봉의 마디마디 외로운 얼굴과 강재의 상처 많은 얼굴이었다. 그들의 얼굴에 가득 박힌 외로움과 상처는 우리가 평생 감당해야 할 외로움과 상처의 은유 같았기 때문이다.

그러한 삶의 고통 속에서 인물들은 저마다 탈출을 꿈꾸었다. 그들의 고통에 타당성이 없었다면, 그리고 그들의 내면이 여전히 아름다운 꿈을 잃지 않았다면, 그들이 꾸는 탈출의 꿈 또한 유해할 수 없다. 그렇다면 탈출은 어떻게 가능할 수 있을 것인가?

두 가지를 생각해볼 수 있다. 하나는 히데코와 섭은낭이 그러했듯 아예 세계의 저편으로 건너가는 것이고, 다른 하나는 우리가 몸담은 세계 자체를 바꾸는 것이다. 전자는 종종 변화의 꿈마저 꾸기 힘들 정도로 지배질서가 공고할 때 효과적인 선택이 될 수 있다. 혹은 사람들의 관계가 지나치게 복잡하게 얽혀 있을 때도 마찬가지다.

하지만 한 가지 짚어야 할 점이 있다. 그것은 세계 저편으로의 탈출이 현실적일지는 몰라도 가장 좋은 해법은 아니라는 것이다. 탈출구라 생각했던 그곳이 사실은 탈출구가 아닐 수도 있기 때문이다. 나아가 불면의 밤과 우울한 몽상에 시달리더라도 결국 우리가 살아가야 할 곳은 바로 '지금 여기'이기 때문이다. 그렇다면 길 펜더가 과거에 대한 환상을 버리고 다시 현실로 돌아와 자신의 삶을 긍정했듯, 왕페이와 663이 캘리포니아가 아닌 메마른 도시에서 그들의 낙원을 세우려 했듯, 우리 또한 우리의 현실 속에서 달나라를 구현해야 하지 않을까? 지금 당장은 그곳이 사랑의 폐허라 할지라도 말이다.

문제는 메마르고 타락한 현실 위에 우리가 소망하던 세계를 건설하기가 쉽지만은 않다는 데 있다. 물론 길 펜더의 경우에는 세상을 바라보는 시선을 바꿈으로써 새로운 삶을 시작할 수 있었다. 하지만 오대수와 미자의 경우에도, 나아가 동주와 현우의 경우에도 그것이 가능할 수 있었을까? 대답은 부정적일 수밖에 없다. 잘못된 질서가 지나치게 폭력적이고 견고할 때 홀로 그것을 뒤집기란 쉽지 않기 때문이다.

상처 치유도 마찬가지다. 그 또한 혼자만의 행위로는 완결될 수 없다. 지금도 끊임없이 상처를 만들어내는 모순되고 폭력적인 사회 구조가 바뀌지 않는 한 상처는 언제든 되풀이될 수밖에 없기 때문이다. 따라서 폭력과 상처의 악순환 구조를 끊기 위해서는 연대가 필요하다. 상처투성이 얼굴에도 불구하고 가슴 속에는 여전히 따뜻한 사랑을 간직한 난장이들의 연대 말이다.

그러므로 달나라로 떠났던 난장이도 다시 돌아와야 한다. 그의 떠남은 희망이 아닌 절망의 신호탄이었고 구원이 아닌 패배의 다른 이름이었기 때문이다. 더불어 구원은 혼자서만 가능한 것도 아니기 때문이다. 진정한 구원은 우리가 사는 지금 이곳에서, 난장이들의 맞잡은 뜨거운 손 안에서 이루어져야 한다. 그래서 나는 오늘도 그가 다시 돌아오기를 꿈꾼다. 그래서 우리가 맞잡은 손길 속에서 사랑의 질서를 구현해낼 수 있게 되기를 바란다. 그것이야말로 메마른 이 땅에 저마다 꿈꾸던 달나라를 건설하는 최선의 방법일 테니까.